KB179747

맨 앞, 처음의 형태

맥락과비평 ✕ 이유출판

critique

context

| 목차 |

서문   008

I 경계와 경계 너머

에필로그; 급사 영정 / 눈 먼 화가   018
김정환

「눈 먼 화가」를 위한 주석   038
박수연

대전문학의 세 경계선   048
김현정, 남기택, 한상철

전환의 비평과 욕망의 교육   084
이명원

II 맨 앞의 구축

대전 근대역사의 출입구, 옛 충남도청의 새로운 변화를 기대하며   104
김종헌

움직이는 정물 / 그것과 다른 것   120
김석영

건축 거장 3인의 아방가르드 건축   126
김승환

III 장소의 내부와 외부

이상, 야스쿠니, 권태   146
박수연

농사는 처음이지?   184
김종광

IV 제도의 언어

번역된 언어로 한국문학을 읽는다는 행위의 의미   206
이혜진

전위적 인간들의 기록'들': 치안유지법과 전위적 인간들의 초상화   218
김화선

'맨 앞'으로 하는 말

맥락과비평 편집위원

새로움, 맨 앞, 처음 등의 개념을 빌려 책을 낸다. 이 책은 그러므로 처음 시작하는 작업의 의미를 살피는 내용으로 채워질 것이다. 이 말이 전위 혹은 아방가르드와 연결될 것임은 물론이다. 그러나 기존의 그 개념들에만 묶여있지 않기를 소망한다.

모든 처음은 언제나 백지의 평면에서 가능하지만, 동시에 언제나 과거의 입김과 대결하면서 시작된다. 출발선이 놓인 백지는 그러므로 이전의 입김들을 잠재적인 것으로 물리면서 새로운 출발을 알리는 힘과 운동이 자신의 위상을 세우는 자리이다. 그리고 모든 잠재적인 것은 그 자리를 현실적인 것으로 만드는 핵심이다. 지상에 새로운 것은 없다는 절망이 지식인들을 좌절시킨 때가 얼마 전이지만, 그 절망 또한 현실에 대한 대응이었다고 우리는 생각한다. 그렇지 않다면, '단단한 모든 것은 대기중에 녹아버린다'는 혁명가의 말은 부정되어야 할 것이다. 새로움을 믿지 않는 태도는 언제나 자신만이 옳다는 자기 확신과 서로 이어지는 태도이다. 이 태도는 새로움을 믿지 않는 것이 아니라 세계의 모든 상대편을 믿지 못하는 태도이다. 여기에는 자기 이외의 다른 존재, 다른 공동체, 다른 민족, 다른 생명, 비생명에 대한 배타적 태도와 두려움만이 있을 뿐이다. 우리는 이것을 모든 낯선 관계를 위한 활력의 적이라고 생각한다. 또 새로움을 믿지 않는 태도는 그것이 실은 얼마나 새로움에 대해 무지한지 스스로 알지 못하는 태도이다. 이 태도는 이미 있는 자기 자신, 나아가 이미 부패해버린 공동체를 그 공동체의 오래 지나 효력 없어진 말들에 구속되어 변해버린 세계를 파악할 엄두조차 내지 못하는 태도이다. 여기에는 오직 철지난, 스스로도 지킬 능력이 없는 그 말들의 무게에 기대어 자기 자신이 과거 자신의 적이었던 존재들과 같은 상태가 되어버렸다는 사실을 알아차릴 수 있는 능력조차 존재하지 않는다. 여기에 새로움은 없다.

그러나 우리는 그 상태에 묶여 있지 않아야 한다. 새로움이 오직 새로움 자체에 대한 맹목적 탐구인 것은 아니다. '맨 앞'으로 만드는 책은 백지에서 시작하되 백지의 평면 아래 잠재된 과거의 입김을 불러내어 대화하면서만 가능하다. 이것은 모든 새로움이 거쳐 가야 할 필연적인 운명인데, 이 운명이 대화할 과거란 지난 시간의 사건 자체만이 아니라 지금 이 시간에 묻혀 있는 사건들이기도 하다. 저 과거는 새로움을 알지 못하는 사람들에 의해, 그들의 뇌리를 압박하면서 지금 이곳을 떠돌고 있기 때문이다. 그것들과의 대화는 새로움과 마주할 가능성을 은폐하고 있었던 이면을 드러내어 지금 이곳이 가진 진짜 모습을 만들어줄 수 있을 것이다. 또 우리가 대화하는 대상은 이미 과거부터 억압되고 왜곡되어 지금 이곳에서 입김의 흔적조차 가져보지 못했던 것들이기도 하다. 그것들에 형태와 온기를 부여하고 영토를 찾아내어 제자리를 부여함으로써만 우리의 과거는 온전한 시간이 될 수 있다. 그것에 현실의 위상을 부여함으로써, 이 현실의 이면을 차지하고 있는 모든 위상들의 정확한 점과 선과 면을 다시 배치할 수 있다. 우리의 과거는 모두 소환되어 현실의 좌표 위에 정확한 위상으로 다시 배열되어야 한다.

현실의 모든 사건과 사물들의 배열을 평면의 글로써 살펴보는 일은 세계를 이루는 가시적인 것과 비가시적인 것을 종이 위에 건축해가는 일과 닮아 있다. 우리가 이 책에서 몇 편의 건축 사유를 선보이는 것은 그 때문이다. 이를 통해 우리는 지금까지의 글쓰기의 평면 작업이 비가시적인 공간까지 포함하여 평면에서 입체면의 공간으로 확장되고 더나아가 시간의 흐름과 공간의 변모를 드러내는 4차원의 작업까지 상상될 수 있기를 희망했다. 지금의 시도는 미약하지만, 눈에 보이지 않았던 않았던 사건들의 공간을 포착하고 논의하기 시작한다는 사실만으로 우리에게는 뜻깊다.

우리의 첫 번째 주제는 '경계와 경계 너머'이다. 인간의 사유는 범주화되기 마련이고, 범주화된 사유는 하나의 경계를 구성한다. 경계는 예술의 운명이자 생래적 반동의 기제이다. 어떤 시인은 장르를 허물고, 언어의 형식마저 무너뜨린다. 새로운 존재와 다른 미래를 개방하기 위해서이다. 문학사에서도 전위적 상상력은 '처음'을 구성하고, 다시 경계를 넘어 '처음 이후'를 생성하는 계기로 작동했다. 그리하여 문학은 지역과 장소에서, 또 문학이라는 범주 내부에서, 경계인 동시에 경계 너머에 존재하는 물성이기도 하다.

김정환의 시는 신학철 화백의 현대사 주제 작품들을 토대로 만든 장시이다. 김정환이 최근에 보여준 일련의 미학적 프로그램의 일환이라고 할 수 있다. 그의 시가 어려워졌다는 말은 그의 언어 사용 방식이 완전히 낯설어졌다는 말과 동의어이다. 그의 시세계가 보여준 전체적 지형을 보면 이 낯섦은 민감한 독자들에게는 예상 가능한 것이기도 한데, 그는 언제나 자신의 언어를 '뭉개면서' 다른 언어와 장르로 나아갔기 때문이다. 지금, 그의 언어는 음악과 그림이라는 장르와 결합 중이다. 이것은 리듬이라는 말과 이미지라는 말로 모두 다 형용할 수 없는 것들이다. 그것은 인류의 고전음악이 태초의 소리로부터 시작되는 과정에 대한 진술이고 점·선·면이 형태를 이루되 스스로 다른 형태로 나아가는 과정에 대한 노래이다. 「눈 먼 화가」는 이 음악과 그림을 장르 경계 넘기의 미학적 탐구로 확장한 장시이다.

「대전문학의 세 경계선」은 항용 1945년 이후의 활동에서 대전 현대문학을 설명하던 기존의 생각들을 근본적으로 재구성하려는 시도이다. 글은 식민지 시대, 해방 공간, 한국 전쟁 직후의 세 시기를 설정하고 각 시기에 이루어진 대전 지역 문학의 요소들을 논의한다. 식민 권력의 신생 도시 대전에서 근대문학이 어떻게 존재했는지 살펴보는 첫 번째 내용은 이주자 일본 시인과 혁명가 신채호를 국민문학론의 틀을 넘어서는 관점에서는 어떻게 수렴할 수 있을지 묻는다. 해방공간의 대전문학에 대해서는 이미 밝혀진 기존의 여러 사실들 이외에 소장 학자들에 의해 새로 밝혀진 사항들을 소개하면서 진보문학의 흐름을 복원하고 있고 전쟁 이후 대전문학에 대해서는 호서문학의 한계를 분석한 후, 그 이외의 여러 목소리 속에서 대전이라는 경계선을 넘는 문학을 살펴봄으로써 '로컬'이 지닌 배타적 자기 주장을 극복하려 시도한다. 이 세 시기의 대전문학은 모두 제각각 독자적인 내용을 형성하면서 서로를 잇는 형태로 펼쳐지는데, 독자적이라는 점에서 각 시기는 '맨 처음'이라는 개념의 위상을 보여준다고도 할 수 있다. 지금 동북아시아의 여러 정황과 국면들이 한국 전쟁 이후에 비로소 그 기본 성격이 만들어진 것이라면, 한국전쟁까지의 대전 문학의 내용을 살펴보는 일은 그 이후 한국문학과 대전문학의 정황을 근본에서 살펴보기 위한 토대 역할을 할 것임에 틀림없다.

「전환의 비평과 욕망의 교육」은 고 김종철 선생의 글을 따라 읽으며 비평의 과제를 성찰한다. 한국문학의 '민중'과 '민주주의'에 대한 급진적 사유가 부과한 1980년대 이래의 문학적 과제가 지금 어떻게 실종되었으며 김종철 선생은 그 과제를 어떻게 지속시키고 있는지 논의하면서 이 글이 주목하는 것은 모더니즘 예술의 비역사성이 왜 그들의 내적 논리로 고착되어 버렸는가 하는 점이다. 부르주아 체제의 확고한 정착이라는 역사적 현실과 모더니스트의 체제내화가 연결된다는 것인데, 이 논점이 지금 한국문학으로 이어지는 논리는 '새로움'에 대한 사유를 주장하는 사람들에게는 많은 생각거리를 제공할 것이다.

2부의 글 두 편은 '맨 앞'이라는 말을 실증해주는 건축 관련 내용이다. 처음이나 전위, 때로 혁명과 같은 강렬한 힘에 의해 인공적 실체가 남겨지고, 시간의 흐름 속에서 그것은 풍화되어 간다. 태어나자마자 낡아간다는 점에서 그것은 모든 사물의 최초의 배경이다. 건축에 부여된 운명이 그렇다. 이를 전제하면서 우리는 기존의 전통을 파괴한 혁명적 건축가들의 삶과 그것을 추동한 미학을 살펴보려 했다. 동시에 역사의 굴곡이 새겨진 유산으로서의 건축물을 새로운 가능성의 장소로 읽는 시도를 해보았다. 서로 다른 결로 근대와 그 이후의 건축을 바라보지만, 낡음과 새로움, 익숙함과 낯섦, 혹은 마지막과 시작을 연결하는 방식은 매우 유사하다. 전위라는 말의 진정한 실증이 여기에 있을 것이다.

「대전 근대역사의 출입구, 옛 충남도청의 새로운 변화를 기대하며」는 식민지 시기에 세워진 구 충남도청을 다룬다. 대전이라는 도시가 지금과 같은 면모를 갖추는데 작용한 근대사의 배경은 매우 자주 거론되는 요인이다. 방문해본 사람은 알겠지만, 구 충남도청에서 대전역까지의 공간적 구도는 상당히 의미심장하다. 옛 행정과 교통의 중심이 일직선의 중앙 도로로 이어져 있고, 그 도로의 좌우로 바둑판 같은 간선도로가 접해 있기 때문이다. 이 도로의 양단 건물이 가진 상징성이야말로 일본 제국의 의도를 잘 드러내준다. 필자는 그 의도를 넘어 어떻게 그 역사를 현재 속에 입체화할 수 있는지 고민한다.

「건축 거장 3인의 아방가르드 건축」은 안도 다다오, 안토니 가우디, 르 코르뷔지에의 건축을 아방가르드라는 개념을 축으로 하여 살펴보고 있다. 이 글은 이들에 대한 새로운 관점을 제시하기보다는 이들의 작업에 대한 일반적인 논의를 살펴보는데 집중한다. '고전주의와 모더니즘을 결합한 안토니 가우디, 근대 모더니즘 건축의 거장 르 코르뷔지에, 동양의 선(禪)으로 포스트모더니즘을 실현한 안도 다다오'라는 필자의 기록이 그렇다. 이 일반적인 논의를 좀더 깊이 바라보기 위해서는 세 명의 건축가들이 가진 건축의 사회사적 의미가 어떻게 다른 영역으로 확장되고 있는지 정리해보는 일이 필요할텐데, 이와 관련하여 '맨 앞'에 서는 일의 의미를 진술하는 필자의 관점을 확인해보는 재미도 있다.

2부에 함께 수록한 시 「움직이는 정물」과 「그것과 다른 것」을 읽으며 '창문'을 주목하는 독자가 있다면, 창문이야말로 세계의 모든 존재들을 맨 처음 우리의 시선 앞으로 데려다 주는 공간이라는 사실을 알게 될 것이다. 창문은 세계를 묶어주는 정물들의 액자인데, 그것들은 동시에 움직이는 것들이다. 시의 이미지는 항상 이렇게 뜻하지 않은 모습의 건축이

행해지는 언어의 장소이다.

3부에서는 장소라는 말을 입체적으로 다뤄보려고 했다. 한편의 답사기록과 한편의 소설이 그것이다. 모든 장소는 공간을 포함하지만 공간을 구체화한다. 그래서 하나의 장소는 구체적으로 개별화된 경험을 통해하면서, 하나씩의 개별적 사례로 다루어짐으로써 보편적 의미의 대표성을 띠게 된다. 모든 공동체의 조건이 그렇다. 답사와 소설은 구체적 장소를 제시하고 만들어 삶의 보편성에 도달하려는 상상적 시도이다. 이상의 동경 체류를 쫓아 기록한 「이상, 야스쿠니, 권태」는 특히 이상의 하숙집을 처음으로 특정하고 확정하고, 이상이 살았던 집의 아득한 흔적까지 사진으로 제시한다. 더 의미심장한 것은 이상이 살았던 하숙집을 단순한 주소 지점으로만 복원하지 않고 주변의 진보초, 야스쿠니 신사, 황궁을 함께 묶어 하나의 장으로 논의 한다는 사실이다. 당대의 제국 일본의 심장부에서 이상이 「권태」를 마무리할 때의 마음을 떠올리면서 삶의 문턱을 넘는 일을 생각해보기 바란다. 소설 「농사는 처음이지?」는 최근 대학생들의 농촌봉사기를 소재로 이 책의 주제인 '처음'을 형상화한 작품이다. 노동력이 귀한 농촌에서의 봉사활동이기도 하고, 돈을 벌기 위한 아르바이트이기도 한, 애매한 정체성의 대학생 농촌 생활은 어느 사이 미소를 짓게 하는 장면으로 이어진다. 전통적 삶의 방식이 사라진 농촌에서 새로운 감수성을 가진 청춘들이 보수를 받아가며 일할 때의 풍경이 어떤 공동체를 가능하게 할지 독자로 하여금 고민하게 하는 묘미가 있다. 이 난관을 돌파하려는 시도 또한 우리 현실을 맨 앞에서 구성해보려는 것이라고 할 수 있다.

우리의 마지막 주제는 '제도의 언어'다. 제도에 맞서는 언어는 전위적 인간들의 실존을 증거하는 동시에 역습을 일으켜 시대적 전환을 이끌어낸다. 치안유지법에 맞섰던 재판 기록이 법이라는 이름의 폭력 아래 놓인 인간들의 초상을 보여준다면, 번역가의 상상적 언어 이동인 세계와 언어의 번역 행위는 새로운 관계를 구성해 준다. 제도 외부를 상상하는 언어는 끝에서 처음을 생성하는 공간적 전회를 마련함으로써 전위의 물결을 지속가능한 '그 무엇'으로 불러들인다. 이를 살펴보는 통로로 택한 것이 억압적 금기와 자기 완결성을 전제하면서 그것을 살펴보고 있는 책들이다. 그러나 여기에 발표된 글들은 책을 소개하는 것이 아니라 이 책을 발판삼아 펼쳐 보이는 필자들의 자기 사유이다. 「전위적 인간들의 기록'들': 치안유지법과 전위적 인간들의 초상화」는 식민지 시대 치안유지법이라는 이름으로 강제된 제국의 폭력과 그 이면에 존재했던 전위적 인간들의 실존 양상에 주목하여 오늘날에도 여전히 '지속가능한 전위적 전회'를 상상해야만 한다고 주장한다. 「번역된 언어로 한국문학을 읽는다는 행위의 의미」는 번역 행위의 역할을 "새로운 종류의 역습을 겪으며 시대적 전환을 이끌고 있"다는 데서 찾아내면서 원작의 목소리가 "번역가의 이해와 상상력의 관계로 치환"되는 '언어의 이민' 현상의 본질을 지적하고 있다. 모든 '넘어서기'는 항상 세계의 모든 '맨 앞'일 수밖에 없다는 사실을 우리는 법과 번역에서 다시 확인한다.

'법 너머'와 '다른 언어'를 지향하는 일만이 '맨 앞'이라는 위상을 확보하거나 관계된다고 할 수는 없다. 시와 소설은 언제나 맨 처음의 언어이다. 시와 소설이 독자들에게 주는 심미적 충격의 힘은 바로 저 '처음'이라는 말과 언제나 연결된다. 비평과 논문도 그렇다. 그렇다면 모든 글쓰기가 바로 '맨 앞'과 '최초'라는 언어의 주술에 묶인 행위라고 해야 한다. '맨 앞'을 추구함으로써 우리의 행위가 자기 만족으로만 끝나버린다면 우리는 더 이상 작업을 할 수 없게 될 것이다. '맨 앞'은 언제라도 스스로를 부정해야 하는 자리이다. 이 부정만이 우리로 하여금 우리 외부로 나아가게 하는 계기가 될 것이다. 이런 의미에서 이 책의 어설픔과 모자람은 우리의 준비 부족 때문이지만, 그 때문에 우리가 아닌 세계로 나아갈 이유가 되기도 한다. 우리에게 그 이유는 언제나 너무 많고 또 절실하다. ■▶

경계와
경계 너머

I

에필로그; 급사영정 / 눈 먼 화가
김정환

「눈 먼 화가」를 위한 주석
박수연

대전문학의 세 경계선
김현정, 남기택, 한상철

전환의 비평과 욕망의 교육
이명원

인간의 사유는 범주를 통해 움직이고, 범주화된 사유는 하나의 경계를 구성한다. 경계는 예술의 운명이자 생래적 반동의 기제이다. 하여 어떤 시인의 주제는 그림과 시의 경계를 허물고, 언어의 형식마저 무너뜨린다. 경계를 넘는 말과 글은 새로운 존재와 다른 미래를 개방한다. 문학사에서도 전위적 상상력은 '처음'을 구성하고, 처음 이후를 생성하는 계기로 작동했다. 전환기의 비평이 증거하듯이 미적 차원은 정치적 차원과 연동되며, 미학의 변화는 문학과 예술을 생산하는 사회적 이념과 생산관계 변동을 추동해 왔다. 그리하여 문학은 지역과 장소에서, 또 문학이라는 범주 스스로의 내부에서, 경계인 동시에 경계 너머에 존재하는 물성이기도 하다.

에필로그; 급사 영정 / 눈 먼 화가

김정환

김정환 : 시인. 시집 『자수견본집』 등

에필로그;급사 영정

살아서 노래는 이별 때문에 사랑도

잡다히 슬플 밖에 없다.

수천 년 전 죽은 여인의 흔적을 지명의 환경까지 찾아

복원하느라 수천 년 역사의 모든 틈에서 웃음이

비어져 나오고, 몇 몇 단어의 몸을 뒤로 빼면 금방

파충류 입이 짜악 벌어져 다른 단어들은 말할 것도 없는

여인의 생애다 물론.

그리고 사내 영정은 급사 영정이다. 얼굴 주름 갈수록 웃어서

서글플 뿐, 급사가 제 영정을 영정이 제 급서를

부인하고, 놀람이 더 이상 놀랄 일 없는 급사 영정이다.

수 천 년 역사로 재구성한 여인의 생애가

채워도 채워도 채워지지 않고, 생이 전율이고 죽음이

전율의 전율인, 급사 영정이고 노래이다.

눈먼 화가

- 신학철 화백께

이런 것이었지만 분명 이것이 아니었다, 내가 그리고 싶었던 것은.
자기 목숨 모르고 인간의 목숨을 아는 길들여진 짐승의 주인 없는
슬픔이다, 내가 그리고 싶었던 것은.
총살을 명하는 자, 명하는 것으로 제 사명을 다하니, 총살당하는 자
제 사명을 다하는 표정으로 다시 한번 죽음의 사명을 맞으며 눈을
돌리거나 감으면 된다. 그러나
멀쩡하던 사람이 어떻게 죽는가, 제 눈앞에서 제가 쏜 총을 맞고
사람이 어떻게 죽는가, 소총수가 눈먼 복종의 참상을 어떻게
보는가, 무뎌진 참상의 습관을 어떻게 견디는가?
르네상스는 몰라도 현대미술은 베네룩스 자본주의가
가장 먼저인 것이 분명하다.
탐욕이 일상의 덧없음을 세밀(細密)의 세밀로 미로화하는 현대다.
예수 시체에 옷을 입히는 쓸데없이 짓은 안 하지, 신화에 자연을
입히는 비분강개도 없다.
해부가 있다.
생명이 어떻게 저토록 괴로이, 생애보다 더 오랜 시간에 걸쳐
꺼지는가. 믿을 수가 없다 저게 정말 겨우 내 손가락의 결과라니.
그러나 아둔한 거룩이 짜증을 모른다. 회식 때 소총수 동료들과
얘기를 나눠봐야겠지만 그때마다 솟구치는 집단의 번영에
무슨 알레고리? 누추하지 않고 비루하지 않은 것에 무슨 책임?
그가 거룩해지려면 다음 총살 집행 때를 기약할 밖에.
이번에는 거룩이 총명하기를, 헛되이 바라며.

거총 자세가 족쇄다. 건물과 기둥 구도의 안정. 그토록 얌전한
두려움이라니. 꺾어진 허리가, 최소한 굽은 등의 육체가 완고한
정신을 마저 꺾어야 한다.

눈멀어 보니 점이 선을 이루지 않고 선이 면을 이루지 않고 색이
암시하지 않는다. 셋이 그냥 끼리끼리 형태로 나아가지 않는다.
모든 형태가 두려움의 형태인 것이 분명할 때 형태가 두려움을
벗는 두려움의 총체로 나아간다. 슬픔과 고통이 두려움과 같다.
총체로 나아간다. 처음부터 셋 다, 동시에, 하나로 나아간다.

눈멀어 보니 내가 이제껏 실재하지 않는 그림의 단계와
과정만 그린 것이었던가, 내가 본 것이 세상 아니고 그린 것이
그림 아니고 살아낸 것이 그림의 생애 아니고 그릴 수 없는 소리와
냄새조차 누군가 나를 불쌍히 여긴 포즈였다고?

그러나 나를 완화(緩和)하는 후대가 있을 것. 후대를
대폭(大幅) 완화하는 후대의 후대도 있을 것이다.

물론 눈에 보이는 사실과 다르지. 화가에게 화가의 생이 언제나 그림으로
이룩되지 않고 실종된다. 그러나 그들이 좀더 본격적으로 번창할 터,
완화가 얼마나 소름 끼치게 펼쳐지는지 흑백이 얼마나 흑백의 실종이고
원색이 얼마나 원색의 외눈 없는 외눈박이 거인인지
신경 쓸 겨를이 없을 것이다. 풍경을 덧붙이다니. 몸이 시간이었다.
그 살갗의 온기가 너무나 어지러웠을 뿐이다. 그 온기가 암시하는 체중이.
체중 아닌 것의 비천(卑賤)이 일순 너무나 가까워 오래도록 황홀했을 뿐이다
그 나락(奈落)이. 무엇을 내렸나, 우리가 묻은 것은 무덤이다.
우리가 묻은 것이 무덤이고 우리가 묻었다는 사실이 무덤이다.
우리가 묻고 또 묻었다는 사실이 무덤의 역사다.

눈멀어 보니 내가 이제껏 눈먼 시야 바깥을 그렸고 이제 비로소
그것들 진짜 같다. 비로소 실제 벌어졌던 사건 같다. 아니 실제

벌어지는 사건 같다. 요란굉장한 것에 요란굉장한 까닭이 있다.

시간이 몸인 그 일그러짐으로 구도 전체가 일그러졌다.

색이 처음부터 짓뭉개진 색이다.

선이 처음부터 지그재그 선이다.

면이 처음부터 뒤틀린 면이다.

형체가 처음부터 흉한 형태다.

짓뭉개져서 색인 색과 지그재그라 선인 선과 뒤틀려서 면인

면, 그렇게 셋이 처음부터 동시에 하나로 나아간다 흉하여

형태인 형태 너머로. 화가의 생애라는 그림 너머로.

눈에 보였던 모든 광경이 내 먼눈을 뒤늦게 마구 쑤시니

참으로 모두 어루만지고 싶은 이 느낌이 잔혹 적나라한 순교일 것,

나의 것 아니었던 아름다움의.

아름다움이 나의 것 아니었던 결과의 시간이 소용돌이친다,

세밀의 엄격도 소용이 없다. 육체가 흐트러진다.

나도 참 멍청하기는 여럿이 아니었다. 아무리 두렵다 해도

대면(對面)인데 어떻게 여럿일 수 있나? 피가 정곡을 찌르고

고름이 경청할 뿐이다. 괴상할 정도로 홀쭉한 Timer의

시간은 지나간다. 눈머는 일이 화가의 마지막 스케치 같다.

날개 달린 천사들이 넓적다리 아래로 무산(霧散)된다.

가장 강력한 추락의 상징이다 내가 본.

짙어지는 슬픔의 형상, 그 안에서 내다보이는 형상들이 나의 구원일 것.

이제 누가 정물(靜物)의 죽음을 색과 형용으로 미로화하겠나, Vanitas,

Vanitas 외치겠나? 오해한 거다. 슬픔이 다름 아닌 슬퍼하는 자

위해 있었던 거다. 정신보다 영혼보다 더 고통받는 육체를 위해

될 수 있는 대로 촉촉하기 위하여.

공간이 끝없이 공간 속으로 육체가 끝없이 육체 속으로

물러나는, 한없이 위축되는, 무너지는 기쁨을 우리가 숱하게
지나쳐 오지 않았나, 몸의 비루한 신화와 역사를 흡사 비루하지
않을 때까지 펼칠 것처럼 펼쳐오지 않았나? 죽음도 정신의 영역,
끝까지, 마지막 남은 것은 죽음 아니라 몸이다.
십자가 수난의 도구들이 그의 진짜 몸을 만졌다. 풍경이
사건 속으로 뛰어들었다. 그날 이후 그날은 하루가 아니고
한 달 아니고 일 년 아니고 그날은 아직 끝나지 않았는데
그날 이후 몇 날 며칠을 울다가 아침밥을 먹고 있다.
하루 세끼 먹고 살려고 하던 일을 계속하고 있다.
평소가 지옥인 지옥이 있다. 살아서도 죽어서도 돌아오지 않은
아이들이 아직도 죽어가는 바다가 천장보다 더 높은 지옥이 있다.
그날이 아직 끝나지 않아야 해맑은 얼굴로 돌아오는 아이들이
알아들을 것이다 우리가 건넬 위로의 말을. 여러 개 눈과 여러 개
귀로 동시에 보고 듣는, 썩지 않은 슬픔이 길길이 뛰며 우리를
끝내 인간이게 할 것이다.
네덜란드 화가들 상권(商圈)이 항구도시 앤트워프에서 수도
암스테르담으로 옮겨갔다. 각자의 언어를 알아야 각자를 이해할 수
있지. 바벨탑이 예술의 개인 언어 탄생이다. 지나놓고 보면
모든 탄생이 도저히 탄생하지 않을 수 없었던 이전(以前) 예증(例證)들의
뒤늦은 물화(物化), 앞을 보면 이전도 뒤늦음도 예증도 물화가 바로
새로움이고 탄생이고 모든 탄생이 예술의 탄생이다.
슬픔이 우리를 다시 시간 속으로 물화하고 씻어 준다, 가금(家禽)
정물 깃털이 깃털을 찌르는 부리 눈 감은, 죽음 없는 살기를.
슬픔이 다시 먹게 해준다 뼈와 지방 발라낸 살코기 정물, 그 죽음의
죽음을 훈제(燻製)로. 육감(肉感)의 구상(構想)을 내게 준다.
옛날 책 속에서 옛날 논의가 낡지 않는다. 영화배우 전지현 전체가

그녀의 고유한 언어이듯이 옛날 책 전체가 그것의 고유한 언어다.
당대 역사가 당대 고유 언어로 낡지 않는다. 그 언어를 이해하고
그 언어로 이해하는 것이 생애일 수 있다. 역사가 역사적으로 신기한
번역일 수 있다. 지금 얘기가 아니다. 역사 얘기고 체제와 제도보다
더 오래, 장하게 살아남은, 태평양 건너온 헌책 한 권 전체가 언어인
얘기다. 그림 소재 아니라 그림 이야기 아니라 그림 그리는 언어이자
이야기는 자세히 읽지 않아도 젊음이 늙은 언어이자 이야기다.
실종이 출현한다. 현대가 아주 사소한 잔당의 등장이다. 원인과 결과가
역전한다. 잃어버린 기억의 복원 아니고 있어야 했을 것의 보상 아니다.
모든 격변이 이리 따스하고 따스함이 이리 단순하다. 그렇게
장소가 제 냄새를 찾는다. 네 얼굴을 닮아간다, 그림 그리는
이야기이자 언어가.
현재의 인물은 늘 과도하다, 크리스마스 기억처럼. 우리는
사계절을 다 살았다. 헌책 속은 늘 지루하고, 놀랍고 신비로운
기원(起源)의 취향이 온건한다. 움직이는 모든 것이 고정된다.
제 크기에 경악한 건물의 크기까지 실내의 정교한 깊이로 고정된다,
다만 미동(微動) 하나, 네 얼굴이 아스라이 드러나는 핏자국이지
뭐겠나 응집하며 핏방울로 새로 터지는, 연민으로 길들여질 때까지
내내 경악이라는 듯이. 풍경의 언어가 끝까지 해체되는 풍경의
마지막 풍경이라는 듯이. 간절하다. 마지막이라서가 아니라 있는 줄
모르면 빤히 보면서도 끝내 보지 못하는 것이 있는 것처럼.
다행히 사라지는 것들이 줄줄이 사라진다, 줄을 남기고. 내가 그림을
그렸다는 사실이 사실일까? 화려는 꿈의 진부(陳腐)이고 내가 화폭에
옮긴 세상은 세상이 나의 것인 보석이었지만 보고 싶은 육체의
보석이었나, 보고 싶은 육체의 흐트러짐 아니었나?
믿어지지 않는다, 나의 형상들이 그 부활의 육체 상처에

손가락 한 번 찔러 본 적 없는데도 그것들에 사람들이 그토록
열광하고 그 열광에 내가 넝마처럼 아니 피 묻은 넝마만도
못하게 나부꼈다는 것이. '주말 부부인 건 전생에 나라를 세 번
구했다는 뜻이라는 거지'. Everyman이 죽어서 sexy할 일 없고
우리도 요절을 애도하는 식으로 죽음을 섹시하게 만들 것 없다.
위대한 단테도 갈수록 무늬만 단테지만 참으로 위대한 단테는
무늬가 단테다.
우리가 적어도 죄를 더 많이 지을 우리의
능력에 대해서는 알고 있나? 아는 불행은 비극에
못 미쳐 더 불행하다. 우선 남자와 여자의 역할 바꾸기라도 해봐야
하나? 어떤 괴물이 튀어나올지, 형상은 물론 형상의 언어 자체가
괴물일 것까지 이제는 예상할 수 있다. 결국은 내 눈 속으로 내 몸의
경치가 색을 바꾼다. 육이 색칠하지 않고 칠해지는 느낌.
여자들한테 실내 계단 내려오는 뭉툭 잘린 두 발도 혈색의 파스텔 톤
석고상일 뿐 세상에 끔찍할 것이 하나도 없다면 어떻겠나, 바깥보다 더
피 비린(사내들도 참. 겨우 때려죽이다니) 응집이 살림이고 자신의
죽음을 모르는 정물이 식탁이고 아늑하고 출산과 사랑, 비린 반찬의
비린내 하나 없고 생이 정말 영원히 안심하고 안식해도 될 정도로
잠깐이다. 사내들도 참. 그 정도 갖고 모두 외출했다. 가출은 감히
못하지. 모두 관객이든 배우든 과장된 연극 속에 있다. 음악 속에
있고 모든 것 속에 있어도 미술 속에 있지 않고 모든 것 속 미술 속에
있지 않다. 사랑이 위험한 기적일 밖에 없고 사랑의 평탄(平坦)을 위해
우리가 살을 섞고 갈수록 우리의 사랑이 옹졸해지고 실내가 고요하고
정갈한 실내인 내용이 있다.
형식이 없다.
스스로 두 눈 뽑아 눈이 멀 능력이 없다. 더 옹졸하고 더

끔찍한 어감의 녹내장 백내장 가능성밖에 없다. 노년의
계승이라는, 후대들이 나이를 기하급수적으로 먹는
평탄의 기적밖에 없다. 동네 당산역 주변 비 내리니
더 질척하고 우산 썼고 바람 안 불었는데 먹자골목
북적대는 인파에 바지 종아리 다 젖었다. 아내와 아들과
모처럼 산보에 무더위 잠시 가셔 실내에서 따스한
커피를 끓일 만했다. 흑백이 바뀌려면 짧은 생애의
번개가 필요하지. 예외가 강조인지 강조가 예외인지
모르고 사냥의 미완(未完)이 사냥감이다.
불타지만 불타버리지 않는 숲 임신했지만 아직 처녀인,
성(聖)의 지루한 반복이 앙팡테리블인 지옥이 필요하다.
백 살 넘어 부르는 노래가 노래의 노년과 치매를 넘고
인간 육성이 스스로 무서운 원초 괴기로 돌아간다,
인간이 귀신을 머리로 아는 유일한 짐승이다. 음악이 스스로
가장 가혹한 그림보다 스스로 더 가혹한 그림의 상피(上皮)다.
그러니, 거죽이 통째 벗기라고 있는 것일밖에. 그러나, 그러나,
여성보다 더 부드러운 음악의 누드가 있지. 욕망의 거처가 물이라는
불안이 가까스로 안심한다. 시해(弑害)에 달하는 안심이다.
시해가 자기 시해를 극복하지 않는 욕망이다. 섹스가 부드럽고
애매한 미소가 더욱 애매하고 그렇게 강건(剛健)이 결국 꺾일 것이라는
착각도 있고 익명이 이미 구원 대신일 정도로 넓다.
창세, 이야기가 형상인 말(言), 예수가 십자가 처형 당하지 않고 십자가 처형이
예수 이야기를 낳는 이야기가 십자가 처형 정물의 형상인.
왜냐면 그것 없이 2차원이라 더 복잡한 이 시간인 현기증,
혼돈인 미로를 어떻게 빠져나가는가, 이 지루한 야만을 어떻게
견디는가? 금단(禁斷)의 조각(彫刻)은 정작 제 형상이 언제

어디인지 모른다. 제 슬픔이 언제 어디인지 모른다. 시간 밖인
정신이 툭하면 미칠 것 같다 제 살[肉]이 난해한가 아니면
애매한가에 대하여. 가끔씩은 더 미칠 것 같다 정신적으로
한없이 더러운 살이 육체적으로 한없이 명징한 것에. 정신이
정신적으로 명징할 수 없다. 괜히 끼어든 거지, 꼬치꼬치 캐고
끝없이 구멍을 파는 신세로 전락한 거다. 쾌락?
육체가 구멍인데 정신이 무슨 엔조이? 찔끔찔끔 배달받는
록은 배설하는 신세. 신성이 무엇보다 육체적이고 기쁨이
뒤늦은 자신의 죄인 느낌이다 정신은. 악착같이 살아보겠다는
정신으로 정신은 그 느낌이 전부일 때가 있지만
몸이 무슨 상관, 몸이 소외를 아나 아웃사이더를 아나?
우리의 몸 얘기가 반쯤 정신이 된, 정신 나간 몸 얘기일 때도
있는데 그것이 현대의 진짜 비극은 아니다.
신화가 신화답게 무의식적으로 풀어 얘기한 무의식 얘기를
우리가 현대에 의식적으로 반복하고 있다는 것이 현대의 사이비
희극이고 그렇게 무의식의 천민자본주의가 유물론(唯物論),
물질 최종 결정론을, 천민자본주의 비난과 비판과 극복 전망을
천박화하고 육체도 신성도 영혼도 천민자본주의 휘하다.
돌이킬 수 없고, 돌아갈 수 없고 오로지 육체와 신성 사이
예리한 끊김의 예리, 얼핏 죽음의 형식을 미리 능가하는 그것이
남았다 장차 정신과 영혼으로. 새라면 자신의 비상(飛翔)에
완벽하게 갇힐 때까지 나아가는 갈갈이 찢기는 발톱만 남았다.
심상치 않은 비밀의 반란이 진부한 전통보다 더 진부해진다.
난만(爛漫)이 천편일률이다. 그러니 정신은 물론
살과 뼈의 가면마저 벗고, 예리를 군데군데 확대할 때마다 경악의
기쁨을 누리는 것이 사랑이고 요지경으로 확대되는 것만 나다.

조각이 색 이하(以下)고 건축이 색 과잉이고 검은 기름 질질 끄는
바닥이 오래된 숱한 무고하게 죽은 혼령들이고 휘몰아치며 바짓
가랑이 잡고 늘어지는 바람이 오래 되지 않은 숱한 무고하게 죽은
혼령들이고 안겨드는 교실이 어린 숱한 무고하게 죽은 혼령들인
것이 나다. 그 쉼표와 종지부가 겹치는 목소리 억양이 나의 몸이다.
울음의 속은 풀 수 없지. 울음이 울다가 울음의 속이 풀릴 밖에 없다.
그리스는 민주주의의 고전이 아냐.
민주주의와 예술이 함께 발전한 유일한 사례다. 착각이라면
유일한 착각이고 그래서 더 소중할 수 있다.
우리의 야만(野蠻)인 영혼이 어렴풋이는 아직도
인간을 벗고 나서도 함께 나아갈 것을 믿는다는
희망일 수 있다.
다행히 지독한 히틀러 자살로 안 끝나고 거덜 난 무솔리니
피살로 끝난 희망, 우리가 아직도 제대로 비웃을 수 있다는
희망, 참사의 비극이 아직 참사 추모 행사의 참사는 아닌
넝마 차림 희망, 신을 죽여버린 책임, 역사의 순서가 제일 쉬운
함정, 이미 죽은 시각을 찔러대는 눈썹과 이미 죽은 후각을
간질이는 콧털과 시체의 진화(進化) 너머로 자라는 손톱 발톱,
죽음의 후광을 끝까지 거부하는 용기, 만년 2등 인해(人海)보다
엄청난 만년 3등 통속의 재부(財富)를 통속 스스로 괴로워하는
오래된 동네의 더 오래된 유적, 텅 빈 눈 코 입이 자연보다 더
자연스러운 건물의 우스꽝이 웃음의 촉감인 순간….
눈먼 내가 모양을 왜곡할 수 없는 색이 나의 모양을 왜곡할 수 없는,
희망과 처음이자 마지막으로 사랑이 드러났던, 나의 이름, 유일(唯一)이라는.
이제 나의 눈먼 그림의 사랑이 유한 펼침 아니라 무한 겹침이다.
그렇게 나날의 창세가 비로소 깊어간다. 한없이 맹목으로

맹목 너머 가상(假想)을 벗을 때까지.

먼눈으로 만져보겠다 모든 사물이 너무 차가운 사물일 때까지.

먼눈으로 맡아보겠다 모든 냄새가 코를 찌르는 냄새일 때까지.

먼눈으로 맛보겠다 모든 음식이 너무나 거룩하여 두려운

희생일 때까지. 먼눈으로 느껴보겠다 나의 생명이 내 몸을

박차고 뛰쳐나가는 생명일 때까지. 색이고 모양이고 모양의

색인 아름다운 영혼이 영혼의 아름다운 손가락 끝일 때까지.

육체가 울지 않는 것은 울음의 육체인 까닭이다. 정신을

곡비(哭婢) 삼아 육체가 울지 않고 슬픔의 주체다.

탄생이 배우(俳優)고 죽음과 성(性)이 갈등이고 부활이 관객이다.

내게 부딪쳐 온다 실물보다 더 사실적인 그림의 시간 밖으로

나온 오백 년 전 네덜란드 실내의 움직이지 않는 목재 가구처럼 그

오디오 상상처럼. 글보다 훨씬 더 늦은 의외로 보잘 것 없는

처음이 맞아 떨어지는 모양이 완성되어가는 그림의 오랜 시간의

정체(正體)가 신화고, 모양의 모양인 발자국이, 맥락을 극복하는

그림의 발걸음이 있는 것처럼.

나도 모르게 어딘가 한군데쯤은 슬픔이 과하지 않겠다는

뜻으로 두툼해야 한다. 슬픔은 표현이 아니거든.

벼랑은 벼랑을 견디는 벼랑이다.

물(物)이 그렇지 않다가 그 벼랑 너머 구상(構想)의

구상(具象)에 달하므로 색으로 번질 밖에 없는 슬픔이다.

끝까지 새김이고 새김의 새김이고 표현은 죽은 나를

후대가 보는 일, 혹은 시간이 사진에 제 몸을 섞는 색의

모양, 오래된 장르의 노쇠하지 않은 순간, 대문자 신(神)이 신화를

벗는 실내, 하나의 장르가 다른 장르로 넘어가는 오감(伍感) 총체

광경의 디자인⋯. 이런 것들이 표현이다.

우주는 생명이 어떻게 우주를 끝까지 다 알 수 있겠나. 대소를
막론하고 죽음 너머를 끝까지 다 알고 싶은 욕망의 비유고 표현이다.
탄생이 지명이고 지명이 탄생인 세상과 전혀 다르고
장르가 강건할 뿐 작품도 관계자도 갈수록 영화 크레딧처럼
무수하다는 사실만 압도적일 뿐인 예술과도 전혀 다르다.
생이 죽음을 이기지는 못해도 최소한 그것과 달리 물적일 수 있는 어떤
떼로 몰리는 안간힘, 만연한 실종, 무산되는 학살과 베스트셀러도
전혀 없다. 디자인이 가장 청정한 공기보다 더 청정하게 오감의 어른 너머
아이의 안구(眼球)를 정화(淨化)하는 일.
나의 창세가 그것 없이 내가 알아먹기 쉬운 시간과 공간의 2분(二分)이고
내가 이성이므로 생물과 무생물, 돌과 짐승과 인간들이
혼돈으로 절규하고 시간 밖에서 현재 시제를 쓰는 내가 정작 언제나
지나간 형용 신세를 면치 못했다.
리스트 피아노 음악을 진정시키는 리스트 피아노 음악 연주가
거의 불가능하다. 무엇보다 리스트 자신이 할 수 없었고 아르투르
루빈스타인, 블라디미르 호로비츠, 클라우디오 아라우, 게자 안다,
타마스 바사리, 알프레드 브렌델 등 몇 안 되는 피아니스트들이 서로 다른
몇 안 되는 곡들만 그렇게 할 수 있었다. 죄르지 치프라는 가장 대표적인
리스트 연주자이지만, 역시 할 수 없었다.
무대 위에 흑백의 피아노 한 대 있다. 아무도 없다.
무대 위에 흑백 있지 않고 흑백의 피아노 한 대 있다.
흑백의 무대 위에 피아노 한 대 있지 않고 흑백의 피아노 한 대
무대 위에 있지 않고 무대 위에 피아노 한 대 흑백으로 있지 않고
무대 위에 흑백의 피아노 한 대 있다.
꽉 찼다.
연주 없고 연주자 없고 연주곡목 없고 무대 위에 흑백의 피아노 한 대 있다.

맨 앞, 처음의 형태

피아노 한 대만 있지 않고 피아노 한 대 있다. 피아노 의자 피아노 덮개 피아노 악보 피아노 다리 피아노 몸체 피아노 건반 아니라 건반 흑백 아니라 무대 위에 피아노 한 대 있다.

꽉 찼다. 넘치지 않는 것을, 연주회 가본 적 있는 사실을 믿을 수가 없으므로 연주 너머 생애가 진행되어온 것 같고 믿을 수가 없고 이 믿을 수 없음이 생명의 약동이고 기쁨이고 슬픔이 색의 중력을 벗는 수채(水彩), 셰익스피어의 '인간적'인 것 같다. 그리고 하긴 '수채'라는 단어, 그의 「헨리 4세, 1부」 5막 1장 왕의 대사에서 처음 쓰였다. 파사드가 늘 다가오는 건축은 웅장하고 미려한 후미가 있다. 가보면 어김없이 음험한 후미다. 그러니 발가의 안온이 없는 현대는 건축 장르가 아니지. 그림 없는 '그림 같은'이 나를 감싸고 습기 없는 촉촉함이 내게 스미니 살아서 죽은 건축의 집 아니라 생이 죽음으로 가장 자연스럽게 이어지는 집의 건축이라고 불러야겠다. 겸손한, 밝은, 끝없고 한없는 연결의 연결. 집의 건축은 흡사 죽어서도 늘 현재를 찾는다, 헷갈리는 나를 차분한 욕망덩어리로 구현하는 일로. 아찌 부고가 왔다. 외삼촌, 아저씨의 아주 어린 조카 혀 짧은 발음이 아찌고 그 뒤로 내내 존칭 대명사로 사용되고 다른 아저씨들이 아찌로도 아저씨로도 불린 적 한번 없는 그 아찌다. 해방둥이. 모래냇가로 데려가 내게 어른 자전거 타는 법을 가르쳤다. 헌칠한 키에 남궁원을 김진규로 약간 순화하여 두 명배우보다 더 잘생긴 얼굴로, 주위 사람들 기대를 한 몸에 받았고 배우는 못 되었고 뒤늦게 대학 전공 살려 굵직한 건설회사 부장까지 올랐으나 젊은 날 육군 헌병대 복무 중 탈영한 전과 후유증에 시달리다 육십 남짓에 알코올성 치매에 들었고 향년 70. 헌병대 특무상사 출신 내 아버지 곁이 가장 안심되었는지 죽기 사흘 전 자다가 벌떡 깨어나 간병 식구들한테 '매부랑 누나랑 같은 집에서 잤어…'. 그러더라고. 그러고 보니 내 아버지와 같은 나이에 갔다. 그의 부고가

잉글랜드 건축가 호크스무어(Nicolas Hawksmoor, 1661 ~ 1736) 이름 어감 같다,
정통 곁에서 정통을 조금 비껴나 조금 높은 콧대로 겁나게 개성 있는.
치매 들어서도 죽어도 그의 평생 침울이 개성의 어떤 투명(透明)을
다 가리지는 못했을 것이다. 치매 중에도 너무 시끄러운 어떤 뭉치들이
시원하게 씻겨 나가는 죽음이었을 것이다.
어둡다, 투명하다. 더 어둡다, 더 투명하다. 너무 어둡다, 투명이 점점 더
깊어진다. 검댕 묻은 붉은 벽돌이다, 벽돌 속으로 붉음이 더
투명해지는 벽돌 속이다.
그렇게 간절한 미망(未亡)들의 형식이 있군. 급기야 친척들
낄낄거린다, 미망의 내용이 더 간절하게 반짝이는 체념이라는 듯이.
죽음을 아는 누구나 갈 때가 되면 가야 하는 것을 알고 있는데 왜 이리
슬픔의 안팎이, 내향과 외향이, 문상의 실내와 건물의 담배꽁초 태는
건축 바깥이, 그 경계가 하염없이 무너지는 것은 좋은데 왜 이리 하염없이
반짝이는지, 그게 눈물 이전인지 이후인지 말이지.
형식을 위해 내용의 팔다리를 잘라 버리거나 내용을 위해 형식의 팔다리를
잘라 버릴 뿐 왜 형식 위해 형식의 사지를 자르는 것이 동시에 내용 위해
내용의 사지를 잘라 버리는 것일 수 없는지 왜 우리가 제도의 인간일밖에
없는지 말이다.
아주 오래전 가족사진, 그가 결석인 더 오래전으로 한 장 더.
변형, 사흘 연속 문상의 선생 없는 주입식 교육이 좀더 멀쩡해지기 위한.
몸이 소통하거나 번역하지 않고
소통하여 번역하거나 번역하여 소통하거나 하지 않고
번역이 소통인 매체 응결, 언어가 벌써 변형이다. 근육의 근육질이 조각
예술이어야 위로 오르는 것이 동시(同時)일 수 있고 시작이 끝을 내니
물(物)의 육체적 완벽이 죽음을 알 수가 없다. 이것을 우리가 희망이라고
부른다. 굳이 승부를 내야 한다면 멀쩡한 것으로 내자는 거지.

맨 앞, 처음의 형태

아무리 오랫동안 버려진 도시 골목도
배후에 유령 있지 않고 배후가 흐린 유령이다.
영광의 뒤안길을 오랫동안 연명해온 도시에 오랫동안 사는 흐린,
우중충한 친숙(親熟)이 드러나지 않고 이따금씩 친숙의 골격 검은
영롱을 발할 때는 파사드 너머 파사드 돋을새김이 파사드
전면(前面) 너머 전면(全面)같다.
오래 산 이들한테 친숙의 친숙해진 현현인 그것이 오래 살지 않은
이들한테 보일 리 없지만 보였다면 정작 이들이 왈칵 울음을 참지
못할 것이고 그것을 우리가 가장 오래된 몸의 방(房)의 뜨거운 포옹의
비루한 끝을 달래는 시간과 공간의 불멸의 기억이라고 부른다.
그 안에서 모교(母校)가 숱한 영정(影幀)의 졸업사진 속에서 방향(方向)의,
그러므로 방황의 위기를 벗는 어머니, 우리의 모교다, 학교를 다니지
않은 이들한테 더 뚜렷하게 있다. 죽음은 내가 없는 빈자리 아니라
그 자리를 내가 보고 있고 수직(垂直)은 피를 흘리지 않으려는 수직에서
마침내 피를 흘리지 않는 수직이라는 사실이다.
원래 계획대로 이삭이 희생되었다면 지금의 먹방 문화가 조금 나을까?
이제는 누구의 어린 양이든 어린 양 자신한테 집중할 것.
느닷없이 자신한테 닥친 일에 어린 양이 얼마나 황당했을까. 그러니까
자신이 모르는 죽음 직전 등장한 자신이 아는 죽음에 대하여
그것이 슬플 수 있나, 자신을 불쌍히 여길 수 있나? 결국은 이삭 대신
예수가 왔지만 수평(水平)은 씻어도 씻어도 내장이 피를 흘리는 수평이다.
희생의 청소년기가 희생한테 얼마나 낯설고 어설펐겠나 생각하면
더욱. 수평이 계속 가야지. 지명에 그림이 색칠을 하고 카라바지오가
코레지오로 티에폴로가 틴토레토로 되돌아가는 발전의 소용없음으로 계속
앞으로 혹은 옆으로 피를 흘리지 않고 마침내 피가 흐르지 않을 때까지. 무슨
설명을 하겠다는 거야? 그림은 무엇보다 자신이 실제일까 봐 두렵다. 새로움이

이렇게 일사불란해도 되나? 그래서, 만나는 건 늘 서너 시간 전 연락하는
번개 미팅이다. '19:30 산울림 소극장 앞.' 약속이 되면 서너 시간은 정말
여유도 그런 여유가 없다. 북촌 창무 극장 창덕궁 쪽? 예정된 공연은 예정될
밖에 없고 찾아보면 소설 르네상스라는 카페도 있기는 있을 것이다. 잔혹이
위로 받기는커녕 더 잔혹해지려고 아름다움을 찾는 시절이 아주 평온하게
페이지 밖으로 비어져 나올 것이다. 잔혹이 무뎌져서 아니라
불규칙해져서. 옷의 운동은 운동 중심에서 거리를 두며 중심의
선명을 확대하는 쪽이라 속옷이 있고 그렇게 낮술이 낮에 시작되고
이어진다 다음날 새벽까지 어제의 낮술 시간 직전까지. 왜냐면
이어져도 시작이어야 하고 시작해도 이어짐이어야 하는
것들이 있다. 시력에 안 좋고 자존심도 상하여 외국책 제록스한 것을
사서 보지 않는다는 원칙이지만 쪽수가 2천에 이르고 삽화까지 깨알 같은
단행본 예술 사전이라면 흑백의 체면이 서지 않을 수 없다. 어떻게 보면
눈물겹다. 이런 책은 대개 양심의 산물이고 그래서 대개 출판사가 내고
나서 망했거든. 지금 보면 예수의 공적인 사회-기적 활동의 감동이
사적인 거룩의 탄생과 죽음에 비해 형편없이 어설프고 (로마 식민 통치
하에 두 번 죽으라니) 쪼잔한 것과 그것은 연관이 있다.
영화(榮華)는 아직 벽에 걸쳐진 현수막에 지나지 않는다. 역사와
어긋난 만큼 역사에 일그러진 매체 몸 응결, 백 년 넘은 주석과 부록과
용어 색인이 붙은 맥베스의 첫 오필리아, 오필리아 누워 있는 뜨거운 첫
기억의 얼음 속 동결 아니고 너무 짧은, 갈수록 오래된 몸의 오래전
발작 아니고 얼음인. 그냥 있는 색 아니고 목에 힘줄 아니고 그것에 색을
입히는 일의 색(色)인. 시간이 집으로 돌아오지 않고 형편없이,
광경이 될 정도로 늘어난다. 변하지 않은 등장인물들의 서로 다른 복장이
서로 다른 이야기인 광경이다. 매체 몸 응결, 정다운 기억들
쪼그라들고 이렇게라도 너무 간단한 도형이 희화화하지 않으려

눈 뜨기 전 너를 잡는 손이 짓는 손이고 너를 그리워하는 뜬 눈이
색칠하는 눈이다. 미소도 처음부터 끝까지 어설프지 않으려
새침한 미소고 그것이 때로 비로소 처음 눈을 떴던 이유처럼 보이기도 한다.
색이 오히려 눈 먼, 마각(馬脚)의 사티로스의 수학 수업이었다는 듯이.
생각보다 훨씬 더 오래전에 우리가 만났다는 것이 앞으로 우리의
망외(望外) 위안일 것. 생각해 보면 두 배 기쁨일 것. 미래는 우리가 잡아당겼던,
우리에게 묶이며 우리를 묶었던 푸근한 시간이기도 할 것.
우리가 전과 같이 앞으로도 시간을 어지럽히는 일 없을 것.
역사가 매체 몸 응결의 응결일 것.
눈먼 시야에 다닥다닥 붙은 온갖 것을 두고 가는 것이 가는 자 남는
유일한 형식일 것. 그것을 우리가 아름다움이라고 불러왔다.
줄기차게 이어져오는 것들이 다소곳이 끝없이 코앞에까지
멈춰 오는 순간 멈추지 않고 멈출 것 같지 않고 다가오지 않고
다가올 것 같지 않고 멈춰오는 것이 다가가는 것인 그 극미(極微)가
영원인 순간 음악도 소리의 흔적 사라지고 귀[耳]의 무덤이 사라지는
세상의 사라지는 모양을 닮는 순간 죽음이 하나의 단어에서 하나의
용어(用語)로 되는 순간 몸이 용어이자 순간인 순간을 우리가 누려왔다.
그러니 남은 시간이 이제 스스로 응결할 것. 혼자 늙는 나이의 겹눈으로
흩어지는 나의 선명(鮮明)을 연주할 것. 남은 시간은 혼자 남아
죽음들로 한껏 추해질 미래로 지금 살아 있는 모든 것들의 시간을
망가뜨리지 말 것, 즉 스스로 망가지지 말 것. 남은 시간은 남은 시간의
생애를 다할 것.
우리가 늙어서 무엇에 눈물 감동받을 때마다 웰다잉이다.
전래동화 잔혹 소재는 유년이라는 잔혹 미학보다 더 잔혹하지 않고
그 미학이 최대한 성년(成年)에 달한 것이 도스토예프스키 소설들이다.
그는 고흐가 아니다. 고갱이다. 절대가 얼마든지 절대적이기 위해

상대가 얼마든지 상대적인 것이 대문자 신의 고전물리학이고 죽은
대문자 신이 현대물리학이다. 미학과 주체 없는 창작의 공간.
모차르트(1756 – 91) 교향곡 39번 1악장 adagio-allegro는 엄청난 기로에 있다.
다른 길로 갔으면 베토벤(1770 – 1827)의 발전에 가 닿았을 것. 하지만
뭐 하러 그러겠나, 베토벤의 일반-역사적 발전은 베토벤이 하게 두고
모차르트는 자신의 특수-사건적 발전의 마무리에 박차를 가했다.
둘 사이 아무 전언도 없었다. 음악 언어로도 없었다. 둘 다 후대에게
음악의 전언을 남겼고 두 전언이 이제 흡사 주고받는 전언이다.
전언과 전언 사이가 전언이다. 오늘이 그날의 실루엣 같다, 아주 조금만
어긋나서. 모차르트 듣다 보면 어느새 베토벤(한테 가고) '싶고' 베토벤
듣다 보면 어느새 모차르트(한테 와) '있다'.
감쪽같이 네모난
나의 실종이 바로 나다.
죽음이 잠이나 휴식의 공공(公共) 아니고
가장 순수하게 개인적인 고전-형식이다.
미성년이 크리스마스 캐럴이고 비(非)성년이 「천로역정」과
「실낙원」의 청교도다.
설령 우리의 생을 구성하는 것이 죽음에 대한
대대(代代)의 상상이란 들
뭐 하러 우리의 생이 구체적 아니라고 생각하나?
살아서도 정숙한 자의
죽음이 정숙하다.
추상적인 것이 아름답지 않고
추상만 아름답다.
도라지에 묻어나는 너의 내음이 그렇다. 진하지 않은
내음이 냄새의 추상이다.

눈먼 화가
내가 그린 그림이 나를 완전히 떠나
가장 깨끗한 화폭보다 더 깨끗하고 싶은
욕망만 있다.
눈먼 화가
읽은 것을 다시 읽고 읽은 것이 그를 비로소 읽는다
특히 정교한 단편 작가들이 더 정교하게 그를 읽는다.
바흐의 괴상한 억양이 하이든 모차르트 베토벤
브람스로 정상화하는 낭독의 발견이 음악이다.

「눈 먼 화가」를 위한 주석

박수연

_____

박수연 : 문학평론가. 저서『문학들』등

애초에 우리는 김정환 시인에게 장시를 청탁하지 않았지만, 그가 장시를 보내왔다. 「눈 먼 화가-신학철 화백께」라는 제목이 알려주듯이 이 시는 그림에 관한 이야기이다. 신학철 화백의 "내가 그리고 싶었던 것은/자기 목숨 모르고 인간의 목숨을 아는 길들여진 짐승의 주인 없는/슬픔이다"는 그것의 출발을 알려준다. 그런데 시는, 화가를 불러와 그림에 대해 이야기한 후 음악으로 끝난다. 마지막 구절 "눈 먼 화가/읽은 것을 다시 읽고 읽은 것이 그를 비로소, 읽는다/특히 정교한 단편작가들이 더 정교하게 그를 읽는다./바흐의 괴상한 억양이 하이든 모차르트 베토벤/브람스로 정상화하는 낭독의 발견이 음악이다."는 마침표가 그것이다. 바흐가 다른 음악가를 통해 정상화된 음악이라는 것, 요컨대 하나의 존재가 다른 존재에 의해 뒤섞여 예술이 된다. 이것을 김정환의 시적 주제라고 할 수 있을까? 그럴 수 있다는 것이 우리 생각이다.

　　이 글은 김정환의 시를 읽을 독자들에게, 그의 시의 얼개를 제시해 보려는 것이다. 이 얼개만이 그의 시를 읽는 유일한 방법은 당연히 아니다. 그의 시뿐만 아니라, 독자들이 읽는 언어 예술은 매우 정서적이고 주관적이기 때문에, 그것이 단일할 수는 더욱이나 없다. 단일하지 않은 것을 단일하지 않다고 말하는 것은 소모적 언급에 지나지 않는다. 마찬가지로, 어려워졌다고 알려진 김정환의 시에 대해 시를 읽는 여러 방법이 있다는 말로 대응하는 것은 아무 일도 하지 않은 것과 같다. 여러 방법이 있다는 사실을 모르는 사람은 없기 때문이다. 이미 알고 있을 것들을 고려하되 그로부터 비켜서서, 나는 그의 시를 읽는 방법에 대한 하나의 '예'를 가져와 보기로 하겠다. 실제로 내가 거론할 것은 여러 독서들 중 하나의 예인데, 아감벤의 말대로 예는 '모든 경우를 대표하면서 하나의 특이한 경우를 보여주는 것이다.' 아감벤이 아름답게 설명하고 있듯이 이것은 "도래하는 공동체의 범례들"이다. 시 독서의 공동체에 대한 생각이 이 말의 바탕에는 깔려 있다. 시의 모든 독서는 시를 읽는 경우들의 제각각의 예이다. 제각각이지만 그 '예'는 시의 독서라는 모든 행위의 공통성을 대표한다. 이 글은 하나의 예로써 독자들이 수행할 임의의 상상에 공통 영역을 만들려는 것이다. 김정환이 노래하는 그림과 음악의 관계를 미끄러지는 언어와 경계를 넘는 형태들의 예로 만들어가는 세계가 그것이다.

그러므로 이 글은 장시 「눈 먼 화가」의 해석으로 나아가지는 않는다. 나는 다만 그의 시를 읽어볼 몇 개의 계류점, 요컨대 소통을 가능케 할 몇 개의 단어들을 찾아 제안해보는 선에서 멈출 것이다. 이 단어에 김정환이 선택한 소주제 같은 것도 있고, 그의 시가 구성되는 방식을 요약하기 위해 이 글이 선택한 언어도 있다.

「눈 먼 화가」는 한국 역사의 질곡과 희망을 주제로 작업해 온 신학철 화백에게 바치는 시이다. 그러므로 시가 그의 그림의 주제와 무관하게 읽힐 수는 없다. 가령, '한국현대사'에 대한 이야기를 집약하는 시어들이 있는데, '무뎌진 참상의 습관'이라는 구절이 참상의 일상화에 도달한 현재의 우리에게 환기하는 일들은 지나칠 정도로 많다. 참상이 개인의 부주의나 권력의 무책임한 속성으로만 분석될 문제가 아니라, 시에 반복되는 언어 "천민자본주의"를 시발점으로 하는 사태라는 사실 정도는 시의 독자들 누구나 잘 알고 있다. 그것을 고발하는 일은 그러나 이 시의 주제가 아니다. 고발의 의도가 비친다고 해도 그것은 이 시에서는 소재로 선택된다. 김정환은 신학철의 '한국현대사_갑순이와 갑돌이'(2002)에 대한 해설을 「構想의 具象, 혹은 중력의 수평」이라는 제목으로 쓴 적도 있다. 2014년의 글이다. 그곳에서 시인은 "그렇게 나의 생은 치솟으며 갑돌이와 갑순이 생애 속으로 이야기를 펼친다. 나의 한국 현대사, 나의 생이고, 이야기다. …… 죽음의 무게를 티끌 하나보다 더 가볍게 하기 위하여. 죽음의 눈꺼풀 들어올리기 위하여. 낯선 눈동자가 낯선 눈동자를, 낯선 눈물이 낯선 눈물을, 낯선 아름다움이 낯선 아름다움을 미리 배웅하기 위하여."라고 썼다. 그가 제시하려 했던 것은 신학철 그림의 주제, 요컨대 김정환의 생이기도 한 갑순이와 갑돌이 이야기이다. 김정환은 한국의 온화한 대지로부터 시작하였으나 식민, 분단, 자본, 독재를 맞고 동시에 해방, 통일, 노동, 민주주의를 펼쳐놓은 민중과 개인의 욕망과 고통이 몸부림친 시간으로 현대사를 읽는다. 현대사가 낯선 아름다움을 미리 배웅하는 '構想의 具象'이 중요한 것이다. 그것은 중력을 거슬러 세계를 수평으로 펼쳐놓는 일이다.[1]

그렇지만 그의 글이 삶의 질곡과 전망에 대한 현실주의적 발언들로 시종하리라는 생각은 성급한 오해이다. 김정환은 이미 그것으로부터 벗어나서 그것을 가능하게 하는 예술의 자기 바탕, 요컨대 '아름다움'에 대한 일련의 형식적 요건들을 탐구하기 시작한다. 「構想의 具象, 혹은 중력의 수평」은 그림 해설이라는 형식을 빌어 산문적 발성의 리듬을 유려하게 뽑아내고 있는데, 그것 자체로 이 글은 아름다움에 대한 하나의 헌사이다. 그가 이 '그림-글'을 "낯선 아름다움이 낯선 아름다움을 미리 배웅하기 위하여"라는 언어들로 마무리했다는 점에 주목하자. 「構想의 具象, 혹은 중력의 수평」은, 지금 우리가 읽은 시보다는 훨씬 더 현실 역사의 구체적 양상에 다가가 있지만, 한국민중사와 그것의 비판적 전망이라는 낯익은 아름다움에 대한 헌시를 넘어서려 막 일어서는 중이었던 것이다. 아름다움을 탐구하는 시인의 그침 없는 육성이 비로소 쏟아져나오기 시작했다고도 할 수 있다. 지금 그는 역사에 대한 심미적 구성을 탐구하는 중이다.

「눈 먼 화가」에는 김정환 시인이 신학철 화백의 그림에 자신의 작업

---

1 신학철의 '한국현대사_갑순이와 갑돌이'(1998~2002)는 130×200cm 크기의 8편과 122×200cm 크기의 8편을 수평으로 이은 작품이다. 김정환은 이 16편 각각에 한국현대사를 내용으로 한 산문을 붙여 화집으로 출판하였다. 신학철 그림, 김정환 글, 『구상의 구상 혹은 중력의 수평—한국현대사 갑순이와 갑돌이』, 호미, 2014 참조.

을 투사하여 스스로 말하게 하는 페르소나 '나'가 등장한다. 시에서 말하는 사람은 신학철이기도 하고 김정환이기도 하다. 정확히 말하면 두 사람이 경계를 허문 페르소나이다. 그래서 시인의 주제는 그림과 시의 경계 무너뜨리기이다. 이 경계 허물기가 시의 형식이기 때문에 언어의 형식도 허물어진다. 언어 형식 무너뜨리기를 스스로 생각하고 또 실현하고 있음을 보여주는 작업이 김정환의 최근 시편들이다. 특히 『소리책력』에 이르러서는 시는 언어의 노래, 요컨대 음악이다. 시인은 음악을 그림의 상피(上皮)라고 「눈 먼 화가」에서 말하고 있다. 또 시인은 지금, 화가의 페르소나로 한국현대사의 그림을 그리면서 음악이라는 외피의 운동으로 노래하는 중이다. 이때, 하나의 장르가 다른 장르에게 경계를 허물고 자리를 내어주는 장면이 연출된다.

시를 따라 읽으며 매우 반복적으로 출현하는 구절들이 세계사 속 실존들의 뒤섞임이라는 사실을 독자들은 곧 감지하게 된다. 『소리책력』에서 그것은 소리의 반복이었는데, 이번 시에서 그것은 화가가 보여준 '점, 선, 면'의 반복이다. 더구나 그 화가는 형태와 색채를 왜곡 변형시키는데 능란한 사람이었다. 그의 역사 연작은 대지의 인간들에게 닥친 참상을 그들의 분해된 신체로 드러냄으로써, 두 가지의 상반된 반응을 불러왔다. 이 땅의 미학을 외면한 서구적 예술 편향이라는 비판과 기성의 재료를 몽타쥬하여 변증법적 생성의 힘을 보여준다는 평가가 그것이다. 나는 이 평가의 의미를 판단할 능력은 없지만, 역사를 표현하는 여러 시도에 대해서는, 역사의 생애 만큼이나 여럿으로 허용되어야 한다고 생각한다. 신학철의 삶이 단일하지 않듯이 그의 표현도 단일할 수는 없다. 단일하지 않은 것들을 어떤 주제로 묶는데 몽타쥬나 콜라쥬를 선택하는 일은 충분히 보장되어야 한다는 뜻이다. 이것이야말로 현대 미학의 기본적 지침일 심미적 구성의 경계 넘기에 연결된다.

경계를 넘는다는 것은 하나의 존재 방식을 새롭게 구상한다는 것이다. 독자들은 김정환과 신학철의 경계 허물기가 이루어지는 전체적인 흐름에서 그런 방식으로 시를 쓰는 내적 이유를 포착해야 한다. 시인이 신학철의 그림에 대해 말하다가 자신의 시에 대해 말하는 경계 넘기의 순간은 신학철이 즐겨 사용했던 몽타쥬의 형식에 비견될 수 있는데, 이는 내용상의 결과일 뿐만 아니라 형식상의 결과이기도 하기때문에 독자들에게는 매우 낯선 작업으로 비쳐진다. 그렇지만 이 경계허물기의 장면을 형식화하는 언어 방식을 관찰하는 것도 시를 읽는 한 방법일 것이다. 독자들은 다음과 같은 두 가지 구상 방식을 볼 수 있다.

첫째, 점·선·면이 함께 묶여 총체화되는 장면이 있다. 이것은 개별적인 것들이 서로 스며들어 의지하는 방식의 총체이다. 이런 구절이다.

색이 처음부터 짓뭉개진 색이다.
선이 처음부터 지그재그 선이다.
면이 처음부터 뒤틀린 면이다.
형체가 처음부터 흉한 형태다.
짓뭉개져 색인 색과 지그재그라 선인 선과 뒤틀려서 면인
면, 그렇게 셋이 처음부터 동시에 하나로 나아간다.

— 「눈 먼 화가」 부분

탐욕의 현대사를 관련시켜 살펴본다면, 실제에 육박한 화가의 손, 총맞아 죽은 현대사의 인물들을 그리는 화가의 손이 살육의 손이기 때문에 그가 그린 점, 선, 면이 형태를 이루지 못하고 두려움의 총체가 된다. 이 사태에 대한 진술들을 눈여겨보는 일이 김정환의 최근 시를 읽는 출발점이 될 수 있다. 그의 최근 시들은 매우 자주 주체와 대상이 한몸으로 뒤섞여 형태를 없애는 작업에 집중한다. 그것의 전말을 살펴볼 필요가 있다는 뜻이다.

둘째, 흑백 피아노처럼 있는 함께 있음이다. 하나의 존재는 다른 것들과 분명히 구별되는 방식으로, 분명하고 뚜렷한 개별적 사례들로 있다. 그는 한 개체의 명확한 상태를 바라볼 것을 강조한다. 그렇지만, 그것을 진술하는 언어는 또한 명백히 단어들 사이를 넘나들면서 존재한다. 가령 이런 구절이 있다.

> **무대 위에 흑백의 피아노 한 대 있다.** 아무도 없다.
> 무대 위에 흑백 있지 않고 **흑백의 피아노 한 대 있다.**
> 흑백의 무대 위에 피아노 한 대 있지 않고 흑백의 피아노 한 대
> 무대 위에 있지 않고 무대 위에 피아노 한 대 흑백으로 있지 않고
> **무대 위에 흑백의 피아노 한 대 있다.**
> 꽉 찼다.
> 연주 없고 연주자 없고 연주 곡목 없고 **무대 위에 흑백의 피아노 한 대 있다.**
> 피아노 한 대만 있지 않고 **피아노 한 대 있다.** 피아노 의자 피아노 덮개 피아노
> 악보 피아노 다리 피아노 몸체 피아노 건반 아니라 건반 흑백 아니라 **무대 위에 피아노 한 대 있다.**
>
> ─「눈 먼 화가」 부분(강조는 인용자)

이 진술은 시간 속에서 응결되는 의미와 요소들의 개별성 자체를 제시한다. 요컨대 "무대 위에 흑백의 피아노 한 대 있다." 외에 다른 것은 없다. 말의 순서를 바꾼 다른 방식의 진술들 속에서는 하나하나의 단어들이 전개되는 시간과 그에 따른 의미들이 달라지기 때문이다. 전개되는 시간이 다른데 의미가 같다면 그것은 진정한 개별성이 아니다. 모든 개별성은 시간 속의 사례들이다. 이 사례들을 한데 모아 뭉개가며 그림을 그

리는 사람이 신학철이라면, 신학철을 받아 그림 위에 음악을 소리-언어로 펼쳐보인 사람이 김정환이다. '당대 역사가 당대 고유 언어로 낡지 않는다'고 그는 썼는데(이 문장이 이미 경계를 허문 진술이다. 이 말은 고유 언어의 힘을 빌려 낡지 않는다는 말인가 고유 언어를 사용해도 낡지 않는다는 말인가.) 그러기 위해서는 '그 언어를 이해하되 그 언어'로 이해해야 한다. 요컨대 경계를 뭉개려는 사람은 그 자신이 뭉개져야 한다. 시인은 화가가 되고 음악가가 되어야 한다. 그렇되 위의 흑백피아노처럼 매번의 시간 속에서 그 자체로 살아 남아야 한다. 이것이 모든 사례들의 운명이다. 시가 그렇다.

천민자본주의, 히틀러라는 단어가 하나의 집합을 이룰 때, 그 예들을 옆에 두고 현대사의 외삼촌 아저씨가 가장 구체적으로 흥망할 때, 그것들이 꾸밈없이 투명해지는 언어들의 실꾸리로 쏟아져 나오는 것, 이 '언어화→(소리)음악'이 형태를 벗어나 서로에게 스며드는 것이 김정환의 최근 시이다. 이것은 그러므로 소리에 대한 미학적 진술이라고 할 수 있다. 그가 음악과 그림의 친연성을 말한 이유가 여기에 있을 것이다. 이 음악적 실꾸리들을 천천히 읽다보면 의미의 전말이 가려지기 전에 시의 소리가 소리 자체로 있음을 경험하게 될 것이다. 한국 현대사가 중력에 눌리지 않고, 소리가 퍼져나가듯이, 수평으로 확산 중인 것을 신학철이 표현했다면,「눈 먼 화가」는 그것을 음악으로 표현한 사례이다. 독자들은 연쇄되는 산문적 음악의 언어들을 시간과 함께 경험해야 한다. 머리로만이 아니라 몸으로 경험해야 한다. 이때, 모든 사물들과 개인들이 살아난다. 시의 막바지에 출몰하는 한국 현대사의 개별 인물들이 이때 살아나는 것이다. 이들을 살리기 위해 김정환이 행하는 저 무수한 진술들은 모두 그가 거론한 '추상'의 하나하나의 사례들이다. 이 사례들이 미의 보편성으로 통일된다. 모든 사례는, 모든 언어가 하나의 집합이듯이, 대표하는 것들이기 때문이다. 김정환은 대표하는 그것을 '총체'라고 말했다.

뭉개진 형태의 총체 속에서는 모든 것이 하나의 선으로 통할 것이다. 이 하나의 선 때문에 김정환의 언어들이 삶의 기원을 규정하는 큰 힘으로 연결된다고 할 수 있다. 모든 생애의 예술들을 이어 놓는 것, '뜨레 위네르'가 있어 김정환의 초기시로부터 지금까지의 시를 이어놓는다. 이렇다면 그의 시는 어려워진 것이 아니라 다양해진 것이라고 해야 한다. ◻◼

대전문학의 세 경계선

김현정, 남기택, 한상철

김현정 : 세명대 교수. 저서『연민의 시학』등
남기택 : 강원대 교수. 저서『근대의 두 얼굴, 김수영과 신동엽』등
한상철 : 목원대 교수. 공저『노동, 기억, 연대』등

1. 문학과 경계

한국 문학사는 아방가르드, 즉 전위적 실험과 그로 인한 도약을 통해 발전되어 왔다. 근대적 문학 양식의 모색을 위시하여 모더니즘과 리얼리즘이라는 주류 흐름 역시 발단은 전위적 도전에서 비롯되었다. 문학 양식이 정착되는 과정에서 모든 전위는 제도화 과정을 거쳤고, 미적 공준의 생산을 위시한 문학장의 중심은 서울로 집중되었다. 그 과정에서 지역의 문학장이 자연발생적으로 구성되었으니 존재 자체가 하나의 문학사적 사건이라 할 수 있겠다.

대전 문학사의 경계선은 그간 제대로 다루어지지 못했던 식민의 영역을 가로지르는 문학의 경계다. 대전이라는 도시의 형성이 제국 일본에 의한 동아시아 식민지화 과정과 밀접하게 연동된다는 사실은 문학사 구성의 영역에서도 간과하기 어려운 조건이다. 이 불편하고도 미묘한 사정을 명확히 따져보기 위해 대전이라는 장소로 이어진 두 문인을 소환하고자 했다. 망명객으로 이곳을 떠난 신채호와 이민자로 이곳에 도착한 일본인 시인 우치노 겐지가 그들이다. 두 문인이 '대전'이라는 장소를 매개로 보여준 표상들, 즉 추방된 자의 '고향'과 이식된 자의 '부락'은 대전이라는 근대적 장소의 내부와 외연을 들여다보는 낯설고도 흥미로운 만화경이 되어줄 것이다.

해방기 대전문학은 일제의 청산과 새로운 민족정신의 정립이라는 문단의 요구에 부응하는 한편 척박한 대전문단을 일구기 위해 새로운 변화를 모색하는 양상을 띠게 된다. 다양한 동인지와 잡지를 통해 순수와 진보문학의 경계를 넘어 문청들의 상상의 비약을 보여주는가 하면, 역사적 분단과 반목으로 그들의 상상이 지속되지 못하고 추락하기도 한다. 이후 매체를 통해 대전 문인들의 순수 서정시가 발표되면서 위축되고 경직된 대전문단에 새로운 활기를 되찾게 된다. 이러한 다양한 면모를 엿보게 될 것이다.

1950년대 이후 대전문학은 오늘날과 같은 문단 구조가 본격적으로 정립되는 과정과 맞물린다. 이 시기에는 한국전쟁과 분단 고착화라는 주요 정황이 자리하고 있다. 휴전 이후 남쪽만의 이데올로기로 구조화된 문단은 하나의 배타적 제도일 수 있다. 대전은 물론 한국 문학장의 선험적 한계이기도 할 운명이었을 것이다. 그럼에도 불구하고 대전 문학사의 전개 과정에는 다양한 전위적 실험과 특수성 양상이 포함된다. 이는 순수문학으로 강조되어 왔던 대전 문학사 속에 포함되지 않은 결절이자 생성의 층위일 수 있다. 지역과 아방가르드의 총체에 대한 재인식은 한국문학의 현 단계를 진단하고 방향성을 모색하는 기제로 연동되어야 할 것이다. 기계주의 패러다임을 벗어나고자 하는 현 시점에서 우리는 지역 내부에서 길항했던 아방가르드의 다층성을 통해 과거를 재구하고 미래를 예비하는 계기를 마련하고자 한다.

2. 식민의 영역 : 망명의 기억과 이식의 시선

한 도시를 중심에 두고 문학의 흔적을 모아내려는 시도는 구체적 장소를 불러내는 일이기도 하다. 출생과 거주가 중요한 기준점을 이루는 탓이다. 그와 그의 작품이 이 도시의 어딘가에서 태어났고, 그가 이 거리와 골목, 천변 사이를 거닐었으며 어느 날 홀연히 떠나갔다가 긴 시간을 거슬러 돌아왔다는 사연들의 연쇄가 필요하다. 자연과 인공이 버무려진 실체로서의 장소를 전제한 후 출생과 거주로 연결된, 혹은 연결될 수 있을 문학의 징표들을 골라내는 식이다. 그러니 근대적 장소의 탄생, 달리 말해 새로운 도시의 형성은 로컬 문학사 서술의 주요한 토대이자 계기가 된다. 이런 의미에서 한 도시의 문학사를 구성하는 일은 주어진 좌표를 기준 삼아 곳곳에 숨겨진 별자리들을 찾아 밝히는 일에 가깝다.

짚어둘 것은 이 작업에 수많은 선택과 배제가 뒤따르리라는 사정이다. 문학의 역사가 구성되는 한 국가, 민족, 이념, 출신, 학벌, 성별, 기득권 등으로 촘촘하게 엮어진 관계의 그물망을 통과하는 일은 필연적이다. 가끔은 의도적인 침묵과 무시가 섞일 것이고, 다소 과장된 상찬과 편들기도 빠지지 않을 것이다. 물론 누구나 만족할 기준이자 성근 타협점은 존재한다. 그가 이 지역 출신의 내국인이어야 한다는 '속인주의'와 이곳에 머물렀어야 한다는 '속지주의'가 맞물린 경우를 말함이다. 하지만 여기에 부합할 안전한 조합은 넉넉하지 않거나 비틀려 있을 때가 많다. 고전과 현대 사이에 자리한 근대문학의 자리, 역사적으로는 식민지였던 시기로 넘어가는 순간 이 문제는 더욱 미묘해진다. 국적과 문학의 고유성만큼이나 그의 출생과 거주 역시 중하게 다루어지리라던 암묵적 타협점이 무너지기 때문이다.

망해가는 나라에 철길이 놓일 무렵, 이주자들의 마을로 출발한 대전의 사례는 그 무너짐의 한 전형을 보여준다. 우선은 도시의 성립이 일본인들의 주도로 이루어졌기 때문인데, 이 사실은 대전의 문학사 구성에서 식민지 시기를 누락시켜 왔던 주된 요인이자 껄끄러운 논점이었다. 그간 이 문제가 표면화되지 않았던 이유는 로컬 문학사 서술의 계기가 대부분 공적 제도 안에서 마련되어 왔던 탓이 크다. 식민지 시기의 일본인 문학을 제외함으로써 문학사 구성의 순결성을 보장하는 일은 민족국가 담론의 권리이자 의무였던 셈이다. 그에 따라 피식민자와 식민자가 구별되었고, 그들의 문학은 서로의 경계를 벗어날 수 없게 되었다.[1] 이 익

---

1 이런 의미에서 대전이라는 도시의 문학적 출발을 해방 이후의 동인지 『동백』으로 상정하는 로컬 문학사 구성은 익숙하고도 안전한 관점이지만, 역설적으로 그만큼 제한적인 시선일 수 있다. 이 관점에 기대 대전문학의 범주를 식민지 시기로 넓힐 경우, 로컬 문학사 구성의 초입이자 전사(前史)에 놓일 전형적 진술은 다음과 같은 지문일 것이다. "대전에서 문학 활동을 한 문인으로서 1945년 해방 전부터 활동을 한 문인은 대충 여덟 사람을 지적해야겠다. 대전시단의 거목인 정

숙한 분할의 논리는 해방 이후로 넘어와서도 완전히 해소되지 못했다. 다시 '불온'한 좌파 선동가와 '순수'한 예술가들, 부역 혐의를 지닌 추방자와 '폐허'에 남은 실향민들이 구별되었고, 경계 너머의 문학은 대부분 지워져야 했다. 이 분할의 경계를 한두 걸음 옮기는 용기가 필요한데, 그것만으로도 제국이자 식민지였던 근대적 장소의 미덕과 추악함은 흔들릴 수 있다.

> 외로운 등불 가물가물 남의 시름 같이 하며
> 일편단심 다 태울 제 내 맘대로 못할러라.
> 창 들고 달려나가 나라 운명 못 돌리고
> 무질어진 붓을 들고 청구 역사 끄적이네
> 이역 방랑 10년이라 수염에 서리 치고
> 병석에 누운 깊은 밤에 달만 누각에 비쳐드네
> 고국의 농어회 맛 하 좋다 이르지 마라
> 오늘은 땅이 없거늘 어디다 배를 맬꼬.
>
> — 신채호, 「秋夜述懷」(1922) 전문

몹시 두려운 대륙풍이 부는 하늘이다

훈, 시인 전형, 국문학자로 통하는 시인 지헌영, 그리고 희곡작가 양기철, 시조시인 권용경(두)이다. 그들은 저서가 있으나 그 외 해방 후 동방신문 간부로 활약하여 문인으로 호칭되던 황린과 좌익문인으로 임완빈, 민병성 등은 저서가 없다." 최문휘, 「대전문단 이면사(1)-대전문단 60년을 회고하며」, 『대전문학』 40호, 2008. 여름호. 30쪽. 흥미로운 사실은 저자 자신이 이 글을 '대전문단사'가 아니라 '대전문단 이면사'로 명명했다는 대목이다. 해방 이전부터 대전에 거주했던 작가들의 목록과 그들의 간략한 이력을 제시하면서, 이를 대전문학이 아니라 대전문단의 '이면'으로 지칭한 것이다. 이 분절의 시선이야말로 대전문학을 바라보는 그간의 문학사가 지닌 암묵적 전제에 해당한다.

새로이 반도로 이주해 온 사람들이여

깊고도 깊은, 이 가을에 들어선 밤하늘 올려다보시길

그것은 내지에서 결코 볼 수 없는 투철함

퍽이나 맑은 깨끗함과 푸르름

올려다보면

깊은 숲에서 솟는 맑은 샘물을

찰랑찰랑 머금은 깊은 못 바닥에 있는

오싹함 느껴지지 않는가

좀 더 보시기를, 저 쇳조각 이어 붙은 듯한

산봉우리로부터, 냉장고에서 나온

선인장 같은 달이 기어오르지 않는가

　　　　- 우치노 겐지, 「朝鮮秋情」(『흙담에 그리다』, 1923) 부분

　　로컬 문학이 민족국가 단위 문학사의 하위 범주로 이해되는 현실에 서라면 두 시인의 시편을 맞대는 일은 차라리 괘씸한 도발이기 쉽다. 실제로도 출신, 국적, 언어, 이념, 실천에 이르기까지 어느 하나 교집합이 존재하지 않는 두 문인의 유일한 연결 고리는 대전이라는 장소다. 물론 이 도시와의 인연만으로 그들의 문학적 계기를 온전히 연결 짓기는 섣부르고 경솔하다. 독립을 꿈꾸며 떠나간 불굴의 망명 지사와 경제적 안정을 찾아 떠나온 이주민 식민자의 삶에서 '이곳'의 의미가 갈라짐은 당연한 일이다. 하지만 대전의 문학사가 식민지 시기를 수렴하는 과정에서 두 문인을 둘러싼 분별의 당위성이 넘어설 수 없는 경계로까지 공고화되는 현상에 대해서는 또 다른 물음이 필요하다. 신채호(1880-1936)와 같은 민족국가 담론의 강력한 상징이 앞세워질수록, 그들이 떠나간 자리를 차지했던 이주민들의 흔적은 지워지거나 축소되기 때문이다.

　　이런 맥락을 두고 보면, 1920년대 초 베이징과 대전에서 만들어진

두 '고향' 시편을 모아 보는 일은 문학을 한 장소에 가둘 때 벌어질 수 있는 극적 대비의 예로 삼을 만하다. 전자는 베이징에서 『천고(天鼓)』 발행을 더 이상 이어갈 수 없었던 신채호가 한문으로 적어둔 시이고, 후자는 대전에서 4년 남짓 『경인(耕人)』을 주재하던 시인 우치노 겐지(內野健兒, 1899~1944)가 일본어로 발표한 근대적 서정시다. 그들의 시를 통해 '대전'은 없어진 '땅'이자 "맑은 가슴에 향수를 자아"내는 타향으로 이원화된다. 이 낯설고 불편한 이종(異種)의 대비는 두 작품의 모티프가 가을밤의 정취에서 비롯하여 떠나온 고향에 대한 향수로 이어진다는 사실로부터 기인한다. 하지만 그 이면에서 꿈틀대는 시적 주체의 정서를 단지 고향을 향한 그리움으로만 간종그리기는 어렵다. 나라를 잃고 '이역 방랑 10년'에 '병석에 누운' 강직한 망명 지사의 '일편단심'과 온갖 의심을 지닌 채 "새로이 반도로 이주해 온" 젊은 이방인의 '향수' 사이에는 건너기 힘든 벽이 자리하는 탓이다.

  잘 알려져 있듯, 1910년 4월 중국으로 망명한 신채호를 대전 문학의 첫머리에 세울 수 있게 한 지렛대는 그의 출생과 유년이었다. 그는 오늘날 대전광역시 중구 어남동으로 구획된 대덕 산내의 한촌에서 태어났고, 아버지의 죽음 후 충북 청주시 상당구 낭성면 귀래리로 옮겨 성장했다. 그렇긴 해도 신채호의 입장에서 대전이나 청주는 자신만의 '고원(故園)'으로 기억되기 어려운 공간이었다. 특히 성균관 박사직을 사직하고 낙향했던 1905년, 그가 스쳤을 대전은 일본인 철도 인부들이 모여 사는 작고 낯선 정거장 마을에 불과했다. 그러니 신채호에게 대전은 이주민들의 땅, 즉 식민자들의 마을로 인식되었을 가능성이 더 크다. 이런 사정에도 불구하고 신채호가 대전이나 충청 근대문학사의 첫머리로 수렴될 수 있었던 것은 민족과 국가를 새롭게 상상하고 다시 세우려 했던 삶의 출발이 이 장소에 뿌리를 두고 있기 때문이다. 그는 일본인들이 몰려오던 시절 누구보다 과감하게 이 땅을 떠났고, 죽은 자가 되어서야 자신이 떠났던 '고원'으로 돌아온 선구자였다.

　반면 쓰시마 섬 이즈하라 출신의 청년 시인, 우치노 겐지에게 1921년 대전으로의 이주는 삶과 문학의 전환점이었다. 그가 1923년 발표한 첫 시집 『흙담에 그리다』는 2년에 걸쳐 이루어진 시작(詩作)의 결실인데, 일본인들의 '신흥 도시' 대전을 근대문학의 무대로 불러낸 최초의 시도 중 하나였다. 그 안에는 1918년 신축된 새 역사(驛舍), 그 뒤편 언덕에 자리한 소제공원과 신사, 역 광장을 둘러싸고 형성된 일본인들의 신식 거주지, 그 안의 상업시설과 유곽의 풍경 전반이 에둘러져 있다. 또한 간과할 수 없는 대목은 시인의 산책이 종종 이중도시(dual city)의 경계를 넘어 조선인들의 마을로 향한다는 사실이다. 그의 시집을 총독부의 금서로 만든 원인이었던 장시 「흙담에 그리다」는 일본인들의 거주지 너머에 자리한 '흙담' 길, "너무도 견디기 힘든 슬픈 상처와 권태의 육성"이 맴도는 조선인들의 마을을 영감의 원천으로 삼고 있었다. 같은 시기 염상섭이 『만세전』에서 귀환자의 서사를 빌려 묘사해 놓은 대전역 에피소드와는 다른 관점에서[2], 우치노의 시편은 당시의 대전을 생생하면서도 강렬하게 재현하고 있었다.

　1925년 겨울 시인은 대전을 떠났지만, 자신이 머물렀던 땅과 사람들에 대한 문학적 관심을 흘려버리지 않았다. 1928년 본국으로 추방당한 후에도 그 진정성이 이어졌다는 점에서 우치노의 문학적 성취는 재검토

2　횡보가 유학생 귀환자의 서사를 빌려, 대전역 주변의 "마을과 도시에 퍼져가는 슬픔과 비극 자체"를 불러내고 있다면, 우치노는 실제 그 장소에 머물렀던 이주민의 서정으로 도시 곳곳을 살피면서도 "그 장소들의 슬픔과 비극을 '조선'이라는 익명화된 공간"에 가둔다는 점에서 식민자의 한계를 완전히 벗어나지 못하고 있다. 다만 두 사례에서 식민자와 피식민자의 위계가 구별되어야 하듯, 도시를 경유하는 여행자의 시선과 그곳에 터전을 둔 산책자의 시선 역시 구별될 필요가 있다. 장소 곳곳의 내밀함을 들여다보는 일에서만큼은 우치노의 자리가 더 유리했던 셈이다. 한상철, 「식민과 제국의 교차로, 역의 문학사-20세기 전반의 대전역을 중심으로」, 어문연구 107, 어문연구학회, 2021. 222~232쪽 참조.

될 필요가 있다.[3] 다만 대전의 문학사가 정비되면서 오래전 한 이방인 산책자가 남긴 시집과 일본어 잡지 『경인』에 담긴 방대한 텍스트는, 그것이 속해 있던 장소와 분리되고 말았다. 한때 이 도시에 머물던 식민자들, 다양한 이유로 그들과 얽혀 있던 조선인 동조자들의 일본어 저작이 문학사의 영역에서 한순간에 추방당한 결과였다. 이처럼 갑작스러운 삭제는 이미 벌어진 사태를 해소하기 위한 고육지책이었으나, 한편으로는 장소의 역사를 방치한 것이기도 하다. 학문의 영역에서마저 식민자들의 흔적이나 불온한 선동가들의 회합을 초점화하는 일에 논란과 다툼이 끊이지 않는 이유 역시 그 때문이다.

　이미 존재했던 텍스트의 안과 밖을 둘러싼 배경과 혐의를 잠시 걷어내고 본다면, 문제의 논점은 간명하다. 대전의 문학을 규정하는 기준점은 그 장소에 머물렀던 사람들, 그들이 남긴 삶의 기억과 분리되어서는 안 된다. 민족이나 이념을 잣대로 만들어진 분할과 경계 짓기가 이 장소에서 벌어진 사건의 결과로 존재하는 이상, 여기에 머물렀던 누군가의 삶과 문학은 선택과 배제 이전에 놓여 있는 텍스트이어야 한다. 그것의 진심과 위선, 절실함과 가벼움은 먼저 전제되는 것이 아니라 누군가의 읽기를 통해 증명되는 것이다.

　한 굽이 맑은 강 두 언덕엔 숲이 있고
　두어 칸 초가 한 채 강기슭에 있었네.

3　이 호기심 많고 열정적인 시인의 바지런함은 당시 일본 다다이즘의 기수였던 다카하시 신키치 (高橋新吉, 1901~1987) 같은 시인들을 대전으로 불러들이고, 그들의 작품을 자신이 주재하던 『경인』에 소개했던 데서도 확인된다. 우치노와 그의 잡지 『경인』은 '신흥 도시' 대전을 당대 문화의 전위와 연결시키는 매개체이기도 했던 셈이다. 1924년 9월, 대전에서 이루어진 우치노 겐지와 다카하시 신키치의 만남에 대해서는 요시카와 나기, 『경성의 다다, 동경의 다다』, 이마, 2015. 124~128쪽 참조.

얼굴 아래 맑은 바람 베개를 스쳐 불고
처마 끝 밝은 달빛 거문고를 비추었네.
들길에는 이따금 다람쥐 지나가고,
모래밭엔 예대로 흰 갈매기 떠돌리니,
어쩌타 10년이 가도 돌아가지 못하고서
이역 땅에 머물며 망향가만 부르는고.

- 신채호, 「故園」 전문

어둔 상념이 고인 드넓은 하늘의 가슴팍을
푹 찌르는 나목의 뾰족한 끝은
동요 없이 고뇌의 정점을 가리키고 있구나
나무 저편에 드리워진 풍경의 막도 색이 바래
그저 검붉은 대지 표면에 그을린 색 추레한 풀 옷을
아무렇게나 걸친
나병 환자 같은 민둥산이 이어져 있을 뿐
이따금, 먼 곳 놀러 나갔던 나무의 혼이 돌아오듯
참새들이 우듬지에 흡수되어 머무르지만
(중략)
다시, 한층 더 넜이 나간 나무의 모습
아아, 그리고 그 아래를 지나가는 것은
둔중한 조선인의 걸음으로
백의가 창백한 망령의 그림자를 끌어당길 뿐.

- 우치노 겐지, 「鮮土冬景」 (『흙담에 그리다』, 1923) 부분

식민지 시기는 대전이라는 도시와 그 안에 배치될 수 있는 문학의 가능성이 최초로 구성된 시점이다. 그 가능성을 재구축하려 할 때 마주

치는 최대의 난점은 이 도시를 준거 삼은 작가와 텍스트가 많지 않다는 사실이다. 1920년대 초반 신채호가 남긴 한시는 물론이고, 같은 시기 우치노 겐지의 일본어 작업이 소중하게 다루어져야 할 보다 실질적인 이유는 그것이 문학사 구성의 일차적인 텍스트를 이루기 때문이다. 물론 민족국가 담론에 의한 경계가 두 문사의 문학 사이를 준엄하게 가로막고 있음은 앞서 밝힌 대로다. 이들의 문학세계 전반을 두고 보면, 대전이라는 장소와의 인연은 다분히 한정적인 것도 사실이다. 하지만 20세기 전반 내내 동아시아의 로컬 여기저기에서 벌어진 문학 활동을 민족국가 단위의 문학사로 해명하는 데에도 한계가 따르는 것은 매한가지다. 제국이자 식민지였던 땅에서 벌어진 다국적 문학의 발현들, 예컨대 경성, 동경, 베이징과 같은 핵심 로컬에서 산출된 텍스트들의 용광로와 그 안에서 꿈틀거릴 동아시아적 근대문학의 상상력을 모두 포괄하는 민족국가 단위의 문학사는 존재할 수 없는 탓이다.

　이런 맥락에서 신채호가 남긴 한시 속 고향을 오늘날의 장소들에 연결하고 보면, 그는 독립을 위해 일생을 바친 역사가이자 근대문학의 새로운 가능성을 연 문인이기 이전에 자신의 '고원'을 그리워한 시인이었다. 망명지에서 남긴 그의 한시들은 지사 신채호의 의지와 함께, 고향을 그리워하는 실향민의 심사에 연동된다는 점에서 대전과 청주를 아우르는 로컬의 소중한 자원으로 삼을 수 있다. 그의 문학이 대전의 문학사로 수렴될 수 있는 근거 역시 이로부터 비롯됨이 더 적절하다. 돌아갈 수 없는 고향을 불러내면서 신채호의 시편들은 근대적 도시로 구획되기 이전의 땅, 금강 줄기 연변의 산과 마을에 가 닿게 된다. 여기서 발현된 장소들의 구체성이야말로 신채호라는 걸출한 문사가 대전과 충청 문학의 한 시원에 연결되는 직접적인 계기를 이룬다.

　신채호의 '망향가'인 「고원」은 그의 문학을 로컬과 이어주는 작품 중 하나다. 중요롭게도 시인이 대전과 청주 사이에 놓인 고향의 흔적을 불러내는 순간, 그의 고향 주변에 세워졌던 근대적 '식민 도시'의 흔적은 지워지고 만다. "한 굽이 맑은 강"이 흐르고, "두 언덕엔 숲이" 자리한 '강기슭'의 '두어 칸 초가'로 그려진 고향 정경은 일본인들이 세운 근대도시의 영역과는 엄연히 배치될 수밖에 없는 탓이다. 이러한 구도를 빌려 시인은 금강 줄기를 따르는 호서의 자연과 유구한 역사를 배면 삼은 작은 마을을 기억 속 '고원'으로 명명한다. 이는 떠나온 땅의 현실을 걷어내고 역사를 보여주려는 전략이기도 한데, 부재(不在)함으로 외려 존재할 수 있는 땅에 대한 기억이야말로 신채호가 시로 불러낸 고향의 의미이자 가치다. 이처럼 구체적 장소를 시로 기억하는 과정은 그의 문학을 로컬로 이어주는 계기이자, 오늘날 대전과 충청의 문학에 신채호를 하나의 뿌리로 연결하는 실질적 근거이기도 하다.

한편, 우치노가 바라본 대전의 창백하고 섬뜩한 겨울 초상인 「鮮土冬景」은 신채호가 애써 거부했던 '식민 도시'의 겨울을 예리한 필치로 붙잡아 둔 경우다. "검붉은 대지 표면에 그을린 색 추레한 풀 옷을/ 아무렇게나 걸친/ 나병 환자 같은 민둥산"은 우치노의 눈앞에 놓인 이중도시의 경계 너머, 즉 조선인들의 마을과 산야에 흐르는 황폐함을 상징한다. 그가 첫 시집에서 대전의 외곽이나 호남선 풍경을 묘사하며 자주 활용했던 헐벗은 '민둥산'의 이미지는 신채호의 '고원'에 닥친 식민지의 현실을 환기하는 대칭적 표상인 셈이다. 다만 '식산'과 '흥업'으로 떠들썩하던 일본인들의 시가지에서도, "백의가 창백한 망령의 그림자를 끌어당길 뿐"인 조선인들의 마을에서도, 시인은 소속될 수 없는 이방인 산책자로 머물러 있다. 어느 편에도 온전히 속하지 못한 것인데, 이런 의미에서 그가 머무는 장소는 늘 경계의 자리였다.

우치노의 시는 '식민 도시'의 경계를 넘어서려는 자의 과격함보다는 경계 주변을 맴도는 산책자의 연민에 가까이 서 있을 때가 많았다. 오랜 시간이 지난 뒤, 시인은 자신이 살았던 장소를 "호남선의 분기점이었기 때문에 내지인 중심으로 형성된 거리에서, 조선인 부락은 그 주변에 산재해 있을 뿐"이던 일본인들의 도시로 회고했다.[4] 일본인들의 '거리'와 조선인들의 '부락'이라는 위계에 대한 순응은 그가 서 있었던 장소에서, 그경계를 넘지 못하고 머뭇거렸던 이유를 설명하는 가장 단순한 근거다. 우치노의 난관이자 부조리를 신채호는 망명자의 기억으로 넘어섰고, 염상섭은 여행자의 시선으로 파헤쳤다. 우치노의 작품은 그들의 자리 건너편에 존재했던 식민자들의 흔적임이 분명하다. 하지만 그들이 지워져야 할 존재라면 그 이유 역시 작품 속에서 귀납하는 것이 순리에 맞다.

이런 맥락을 앞세우고 보면, '다람쥐'와 '갈매기'가 노니는 신채호의 '고원'과 "나병 환자 같은 민둥산이 이어져 있을 뿐"인 우치노의 대전은 민족국가 담론 너머에서 이루어지는 시적 장소 간의 대비로도 읽어낼 수 있다. 그것은 문학사 구성의 담론이나 경계에 앞서 그들의 문학 자체가 대전과 충청의 장소들에 연결된 경우일 텐데, 미리 구획된 문학사의 경계가 아니라 로컬을 직접 소환해낸 텍스트를 통해 식민지 시기의 문학사가 출발할 수 있음을 입증하는 사례가 된다. 이 위험천만하고 논쟁적인 출발점을 통과한 이후에야, 비로소 대전이라는 장소와 연결된 신채호의 가치나 우치노의 한계가 명백해질 수 있다.

3. 해방의 전개 : 상상의 비약과 추락

대립과 공존

8·15 해방은 잃어버린 언어를 되찾고, 위축된 민족정신을 다시 불러일으킬 수 있게 된 중요한 역사적 사건이다. 36년 동안 일제에 의해 왜곡

---

4 우치노 겐지, 「조선에서의 시 작업에 관하여-회고적으로(朝鮮に於ける詩の仕事に就て一回顧的にー)」, 『東洋之光』, 1939, 11.

되고 날조되고 사라져버린 것들을 다시 복원시켜야만 하는, 그리고 무언가를 '새롭게' 만들어가야 하는 임무가 해방을 통해 부여된 것이다. 그러나 안타깝게도 이러한 임무가 우리에게 온전하게 부여된 것은 아니다. 이 해방이 식민지 지배에서 벗어나기 위한 우리 민족의 끈질긴 저항의 결과의 산물이긴 하지만 우리의 자주 역량에 의해 이루어진 것이 아닌, 열강에 의한 일제의 패망으로 얻어진 것이기 때문이다. 우리에게 다가온 해방은 미소 강대국의 보이지 않은 힘이 작동하는, 불완전한 해방이었던 것이다. 이에 따라 해방된 우리의 현실은 정치, 사회, 문화, 예술 등의 분야에서 좌우익의 갈등과 반목과 대립 상태에 놓이게 된다.

해방 이후 대전문단 또한 이러한 문학적 대립 양상을 보여주었다. 그러나 '대전문학사'에서 해방기 대전문학은 순수문학 중심으로 기술되었다.[5] 이 시기 진보문예지와 신문 자료 등이 발굴되지 않은 면도 없지 않지만, 한편으로 '순수문학'의 전통성을 부각시키기 위해 진보문학을 의도적으로 망각하거나 배제한 면도 없지 않다. 그러나 대전지역 소장 연구자들에 의해 진보문학 관련 자료들이 발굴되고, 이를 해제, 분석한 연구 성과들[6]이 나오면서 해방기 대전문학사가 새롭게 재조명되어야 한다는 당위적인 목소리가 점점 커지고 있다.

박명용 편의 『대전문학사』에 기술되어 있는 해방기 대전문학의 내용은 소략하다. 『향토』(종합지), 『동백』(시동인지), 『북소리』(한덕희 시집), 『머들령』(정훈 시집)에 관한 내용이 간략하게 개괄적으로 서술되어 있다. 해방기 대전문단에 종합지, 시동인지와 시집 등이 발간되었다는 사실과 미발굴된 자료의 목차 및 작품을 인용, 분석한 내용 등은 후속 연구의 길을 마련했다는 점에서 의미를 지닌다고 할 수 있다. 아쉬운 점

----

5   박명용 편, 『대전문학사』, 한국예총대전광역시지회, 2000.

6   김용재 외, 『해방기 대전문학』, 대전문학관, 2018 등.

은 해방기 대전문단에 순수문학과 더불어 엄연히 존재한, 진보문학에 대한 언급이 부재하다는 점이다. 이는 곧 해방기 대전문학의 '새로움'이 누락되었음을 의미하는 것이기도 하다. 이러한 해방기 대전문학사에서 진보문학의 내용이 충실히 복원될 때 순수문학과 진보문학이 균형 잡힌, 올바른 문학사가 기술될 것이다.

해방기 대전문학에서 먼저 거론되는 것은 종합지 성격을 띤『향토』이다. 현재까지 이 자료는 미발굴 상태이다. 발굴되지 않은 자료에 대해 기존의 문학사에 의존하여 재논의하는 것은 오류를 낳을 가능성이 없지 않기에 여기에서는 논외로 한다. 반면 1946년에 발간된 시동인지『동백』이 존재한다. 정훈, 박희선, 박용래등 세 시인이 만든 대전의 시동인지『동백』은 해방기 대전문학의 단초를 보여준다. 이 자료는『호서학보』,『호서문학』으로 이어지는 이후 대전지역 순수문학의 계보의 시원(始原)이 된다. 해방 전 서로 교류가 거의 없었던 정훈과 박희선, 박용래의 합심으로 만들어진 동인지인데, 당시 정훈의 나이는 36세, 박희선과 박용래의 나이는 24, 22세로, 2-30대 문청들이 대전문단의 시발점을 이루는 모습을 보여준 것이다. 이 세 사람은 서로 공통점이나 유사점이 거의 없는, 서로 각기 다른 방식으로 '서정성'을 노래한다는 측면에서 다소 이질적인 만남이라 할 수 있다.『동백』의 창간사는 정훈이 썼다. 그는 창간사에서 "꿈을 갖이기는 메마른 沙漠이다. 그러나 나는 보았다 늙은 가슴으로 벗적 마른 길거리에 푸라타나스 파-른 줄기 발로 뼈덧다 새로운 애처로운 飛躍이여-『冬栢』은 괴로운 우리 겨레를 참된 착한 아름다운 境地에로 이끌 民族魂의 짝이 되고 싶다 가난한 우리 詩壇의 별이 되고 싶다"라고 언급하고 있는데, 이에 대해 박희선, 박용래도 공감했을 것으로 보인다.「서당」(정훈),「백기(白旗)」,「신화」(박희선),「새벽」,「六月 노래」(박용래) 등이 수록되어 있다. 이 중 박용래의「새벽」을 보기로 한다.

새벽 하늘
無限한
草原이다

가는 구름은
안개 속에 꿈을 깨인
山羊의 群團

그들에 길목에는
曉星이
斷崖 우에 百合송이마냥

이슬 품고 珍珠母色으로
머르이
방울 흔들다

- 「새벽」 전문

박용래가 지상에 처음으로 발표한 시로, 먼동이 트기 전 여명의 모습을 잘 표출하고 있다. "새벽 하늘"을 "무한한 초원"으로, "가는 구름"을 "산양의 군단"으로 보고, "曉星"이 "방울 흔들다"라고 한 것에서 박용래 시인의 특유의 '참신한' 시적 기법을 볼 수 있다.

이후에도『동백』의 지속적인 발간을 통해 이 세 시인의 동행은 이어지게 되는데, 결국『동백』이 종간(7집인지 8집인지 정확하지 않음)되는 바람에 이들도 헤어지게 된다. 당시 계룡의숙에서 수학한 바 있는 한 문인은 "이병기, 조운, 조남령, 이호우 등 시조 시인과 조향, 오장환 그리고 당시 신인이었던 김구용 등과의 방문 교류에서 동백시회의 시적 영역도

시대의 흐름에 따른 변혁과 새로운 면모로 등장을 하면서 우리 시단의 주목의 대상으로 등장한 것도 사실"[7]이라고 언급하였다. 이 시기 대전 문학은『동백』창간호에서 밝힌 것처럼 '순수 서정시'를 통해 척박한 대전 시단의 '별'이 되고자 했던 것으로 보인다. 해방 이후 새롭게 문단을 정립해야 하는 지점에서 '민족'을 어떠한 방식으로 표출할 것인가에 대한 고민을 했을 것이다.

이처럼 대전문단에서 순수문학의 지평을 넓혀가는 가운데 또 다른 새로운 문학이 등장하는데, 그것은 다름 아닌 진보문예지『현대(現代)』이다. 현재까지 발굴된『현대』자료는 1947년 9월호와 동년 송년호이다.『현대』판권에 '허가 제24호 1946년 6월 18일'이라고 씌어있는 것으로 보아 1946년에『현대』창간호가 출간된 것으로 추정된다. "프린트 타블로이드판인『동백』과는 다르게 활자본으로, 전형적인 근대 잡지 양식을 보여준 잡지"[8]라 할 수 있다. 이 문예지는 대전지역에 국한하지 않고 중앙 문인들이 대거 참여하고 있다는 점(김태준, 신남철, 조중곤, 김남천 등)과 문학가동맹 대전지부 현황(위원장 황린, 부위원장 김종태, 상무위원 이병권, 박희선 등)이 비교적 자세하게 명시되어 있다는 점, 그리고 당시 대전지역 문인들의 작품이 다수 수록되어 있다는 점(임완빈, 남철우, 박희선, 박용래 등) 등에서 새로움을 발견할 수 있다. 특히 "대전의 문화와 정치적 양상을 밝혀놓되, 잡지의 이념적 지향을 뚜렷이 하며 문학가동맹 대전지부의 기관지 역할을 자임하고 있"[9]는 점은 특기할 만하다. 이러한 면을 보여주는 작품으로는 박용래의「몽양선생영전에」, 박희선의「불근산맥」, 「산맥」, 남철우의「노래」, 이병권의「석고상」등이 있다.

7   최문휘, 「대전문단이면사(2)」, 『대전문학』 41호, 2008, 25쪽.

8   송기섭, 「문화지『현대』와 대전문학」, 『인문학연구』 86호, 2012, 108쪽.

9   박수연, 「해방과 진보」, 『해방기 대전문학』, 74쪽.

'동백' 동인인 박용래와 박희선의 시가 수록된 점을 주목할 필요가 있는데, 당시에는 순수문학과 진보문학장이 서로 공존하였음을 보여주는 것이라 하겠다. 그리고 '학생시단'란을 마련하여 학생들의 시를 싣고 있는데, 이 또한 학생들의 좋은 시를 발굴하려는 의지로 여겨진다. 『현대』는 해방 후 대전순수문학의 주류를 형성해 온 『동백』과는 차원이 다른, 대전지역 진보문학의 새로운 면을 보여주고 있는 것이다.

『현대』와 아울러 전위적인 양상을 보여주는 잡지는 『신성(新聲)』(혁신 8·9월 합병호, 1948.9)이다. 제호가 다름 아닌 '新聲', 즉 '새로운 소리'이다. 기존의 잡지와는 다른, 새로운 내용을 담겠다는 의지가 드러나는 제호이다. 이 잡지는 『현대』 5호에서 모종의 정치적 필화 사건을 겪은 후 명칭을 변경한 것인데, 이로 미루어 알 수 있듯이 『신성』은 문학가동맹 기관지의 성격을 띤 『현대』보다 다소 유연해졌음을 발견할 수 있다. 진보문학의 경직성에서 벗어나겠다는 의지를 피력한 것이 아닌가 싶다. 황린, 정훈 등이 참여한 좌담회와 전형, 염인묵(염인수), 이춘우의 산문, 남철우의 시, 계룡산의 '신도안 탐방기' 등 다채로운 양상을 보이고 있다. 특히 문학 좌담회에서 진보문학계열의 황린과 순수문학계열의 정훈의 입장 차이가 두드러지는 점이 눈에 띈다. 이때까지만 해도 대전문단은 좌우의 갈등과 대립양상이 첨예하게 드러나기 보다는 진보문학과 순수문학이 서로 공존하는 양상을 띠고 있는데, 이러한 점이 중앙문단과 차별되는 점이다. 『동백』 창간의 주역인 정훈, 박희선, 박용래등이 진보성향을 띤 『현대』 또는 『신성』에 작품을 발표하거나 좌담회에 참여하고 있기 때문이다. 이는 해방 이후 문청들이 대전문단에 새로운 활력소를 불어넣기 위해 각기 이념을 지향하되 문학적 정서의 교감도 중요시했음을 알려준다.

경직과 생성

남한 단독 임시정부 수립 이후 대전의 문단은 침체기를 맞이한다. 진보문학의 경향이 퇴보하고, 순수문학 또한 활기를 잃게 된다. 문학에서의 이념적 대립과 공존이 소멸된, 수동적 문학으로 전락한 것이다. 해방을 맞이하며 갖게 된 문청들의 패기 또는 '새로움'의 추구보다는 문청들의 상상이 위축되고 '경직'된 모습을 띠게 된 것이다. 정훈과 함께 해방공간에서의 문학적 전위를 꿈꾸었던 박희선, 박용래는 여러 사정으로 정훈과 결별한다. 그리하여 "계룡학숙에 머물렀던 박희선은 향리 전북으로, 원영한, 송석홍이 서울로, 박용래가 부여 등지로 떠"나게 된 것이다.[10]

'족청' 활동을 하던 정훈은 이를 부단장에게 넘기고 '호서민중대학'을 설립하는 데 힘쓴다. 1948년에 호서민중대학의 인가가 나고, 1949년 1주년을 기념하기 위해『호서학보』창간호를 발간한다. 이 학보는 호서문학의 산실이기도 한 '계룡학숙'의 발자취를 엿볼 수 있다는 점과 대전 최초의 대학 학보라는 점 등에서 의미가 있다. 특히 진보문학 계열의 문인 중 한 사람인 민병성의 시조가 눈에 띈다. 물론 그는 이 글에서 진보적 색채는 거의 보이지 않는다. 아니, 당시의 분위기상 표출하는 것이 불가능했다고 보는 것이 타당할 것이다.『신성』에 실린 좌담회「문화를 이야기하는 밤」에서 정훈과 민병성은 커다란 시각 차이를 보인 바 있다. 즉 정훈이 문학이 정치를 대변해야 한다는 입장이고, 민병성은 문학이 정치로부터 자율적이어야 한다는 입장을 드러낸 것이다. 그러나 이후 두 시인은 많은 변화를 보이게 된다. 그럼에도 그의 시조「사어수조(私語數鳥)」에는 네 마리의 조류를 통해 '새로운' 의미를 부여하고 있다.

---

10   원영한, 「호서문단 십년 발자취(一)」, 『대전일보』, 1958.8.15.

맨 앞, 처음의 형태

꾀꼬리

어허 꾀꼬리 우네/ 버들 숲에 金衣公子여/ 돌던지는 아이놈을/ 무심하다 이르지말라/ 백성은 네 소리에 질려 귀막은지오래니라

두견이

죽어 혼이 있어/ 새로 태여날 량이면/ 달밤에 두견일랑/ 아예 닮지 말려므나!/ 미쳐서 숯을삼키는 불새가 돼야지

- 「사어수조」 부분

'꾀꼬리'를 통해 백성들의 소리를 위정자에게 제대로 전달하라는 의미가 내포되어 있고, '두견이'에서는 "미쳐서 숯을 삼키는 불새"가 되라고 주문하고 있다.[11] 처음으로 지상에 발표된 그의 시조에서 새로운 면모가 나타난다.

1950년대 벽두에 대전지역 문인들의 '서정성'을 엿볼 수 있는 문학장이 마련되는데, 그것은 다름 아닌 『동방신문』에 실린 '신춘향토시선(新春鄕土詩選)'이다. 1950년 3월 12일부터 22일까지 대전 시인들의 시가 발표된 것이다. 박용래의 「까마귀처럼」을 비롯하여 이춘우의 「등꽃」, 송석홍의 「지기(地氣)」, 목령(木嶺)의 「내 무어라 시를 쓸 것인가」, 원영한의 「채 아니…… 지워진 노만(魯漫)」, 해암(海岩)의 「춘수(春愁)」, 백영(白影)의 「옛 서정 시첩에서」등 7편이다.(이 외에도 『동방신문』에 실린 작품으로는 박용래의 「우유꽃 언덕」, 「그 무렵의 바다」, 「물오리에」, 최영자의 「가신 아버지 - 추도김구선생」, 백영의 「삼·일절 = 자유 아니면 죽엄

---

11   김현정, 「해방기 학술적 문학담론과 문학 양상 - 『호서학보』를 중심으로」, 『해방기 대전문학』, 142쪽 참조.

을 달라」 등이 있다.) 박용래와 황린의 시, 초창기 '호서문학회' 결성과
『호서문학』 창간에 많은 기여를 한 송석홍, 원영한의 시,『현대』 9월호
(1947.9) '신인문단'에 소개된 심재규, 이춘우의 시를 통해 당시 대전 시단
의 '새로움'을 보여주고자 했던 것이다. 해방기 대전문단의 별을 꿈꾸던
박용래를 비롯하여 전위를 꿈꾸었던 황린(백영)과 임완빈(목령) 등의 작
품이 한 자리에 모인 것이다. 이로 인해 남한 단독 임시정부 수립 이후
침체되었던 대전의 순수 서정시가 모처럼 활기를 띠게 된 것이다.

특히 1950년 4월부터 6월에 걸쳐 이들의 시에 대해 벌인 전여해와
송석홍 간의 문학논쟁은 당시 문단에 센세이션을 불러일으켰을 것이
다. 진보문학에 다소 우호적인 면을 보인 전여해와 순수문학을 옹호하
는 입장인 송석홍 사이에 벌인 이 논쟁은 대전문학사에서 처음으로 벌
인 문학논쟁이라는 점에서 시사하는 바가 크다. 그러나 안타깝게도 자
료 유실로 인해 현재 논쟁 내용 중 전여해의 글은 「향토시선 총평(상)」
과 「향토시선총평」(완)만 남아 있는 실정이다.

이처럼 『동방신문』 지상에 발표된 「신춘향토시선」과 「향토시선총
평」은 당시 대전문단의 새로운 형식과 내용을 담보하려는 의도에서 기
획된 것이다. 이후 분단의 비극인 한국전쟁으로 인해 이러한 새로운 기
획이 더 이상 지속되지 못한 점은 매우 안타까운 일이라 하겠다. 그러나
이 시기의 대전 문인들의 열정과 새로움을 추구하려는 태도는 1950년대
전쟁 상황 속에서도 '호서문학회'가 결성되고,『호서문학』 창간호가 발
간되는 데 많은 영향을 주었다.

정훈, 박희선, 박용래 등으로 시작된 해방기 대전문학은 일제의 청
산과 새로운 민족정신의 정립이라는 문단의 요구에 부응하는 한편 척
박한 대전문단을 일구기 위해 새로운 변화를 모색하였다.『동백』,『현
대』,『신성』 등은 순수와 진보문학의 경계를 넘어 문청들의 상상의 비약
을 보여주었다. 그러나 그들의 상상은 역사적 분단과 반목으로 지속되

지 못하고 추락하게 된다. 이처럼 해방기 대전문학은 어느 하나로 특징 짓기 어렵지만, 그럼에도 대립 속에서도 공존을, 경직 속에서도 생성을 꿈꾸며 새로운 경계를 지속적으로 만들어갔다.

4. 살육과 구성 : 법 이전에서 법 이후로

제도와 그 너머

1950년대 이후는 오늘날과 같은 문단 구조가 본격적으로 정립되는 때였다. 이 시기에는 한국전쟁과 분단 고착화라는 주요 정황이 자리하고 있다. 절대적 조건으로 실존을 위협했던 한국전쟁은 사회 전 분야에 영향을 미쳤다. 그것은 사유 기제로 작동하는 큰타자와 같은 사건이었다. 휴전 이후 문단의 실체 역시 반쪽으로 완성되었다. 남쪽만의 이데올로기로 구조화된 문단은, 그 너머의 입장으로 볼 때 다른 것을 일체 허용하지 않는 살육의 제도일 수 있다. 대전은 물론 한국 문학장의 선험적 한계이기도 할 운명이었다.

분단 고착화는 독립국가 건설이라는 해방기의 이념을 또 다른 방향에서 완성하는 물리적 기제였다. 국가 완성의 이념 앞에서 다른 사상과 가치는 용납될 수 없었다. 여기에 수반되는 시대적 이념으로 '자유'를 환기해야 한다. 1950년대를 풍미한 잡지로『자유세계』가 있었고, '자유세계'의 이념이 국가 정책에 부응하는 기관지 성격으로 표상되었던 국면은 대표적 사례일 수 있다. 1952년 피난수도 부산에서 발행된『자유세계』는 당시 정치적 모색 중이던 조병옥이 발행인, 우익 평론가 임긍재가 편집인이었다. 그런 색깔의『자유세계』에 김수영의 문제작「달나라의 장난」이 발표(1953년 4월호)되기도 했고, 수복 후 재창간을 거친 이 매체는 1958년에 이르러 발행인 백우신과 주간 박연희의『자유세계』로 거듭나기도 한다. 한편『자유세계』보다 앞서 미 국무부 국제공보처에서 '자유동아시아' 이념을 내건 『자유세계』가 제작되었고, 번역본이 국내에도 배포되고 있었던 사실은 또 다른 자유의 스펙트럼을 환기한다. 냉전 시대의 자유라는 표상은 문학 이전부터 이미 중층적 대상이었던 셈이다. 그렇게 문학은 제도화되어 나갔다.

제도화는 곧 법제화에 유비될 텐데, 법의 정립은 문학의 본령에 비추어 선험적 불구를 강제하는 조건이기도 하다. 선험적 불구라 함은 전쟁으로 인해 황폐화된 현실만을 가리키지 않는다. 전쟁은 문학적 상상의 근간 구도를 제한하는 이데올로기적 국가장치를 구축했다. 당대의 모든 에크리튀르에 작동하던 '우리의 맹서'와 같은 표어는 전형적 예시이다. 그것은 대전문단에서 전후 시대를 이끈 정훈의 시조시집 『벽오동(碧梧桐)』(1955)에도 "1, 우리는 대한민국의 아들 딸 죽음으로써 나라를 지키자. 1, 우리는 강철같이 단결하여 공산 침약자를 처 부시자. 1, 우리는 백두산 영봉에 태극기 날리고 남북통일을 완수하자"처럼 각인되어 있다. 정언명령과도 같은 반공 이데올로기가 시대를 견인하는 환경이었던 만큼 문학적 상상력의 범위는 제한될 수밖에 없었다.

시대적 이데올로기가 문학 활동의 다양성을 억제하는 실정이었음에도 불구하고, 1950년대 대전 지역의 문단은 양적으로 질적으로 크게 도약하였다. 매체를 근간으로 하는 현대적 문학장이 본격적으로 가동되는 시기가 곧 이때였던 것이다. 그 정점에 『호서문학』이 놓인다. 전쟁 중이던 1951년 11월 11일에 창립된 호서문학회는 이듬해 9월 『호서문학』 창간호를 발행하였다. 한 원로 문인이 회고하는 대로 "너무나도 문학열이 과열했던"[12] 대전문단의 서막이었다. 많은 시간이 지났지만 이 기원적 조직의 실체에 대해서는 여전히 다각적 접근이 요구되고 있다. 호서

---

12   최문휘, 「중도문단소사(2)─호서문단의 발아기(8·15해방부터 4·19까지)」, 『중도문학』 창간호, 중도문학사, 1967, 67쪽.

문학회 창립대회가 1951년 11월에 개최된 것은 사실이다. 그런데 1949년 발간된 『호서학보』 창간호에도 호서문학회 광고가 수록되었다. 호서민중대학은 정훈이 설립하고 학장을 맡은 대전 최초 사립대학으로서 창립 1주년 기념으로 『호서학보』 창간호를 제작하였다. 2017년 9월 대전문학관 기획전시를 통해 발굴 소개된 『호서학보』 광고란의 호서문학회 주소와 판권란의 호서민중대학 소재는 "주소 대전시 원동 79, 전화 224"로 동일하다. 이를 통해 정훈이 호서민중대학을 이끌 당시 문학회를 동시에 운영하고 있었음을 추론하게 된다.

　『호서문학』과 같은 지역 문학사적 사건은 해당 시기에 갑작스럽게 등장한 우연이 아니었다. 근대문학 초기 단계부터 자생적으로 형성, 발전되어 온 대전 지역의 문학적 역량이 집약된 결과로 이 시기의 성숙이 가능했음을 전제해야 한다. 전쟁 이전인 근대문학 형성기에 있어서도 이곳에는 다양한 문학 매체가 명멸했다. 일제강점기 신흥 도시로 부각된 대전이라는 지역은, 그 일천한 역사에도 불구하고 문학적 세계관이 충돌하는 문제적 장소였다. 이러한 역동적 전사는 일제강점기에 자생했던 대전권 문학장의 저력이라 할 만하다. 결국 1950년대 대전문학은 일제강점기와 해방기 문학장의 연속선 위에 놓이고, 1960년대 이후의 전개 향방과 연동된다. 1950년대를 관류하며 4권의 동인지를 발행하는 등의 호서문학회 활동은 이곳 지역의 문단을 공고히 하는 결정적 계기라 할 수 있다. 이는 한국 문학장 전체와 비교하더라도 선구적 위치에 놓인다. 『호서문학』을 가람동인회(전주), 시작(詩作, 서울), 청포도동인회(강릉), 청맥(경남), 백수문학(조치원), 시정신(목포) 등과 비견하며 전국적 명성을 강조하기도 한다.[13] 1950년대 기타 지역의 동인지 현황과 견주어

13　박명용 편, 앞의 책, 50쪽.

보면『호서문학』이 한국문단에 던진 반향을 충분히 짐작할 수 있다.

『호서문학』에서 주목해야 할 작가는 정훈일 것이다. 정훈은 호서문학회 창립 당시 회장을 맡았고, 4호가 발간될 때까지 지속적으로 시를 발표한 유일한 작가이다. 그가 지닌 등단 작가로서의 명망, 한국전쟁 이전부터 이어진 상징권력, 문단 선배로서의 물리적 연배 등에서 자연스럽게 귀속된 결과라 하겠다. 그렇게 볼 때 정훈은 대전 문학장의 파트롱 역할을 한 인물이었음이 분명하다. 파트롱, 즉 후원자 제도는 오랜 역사를 지니고 있다. 서양에서 문화예술을 지원하고 육성하는 문화는 이미 2000년 이상의 전통을 지닌 것이었다. 중세에 이르러 파트롱의 사인화 경향은 여러 폐단을 낳았고, 급기야 이를 극복하는 것이 미적 모더니티의 핵심 과제 중 하나가 되었다. 도구화된 파트롱 제도로부터 벗어나 자율성을 쟁취하는 과정이 근대적 예술의 성립 과정이기도 하였던 것이다. 그럼에도 불구하고 다양한 후원 제도는 오늘날까지 문학장을 비롯한 예술 전반을 추동하는 근본적 동력으로 여전히 작동하고 있다.

파트롱 제도가 지닌 모순은 정훈에게 그대로 중첩된다. 정훈이 대전 문단의 파트롱으로 상징되는 과정에 다양한 굴곡이 수반되고 있는 것이다. 피난에서 돌아와 문총구국대 충남지대장으로 활동한 정훈은『호서학보』로부터『호서문학』에 이르기까지 국가주의적 문화 이념을 강조했다.[14] 호서민중대학의 교육철학이 호서문학회의 미학을 관통하는 구조였던 셈이다. 좌우익이 얽힌 조선민족청년단의 민족주의는 오래 지속되지 못했다. 정훈 역시 물질적·이념적 토대를 잃게 되었고,『호서문학』2호부터는 언론계 상징권력을 지닌 전형이 회장 자리를 계승하였다. 이에

---

14 그가 발간한『호서학보』 축사를 안호상이 썼고, 안호상의 이념은 이범석이 이끈 조선민족청년 단과 연동된다. 정훈의 사상이 해방기 청년 운동을 대표하는 조선민족청년단 활동과 관련되는 고리이다. 이에 대해서는 박수연,「공통성과 획일성」,『현대문학이론연구』70, 2017 참조.

근거하자면 대전의 문학적 정체성이 리리시즘으로 정착되는 과정에서 작동되었던 복잡한 배제의 정치학을 간과할 수 없다.

그 밖에도 『호서문학』은 한계가 분명한 매체였다. 우선 1950년대 호서문학회의 문학 활동이 전문적인 것은 아니었다. 동인의 면모를 보면 등단을 거친 시인이 많지 않았고, 동인지 발간 주기도 불규칙했다. 1952년 창간호 이래, 1954년 2~3호, 1959년에 이르러 4호가 속간되었다. 이러한 부정기적 주기는 비전문적이고 우연적인 활동으로서의 동인지 면모를 반영한다. 또한 동인을 표방하고 있지만 꾸준한 창작 활동이 특화되는 모습 역시 아니다. 예컨대 시란 현황을 종합해 보면, 창간호부터 4호까지 시란에 참여한 연인원은 시조를 포함하여 38명이다. 앞서 언급한 대로 모든 호에 시를 발표한 사람은 정훈이며, 3회를 발표한 사람도 2~4호의 김강정뿐이다. 2회를 발표한 이는 24% 정도인 9명, 1회를 발표한 이가 71%에 달하는 27명이라는 분포를 보인다. 1950년대 『호서문학』 시란의 이러한 양상은 당대 문단 활동이 조직적으로 안정된 것이었다기보다는 우연한 참여와 주변 상황에 따른 변수가 컸던 사실을 반증한다. 1950년대라고 하는 사회적 상징, 즉 문화적으로 열악한 지역 환경을 위시하여 동인 내부의 인적 갈등이나 구성원 개인의 사적 형편이 종합적으로 작동한 결과였을 것이다. 또한 호서문학회는 창간 당시부터 분란의 가능성을 내재하고 있었다. 조직의 한계가 저널리즘과 관련된 그레샴 법칙으로 회고된 바 있다. 이는 언론사 간부 등을 입회시킨 데 따른 일부 회원들의 불만을 가리키는데, 여기서 비롯된 갈등은 결과적으로 문단 분열이 발생하는 단초이기도 했다. 이와 같은 조직적 결여는 호서문학회가 1960년대 이후 1970년대에 이르는 성숙의 시간이 필요했음을 시사한다. 『호서문학』이 4호 이후 1976년 속간될 때까지 긴 공백기를 거쳐야 했

던 운명을 예고하는 형국인 것이다.[15]

　1950년대 이후 개별 지역의 본격적 문단 정립은 많은 축적의 시간을 필요로 했다. 지금과 같은 구조의 대전 문학장은 1950~1980년대를 거치며 정립 단계를 밟아 왔다. 그 과정에서 오늘날 한국문인협회와 한국작가회의 같은 단체적, 세계관적, 미학적 분류에 포함될 수 없는 다양한 문학 양상이 길항해 왔다. 이때『호서문학』과 같은 우연적 사건으로서의 문학장 구성이 대전 지역에서 발생되었다는 점은 남다른 사실이다. 『호서문학』은 순수문학의 이념적 상징도, 매체로서의 전문성도 확정되지 않은 중층의 대상이었다. 그 결여의 지점을 보완해 나갔던 것은『호서문단』(1956)과『중도문학』(1967) 등의 또 다른 사건이었다.『대전일보』와『중도일보』라는 언론의 문화란 역시 문학적 전위가 매개되는 주요 통로였음이 분명하다. 나아가 우리가 다시 점검해야 할 바는 대전문학의 정전류로부터 산파되는 특수한 결절 양상들이어야 한다.

결절과 도약

　한국전쟁 이후의 대전문단은『호서문학』을 위시한 매체들의 실체를 근거로 스스로의 자기규정을 갱신해 왔다. 하지만 그런 규정은 일반화 오류를 벗어날 수 없다.『호서문학』,『호서문단』,『중도문학』등이 형성하는 경계에는 해방공간과의 연속성과 비연속성이 포함되어 있었다. 또한 개별 인자들의 활동과 돌발적 변수들은 획일화될 수 없는 대전문학의 다양성과 전위성을 증거하고 있다.

　먼저, 문학의 분화를 지시할 내용적 결절 차원을 본다. 대전문학의 주요 흐름으로 기록되고 있는 순수문학의 경계를 확장하는 경우가 그

15　남기택,「1950년대 대전의 운문문학」, 김영호 외,『1950년대 대전문학』, 대전문학관, 2019, 52~53쪽.

것이다. 1950년대는 해방기부터 이어져 오던 박희선의 문학 활동이 본격화된 시기이기도 하다. 『동백』을 주도하며 대전문단의 효시를 장식한 그는 민족문학의 지평은 물론 종교적 세계관, 세계문학적 모색 등 다양한 스펙트럼을 체현한 문제적 대상이다. 『새양쥐와 우표』(1958)는 1950년대에 발간된 장시집이라는 점에서 특별한 의미를 지닌다. 서간 형식으로 작성된 서문은 "육천 행 미달의 이 작품은 오만 행으로 엮어진 나의 삼부작으로 된 장시편 『기(旗)』의 서장의 사(辭)를 개고한 <것>"임을 밝히고 있다. 총 19장으로 분절되어 '육천 행'에 이르는 박희선의 장시는 "민우<敏友>의 아저씨는 시인<詩人>이었읍니다 민우는 아저씨를 생각하고 난 저녁이면 으례히 물가에 와 앉아 있었고 갈댓꽃이 한창이든 그 구룡정<九龍亭> 나룻터에서 자세히는 모르지만 서른 서른 뇌여 한결난 음성으로 읊어주든 시<詩>며 그 시로 얽어진 아저씨의 <서울> 백젯<百濟>때 옛 이야기가 아렴풋한것이 꿈인데도 꿈같이 아득하다 생각되고 하였읍니다"와 같이 시작된다. 동화의 산문투 문장을 사용하면서 문학과 전기적 체험이 어우러진 장편 서사시를 기획했음을 첫 부분만 보더라도 짐작할 수 있다. 내용 구성이나 서문 소개에서 시인의 지극한 자의식이 포착된다. 그 형식은 대전 지역은 물론 한국 문학장에 있어서 주목할 만한 전위적 실험의 사례이다.

1950년대는 진보적 경향을 대변하는 전여해의 문학이 『풀밭에서』(1960)로 집약된 시기라는 점도 기억해야 한다. 전여해의 경우 당대 현실과 사적 역사를 결합하는 시학 지평을 보여주고 있다는 점에서 문제적 대상에 해당된다. 그는 『현대』나 『신성』으로부터 증거된 대전권 진보적 문학관의 계보를 잇는 특수한 전거이기도 하다. 해방기 문학가동맹 대전시지부 위원장을 역임한 황린이 한국전쟁 이후 사라지는 과정을 볼 때 1950년대 전여해의 실정적 난관을 짐작할 수 있다. 그런 전여해가 쓴 「너 하나만 위해」(『호서문학』 3호)는 "사시 푸른 솔밭을 끼고/ 영운(嶺

雲) 나리는 오름길/ 임(林)아 이 길을 몇 번이나/ 흔들리며 오르고 나렸느냐"와 같이 임화에 대한 추모를 서정적으로 시화한 작품이다. 문학사적 소재나 시상 운영이 당대 대전문단에서는 특수성 영역에 해당된다고 볼 수 있다. 전여해의 유일한 시집 『풀밭에서』는 1960년 발간되었지만 저자가 쓴 '책머리에'는 1958년으로 기록되어 있다. 시집에 관한 일종의 메타시이자 발문 형식으로 작성된 「시집을 내면서」는 1957년으로 탈고일을 부기하였다. 이 시집은 모종의 사정으로 출간이 늦어졌지만, 실제로는 1950년대의 산물로 보는 것이 타당하다. 작품 중 「헌사」의 말미에는 "한밭<대전>노동조합 운동의 샛별/ 서진 형(徐珍兄)의 죽음을 애도하며"라는 부기와 "4291, 1, 30, 대전일보에"라는 출처가 소개되어 있다. 이 작품이 1958년에 발표되었고, 시인이 당시 대전 지역의 노동운동에 관심을 기울이고 있었음을 추론할 수 있다. 시상은 관념적 수사 차원에 국한되지 않는다. "돌집 바락그/ 그 변두리"나 "묵묵히 살아 있는 고장" 등의 장소 묘사를 통해 당대 서민들의 구체적 삶과 주거 환경이 재현되고 있다는 점에서 진정성을 지닌다. 이처럼 전여해 시는 구체적인 로컬히스토리에 적극 개입한 결절의 흔적으로 기록되어야 한다.

기타 대전문학의 흐름 속에는 기존 통념을 넘어서는 미세한 결들이 다양하다. 예컨대 자연과 생명 지향의 시인으로 알려진 이덕영은 『대전일보』에 「皇帝의노래」(1966년 2월 27일)를 발표한 바 있다. 이 작품은 "戰雲이 피어 오르면/ 草原에서 나를 태운 불길이/ 쓸쓸히 스러져 갈 때./ 검은 音樂에 묻혀 쏟아지는/ 눈속을 나의 永遠이 질주하고 있었지"와 같이 전개된다. 시조 장르로 등단한 이덕영이 남다른 현대시 감각을 드러내는 장면으로서, 3장으로 이어지는 긴 호흡이 당시 대전문단에서는 접하기 드문 실험적 외장이라 하겠다. 1960년대 『중도문학』 창간으로 문단 쇄신을 역설했던 윤채한은 등단작 「인상」에서 역사와 생명이 양립하는 실존적 국면을 드러냈다. 개성적 내용뿐만 아니라, 이 작품이 수록

된 매체(『문학춘추』 1965년 12월호) 양상을 통해 지역 경계를 넘어 문학장 확장과 소통을 가능케 했던 윤채한의 제도적 거점을 확인할 수 있다. 『중도문학』 발간이 지시하는 바와 같이 그의 문학 활동은 1960년대 대전 문학사에서 가장 역동적인 흔적이었다. 소설 분야의 김제영도 대전 문단의 특수한 사례가 아닐 수 없다. 『대전일보』를 통해 작품을 발표하던 그는 『아벨의 유역』(『문학춘추』 1965년 6월호)으로 천료 과정을 마쳤다. 안수길의 평가대로 "解放後 休戰뒤까지의 우리의 現實이 빚어낸 悲劇의 한 토막"(「소설천후감」)을 긴장 있게 그린 단편이었다. 1960년대까지만 하더라도 소위 중앙문단을 통한 여류 소설가 배출이 드문 실정이었음을 보면 김제영의 등단은 대전문단의 소중한 결실이 아닐 수 없다.

다음으로, 장소 범주 너머에서 로컬리티를 구성하는 사례가 있다. 이는 대전이라는 로컬의 유동적 혹은 트랜스로컬 성격이기도 하다. 매체 형성은 그 자체로 대전문단과 지역 문학사를 구획하는 주요 동인임이 분명하다. 거기에는 지역의 제도적 경계를 확정하고 문학의 내용적 정체성을 규명하려는 무의식이 작동하기 마련이다. 그로부터 오늘날 대전문학의 주요한 경계가 유지되고 있지만, 형성 무렵부터 '대전'이라는 장소 경계는 선험적 조건이 아니었다.

흙이
흙이 되어
피로 흘러간 긴 세월

소리없는 標識
밀려간 神話

한줌 씨앗을

한줌 휴식을 위하여
소와
돌의 핏줄이 이어왔다

陳富嶺
철따라 노란 제비꽃 피고
멀구 다래 칡을 비비면
질삼 다루는 솜씨에 익어가든 콧노래며
눈길 속 꿩 잡아
매물 국수의 우슴 피던 사랑방

- 김강정, 「쇠롱골」(『호서문학』 4) 부분

'쇠롱골'은 강원도 고성군 간성읍 상리의 옛 지명이다. 지금도 상리 일대의 도로를 쇠롱골길로 부른다. 당대의 불편했던 시대 사정을 고려한다면 시인의 장소적 관심이 진부령을 관류하는 고성 지역으로 확장되고 있다는 점이 특이하다. 또한 그곳은 "피로 흘러간 긴 세월"이나 "소와/ 돌의 핏줄"이 상징하는 바와 같이 역사성을 담보하고 있는 동시에 분단의 현재성을 지시하는 장소이기도 하다. 이처럼 김강정의 「쇠롱골」은 민족의 역사와 분단의 현실을 구체적 장소 묘사를 통해 시화하고 있다는 점에서 대전 너머의 로컬리티를 환기한다. 고향을 떠나 타지에 정착한 작가들이 이주 지역의 문학사를 구성하게 되는 것은 문학사의 관성일 것이다. 강원 출신 김강정은 이러한 근대문학의 보편적 맥락을 대전문단에서 증거한 사례에 해당된다.

지역 간 연계 국면도 다양하다. 창원 출신인 설창수는 『호서문학』 3호에 시 「분황사탑(芬皇寺塔)」을 발표한 바 있다. 1960년대 마산, 진주 등에서 활동하던 그는 사진작가 박근식과의 합동 시사전(詩寫展)을 개최하기 위해 다시 대전을 방문한다.(『대전일보』 1968년 12월 22일) 설창수의 기획은 예술 장르 간의 협업과 지역적 연대를 모색하는 문화운동으로서의 의미를 지닌다. 또한 이를 소재로 한 산문 「호서와 나」(『대전일보』 1969년 1월 12일)는 실질적인 트랜스로컬리티의 흔적을 입증하는 사료로 특기할 만하다.

그 밖에, 제도적 결절 차원을 부기해야 한다. 대전문단의 매체들은 문학의 중앙집권적 법제화를 넘어 다양성을 추구했다. 여기에는 당대의 제도적 규정을 벗어나려는 의식적 노력이 포함된다. 그렇게 지역 매체는 전문 작가로서의 자격을 부여했다. 예컨대 1950년 전후 전여해가 『충청매일』이나 『동방신문』 등 지역 언론에 작품이나 촌평을 발표한 것은 공식 데뷔로 간주된다. 박희선(『동백』), 김대현(『세풍』, 『호서문학』 3), 구상회(『호서문학』 4) 등이 잡지를 제작하거나 동인지에 작품을 발간한 사실도 유사하게 취급된다.[16] 이렇듯 지역의 매체는 제도 너머의 또 다른 제도로 기능하고 있었다. 등단이라는 절차에 절대 가치를 두지 않으며 생활의 일환으로서 창작 행위를 지향했던 것이다. 이는 기존 법제를 넘어 또 다른 법을 구성하려는 시도의 의미를 지닌다.

지역 매체들은 다른 단체와의 교류나 독자 문단의 활성화 역시 추구했다. 『호서문학』 3호에는 김명배의 「게」와 안명호의 「비(碑)」가 '동인지 『과수원』에서'란 부기로, 윤수병의 「홍시」와 고창환의 「길」이 '동인지 『맥』에서'란 부기로 소개된다. 의식적으로 기타 동인지와의 교류 활동을 전개하였음을 방증하는 지면 구성이라 하겠다. 또한 학생란을 별도로 두어 배병욱의 「낙엽」(『원(園)』에서), 최정자의 「언덕」(『미래』에서), 이용호의 「눈길」(보문고교) 등의 시와 박봉순의 「비(非) 모나리자」(대전

---

16 박명용 편, 앞의 책, 53쪽; 박수연, 「전여해론」, 『대전문화』 32, 대전광역시사편찬위원회, 2023, 130쪽; 호서문학회 편, 『호서문학 60년사』, 오름, 2012, 40쪽 등 참조.

고교)와 같은 소설을 수록했다는 점도 간과할 수 없다. 이 역시 문학 활동의 거점이자 지역 문단의 중심 매체로 기능하려는 자의식을 증거하는 장면이라 할 수 있다. 지역의 양대 신문이 신진 작가를 양성하기 위해 다각도로 모색한 흔적도 이런 궤적에 포함되어야 한다. 『대전일보』가 '학생문예콩쿨' 제도를 운영하며 학생문단을 강화했던 역사도 그렇고, 『중도일보』의 '3·1절기념 학생문예작품현상모집'은 대전문단은 물론 전국 단위의 작가를 배출하며 실질적인 문학의 미래를 예고했다.[17]

이처럼 1950년대 이후 대전문학이 내용적, 장소적, 제도적 결절을 통해 지역의 문학 활동을 수행했던 모습은 그 자체로 확정될 수 없는 경계를 구성한다. 대전문학의 특수성은 상징권력에 대항하는 문학정치적 의식이 직간접적으로 체현된 결과일 수 있다. 그리하여 일제강점기와 해방기를 거친 대전문학은 동인지나 문인협회 등의 제도를 거름 삼아 순수문학 구축으로 설계되어 왔을지 모른다. 하지만 그런 시각 역시 문학의 역동성을 함의하기에 역부족이다. 내면의 변주와 생래적 전위는 문학의 조건이기도 하다. 대전문학은 형성 단계로부터 중층성의 범주로 구축된 것이었다. 신생의 장소와 마주했던 다양한 상상력은 오늘날까지 의식적·무의식적으로 대전 문학사 위에 생성의 경계로 이어지고 있다.

5. 또 다른 경계

대전 문학사는 1세대 문인과 학자들의 노력으로 주요 골격이 잡혔고, 그 내용이 반복 재생산되어 왔다. 초기 선구적 작업은 충분한 의미를 지닌다. 하지만 2000년대까지의 지역 문학사 정리 작업이 기초 자료

---

17 남기택, 「1960년대 후반 대전문학」, 『대전문화』 31, 대전광역시사편찬위원회, 2022 참조.

맨 앞, 처음의 형태

의 확보와 정치한 논의 단계를 동반한 것은 아니었다. 아직 우리에겐 대전문학의 효시로 알려진 『향토』의 실체조차 없다. 그런 만큼 과도한 일반화가 엿보이거나, 심지어 사실과 다른 판단 역시 발견되고 있다. 오늘 우리가 새로운 시각에서 객관적 자료 확보와 성찰적 재론을 요구하는 입장은 지역 문학사의 온전한 복원을 위한 반성의 태도이기도 할 것이다.

대전문학의 처음이 식민화 과정과 맞물려 있다는 사실은 해묵은 결과이기 전에 문학사 구성의 요인이어야 한다. 그것은 몰락한 왕조의 오랜 전통이 아니라 바다를 건너온 식민자들의 낯선 문화에 맞닿아 있던 '신흥 도시'의 부박함과 가난함을 상기하는 일로부터 시작될 수 있다. 이 장소에서 만들어진 일본인들의 문학은 당시 대전의 흥망을 보여주는 주요한 실체 중 하나였다. 지금은 사라져버린, 이식된 자들의 시선을 불러냄으로써 지난 세기 대전문학의 자리는 더 깊어질 수 있다.

이런 맥락에서 해방 후 대전문학의 1세대 문인들이 각자의 기지개를 켜기 전, 이 장소를 먼저 떠났던 이들을 소환하는 일 역시 당연하다. 일본인들의 도시가 만들어지기 전부터 이 땅을 지켜왔던 사람들, 국경을 넘어서도 체포와 저항, 끝내는 죽음으로 점철된 고달픈 삶을 이어갔던 이들의 시심(詩心)이 남아 있기 때문이다. 그렇게, 망명객의 시선으로 대전문학의 근원에 놓인 대표적 존재가 신채호다. 자신이 떠나온 '고향'을 기억하고 보존하려는 마음이 텍스트로 남아 있는 한, 신채호는 대전문학의 처음을 구성하는 관념이 아니라 실체가 된다.

해방 이후 대전문학은 일제 청산과 새로운 민족정신 정립이라는 시대적 요구에 부응하는 한편 척박한 지역문단을 일구기 위해 다양한 변화를 꾀하였다. 『동백』, 『현대』, 『신성』 등은 순수와 진보의 경계를 넘어 문청들의 상상의 비약을 보여주었다. 그러나 그들의 상상은 분단과 반목으로 지속되지 못하고 만다. 이후 『동방신문』을 통해 순수 서정시가 발표되면서 위축되고 경직된 대전문단에 새로운 활기를 불어넣게 된다.

「신춘향토시선」과 「향토시선총평」은 당시 대전문단의 새로운 형식과 내용을 담보하려는 의지를 보여준 것이라 할 수 있다.

　　1950년대 이후 본격적으로 정립된 대전문학은 내용적, 장소적, 제도적 결절을 통해 확정될 수 없는 경계를 만들어 나갔다. 전위적 상상력은 처음을 구성한다. 나아가 처음 이후를 생성하는 계기로 작동한다. 전위의 양상을 사유하려는 태도는 새로운 문학사를 그리기 위한 모색일 수밖에 없다. 우리의 질문은 다음과 같이 마무리될 수 있을 듯하다. 대전문학은 '대전'의 문학인가. 애초 그것은 대전의 '문학'이 아니었을까. 대전문학은 지역과 장소에서, 또 문학이라는 범주 스스로의 내부에서, 경계인 동시에 경계 너머에 존재하는 물성이었다. ▪️▪️

전환의 비평과 욕망의 교육

김종철의 「역사, 일상생활, 욕망」을 다시 읽으며

이명원

이명원 : 문학평론가. 저서 『타는 혀』 등

1.

최근 몇몇 계기로 1980년대 비평에 대해 검토할 기회가 있었다. 그 시기는 부마항쟁과 광주항쟁 직후인데 정치사의 측면에서 보면 짧은 '서울의 봄' 이후 한국의 민주주의가 신군부에 의해 질식당하던 시대였다. 문학계는 1970년대의 대표적인 양대 계간지인 『창작과비평』과 『문학과지성』이 강제 폐간되어, 문학적 장(場) 자체가 공전의 혼란 속으로 빠져들어갈 것처럼 위기의식이 컸던 것으로 보인다.

그러나 역설적이게도 이 시기는 서울문단 '중심'의 공백을 뚫고 각지역에서 이른바 소집단운동 또는 무크(MOOK, 부정기 간행물)지 운동이 활발하게 벌어져 새로운 세대문인들이 대거 출현하는 계기가 되었다. '자유실천'이라는 문학적 구호가 여러 형태의 문학운동으로 지역의 문학적 기반을 확대하였고, 또 그런 가운데 보수적인 문학관의 변혁을 촉구하는 다양한 문학운동들이 형성되는 계기를 마련했다.

1980년대 문학은 1970년대의 비평적 논의의 양분법에 해당되는 참여/순수문학을 둘러싼 논전의 이론적 결실을 맺는 계기로 작용했다. 이 시기의 비평을 검토하다 보면 백낙청의 민족문학론이 민중문학 개념을 상당 부분 포괄하면서 이론적 논의가 첨예화되는 양상을 보여주는 듯하다. 물론 그것은 백낙청 자신의 이론적 수정 때문이기도 하지만, 백진기·이재현·김도연·김정환·김명인 등의 '민중문학론' 및 '민중문학 주체논쟁'을 둘러싼 급진적인 비평의 출현에 대한 이론적 대응의 결과라고 보는 것이 타당할 듯싶다.

1980년대 당시 한국문학의 핵심 담당층/생산층은 민중문학을 논할 때조차 고등교육을 받은 엘리트 지식인들인 경우가 많았다. 하기야 제정러시아의 짜르 체제의 붕괴 시도에 앞장섰던 데카브리스트 반란의 주동이었던 청년장교들 역시 당대 지배계급에 속한 이들이었으니, 낡은 가지에서 새잎이 돋아나는 것과 같은 자연의 원리를 보더라도 이것은 전혀 이상할 것이 없는 문제이다.

그러나 한국의 1980년대가 한국문학사에서 자못 특징적인 것은 이 시기에 새로운 문학 담당층 혹은 문학생산의 주체로 '민중(民衆)' 개념이 집단적으로 제기되고, 실제로 민중적 기반 아래서 성장한 시인, 작가들이 문단의 전면에 등장하기 시작했다는 점에 있다. 이에 따라 지식인들 역시, 노동자·농민·도시빈민 등을 포함한 기층적 민중에 대한 사유를 비평적 담론의 지형에서 강렬하게 분출하는 일이 가능해졌으며, 그것이 1980년대 후반에 이르면 조정환·박노해·정남영 등의 노동해방방문학론 즉 혁명적 급진화의 노선을 걷기도 한다.

무엇보다도 이 시기가 한국문학사에서 갖는 특이성은 문학과 이데올로기 혹은 문학과 정치의 상관성에 대한 비평적 검토가 매우 활발하게 전개되었고, 문학을 창작과 비평 양면에서만 볼 것이 아니라, 민주주의와 연관한 운동적 차원에서 사고실험과 실천을 감행하는 문제설정이 가능해졌다는 점에 있다.

2.

역시 최근에 실천신서 1권으로 출간된 『문학과 예술의 실천논리』(실천문학사, 1983)를 다시 살펴볼 기회가 있었다. 이것은 1980년대의 '문학실천' 혹은 '실천문학'의 논리를 다양한 예술의 방면에서 탐구하고자 했던 저작이다. 이 저작에는 편집자인 고은을 필두로, 김종철, 김정환, 김성진, 김창남, 박태순, 여균동, 유홍준, 이영호, 이재현, 장선우의 비평이 실려있다. 장르로 보면, 문학·마당극·민속연희예술·노래·미술·영화에 이르고, 특히 흥미로운 부분은 부록 편에서 '아시아·아프리카 작가운동' '로터스(Lotus) 상' '제3세계 민중연극'(잠비아, 탄자니아, 말라위, 북나이지리아, 과테말라, 필리핀)의 현황이 소개되고 있다는 점이다.

　1980년대는 민중문학의 시대이기도 하지만 오늘의 대안적 세계문학 개념에서 일반적으로 논의되는 비서구문학이 광범위하게 소개되고 논의되었으며, 이것이 정치·사회적으로는 제3세계론과 결부 지어져 논의되는 이른바 국제주의적 반식민주의(anti-colonialism) 또는 비유럽적 탈식민주의(post-colonialism) 논의가 매우 활발하게 전개되는 계기를 이루었다. 당시 한국의 문인/지식인들은 냉전 반공독재가 폭압적인 형태를 보였던 한국적 상황을 '제3세계적' 시각에서 바라보고자 했던 것으로 보이는데, 이는 군사독재라는 정치적 후진성과 경제의 대외적 종속성이라는 인식과 관점에서, 한국적 상황 역시 제3세계의 상황과 별반 다르지 않다는 위기의식에서 나타난 논의라고 볼 수 있다.

　그러나 생각해 보면, 1990년대에 이르러 이렇게 가열차게 폭발했던 민중문학론과 이에 기반한 제3세계론 혹은 제3세계 문학론 등이 그 이후 비평적으로 심화되지는 못했다. 여기에는 1980년대 후반을 거치면서 한국 자본주의가 당시 운위되었던 '국가독점 자본주의'의 성격에서 빠른 속도로 '신자유주의적 전환'을 이루었고(이른바 '세계화' 구호가 팽창했던 것이 1990년대였다), 특히 1987년 6월의 시민항쟁 이후 획득된 '형식적 민주주의' 체제 아래서, 오히려 민중적 현실은 시민적 혹은 대중적 문화소비와 문화론의 융성 속에서 은폐되었기 때문이다. 익히 아는 바대로 1997년의 이른바 IMF 구제금융 체제는 마치 거스를 수 없는 자연법칙처럼 신자유주의적 교리 혹은 독사(doxa)에 해당되는 "사회는 없다. 오직 개인만이 있을 뿐이다"(마가렛 대처)는 구호 앞에서, 한국사회의 구조를 회복 불가능한 방식으로 변형시켰다.

　1990년대를 거치면서 '노동의 주체'였던 민중은 '욕망의 주체'이자 '소비의 주체'인 대중으로 더욱 빠른 속도로 정체성의 변형을 겪게 되었는데, 물론 이것은 신자유주의 이데올로기가 체계적으로 설파한 교리이기도 했지만, 민중의 퇴조와 함께 '시민'으로 호명되면서 체제의 전면에 등장한 중산층, 더 정확하게는 중간계급 대중들의 일상성을 수호하려는 강한 집념과 나르시시즘의 결과이기도 했다. 민중 주체의 역사성과 변혁성의 논리는 등장하자마자 소비문화의 일상성과 욕망의 주체들에 의해 봉쇄되는 결과를 초래하게 되었다. 이런 일련의 과정 속에서 한국문학 역시 공선옥이나 백무산, 송경동 등 몇몇 시인 작가를 제외하면, 민중적 현실이나 더 아래로 전락해버린 이른바 언더클래스(underclass, 노동계급에서조차 탈락해 하층분해된 최저계급)에 대한 재현의지를 망각하게 된다.

앞에서 언급했던 『문학과 예술의 실천논리』를 읽으면서, 그렇다면 1980년대 민중적 전망을 강하게 피력했던 이 책의 필자들 가운데, 1990년대 이후에도 민중적 전망과 문학적 실천에 대한 강한 의욕을 지속했던 한 인물의 비평에 대해 생각해 보게 되었다. 그것은 1991년대 이후 『녹색평론』의 발행인으로 있으면서 한국사회의 생태주의적 문명전환을 역설했던 문학비평가 김종철의 「역사, 일상생활, 욕망- 문학생산의 사회적 성격」이라는 평문이었다.

이 평문은 1980년대 비평의 핵심적 의제인 문학의 '실천' 문제를 개인적이면서 공동체적인 역사성에서 조명하면서, 문학과 예술이 궁극적으로 무엇을 지향해야 하는가를 묻고 있는 평문이다. 이 평문에서 김종철이 조명하고 있는 것은 종래의 형식주의적이며 보수주의적 문학관이 문학을 개인의 '창조'라는 관점에서 강조하는 대신, 그것의 사회문화적 성격을 집중적으로 분석하는 시각에 있으며, 그런 점에서 '문학생산'이라는 개념을 활용하고 있는 점에 있다. 동시에 미적 인식을 추상적인 마음의 움직임이나 감정의 측면에서 보지 않고, 물질적 이해관계 즉 사회적 생산활동으로서의 '노동'과 연계시키는 시각은 지금 보아도 매우 인상적이다.

설사 아름다움에 대한 감각 그 자체는 생득적인 것이라고 해
도, 아름다움에 대한 인식이나 판단은 항상 노동, 즉 사회적 생산활
동에 결부하여 성장, 변화해왔다는 점은 강조되어야 한다. 노동을
통하여 인간은 자연 뿐만 아니라 자기 자신, 자기 자신의 소질과 의
식을 변화시켜 왔다. 따라서 인간은 사회적 생산활동의 과정에 대
한 관여가 적극적이면 적극적일수록 그 관여의 결과인 노동의 산
물 속에서 더 큰 아름다움을 느낄 수 있는 것이라 할 수 있다. 이런
뜻에서 아름다움을 느끼는 것도 결국 습득된 능력이라 할 것이다.
- 김종철, 「역사, 일상생활, 욕망- 문학생산의 사회적 성격」,
(『문학과 예술의 실천논리』, 실천문학사, 1983), 17쪽.

인간의 사회적 생산활동의 구조가 변한다면, 결국 미적 이상 역시
변화할 수밖에 없다. 아름다움에 대한 지각 역시 생득적인 측면과 함께
역사 속에서의 구성적인 속성이 개입하는 것이 분명하다면, 미적 차원
과 정치적 차원의 연관은 피할 수 없는 것이 되며, 그런 점에서 아름다
움에 대한 이념 역시 세계관의 변동을 내포하는 것으로 이해할 수 있다
는 것이다.

그리하여 우리가 예술의 역사에서 분명하게 확인하는 것처럼,
새로운 미적 이상의 표현은 보수적인 미적 판단 기준과의 투쟁을
늘 의미하였고, 이 투쟁은 필연적으로 정치적이며 사회적인 투쟁과
연결되는 것이었다. 정치적 차원과 별개로 존재하는 미적 차원은
존재하지 않았고, 또 할 수도 없는 것이다. 예컨대 낭만주의 미학의
고전주의 미학에 대한 도전은 단순히 미학사나 예술사의 형식주
의적 양식의 교체를 의미하는 것이 아니라, 그것은 근본적으로 세계
관의 변동을 가리키는 것이었고, 그 세계관 속에 함축된 사회적 이

념과 실천, 그리고 무엇보다 생산관계의 변동을 가리키는 것이었다.
                                                        - 김종철, 18쪽

　위의 인용문에서 알 수 있듯 미적 차원이란 정치적 차원과 유기적 연관성을 지니며, 미적 판단기준의 변화는 문학과 예술을 생산하는 집단의 "세계관"의 변화, 그러니까 사회적 이념과 실천, 생산관계의 변동이 추동하는 것이 된다.

　그럼에도 불구하고 이른바 '문학'의 역사적 전개를 탐색해 보면 김종철은 "문자에 의한 표현방법은 어딘가 아직까지도 특권적인 성질을 띠고 있는 것으로 보인다"고 지적한다. 왜냐하면 "문자를 사용하여 생각과 느낌을 표현하는 데에는 단순히 말을 가지고 할 때와는 달리 일정하게 형식화된 교육과 훈련을 필요로"하기 때문이다(19쪽). 우리가 '식자계급'이라는 표현을 쓸 때 그것은 서기(書記) 체계를 능숙하게 활용할 수 있었던 지배 엘리트 계급을 은연중에 암시하는 표현이다. 실제로 문자 혹은 기록문학의 형태로 남아있는 허다한 작품들은 서기 체계를 능숙하게 활용할 수 있었던 지배계급의 세계관을 강하게 표출하는데, 그런 점에서 보면 기록문학의 역사란 지배계급의 세계관을 역사 속에서 지배적으로 생산해 온 문학이라고 할 수 있는 것이다.

　1980년대 중반의 한국 비평계에서 소장 비평가들에 의해 이른바 장르확산 논의가 진행된 데에는, 세련된 표준어의 미적 표현을 민중들 자신이 전문적으로 훈련받지 않은 상태에서도, 그들의 세계관과 현실에 대한 미적·정치적 이상을 자유롭게 주체적으로 표현하는 것이 필요하고, 이 역시 부상하는 새로운 문학장르로 기능할 수 있을 것이라는 기대 때문이었을 것이다. 그래서 일기·수기·르포·생활 글 등 그간 문학의 장에서 배제되어왔던 노동자 민중의 글쓰기를 적극적으로 문학제도 안에서 승인하고 평가해야 한다는 논의들이 전개되었던 것이다. 그러나 이

역시 서기체계의 또다른 숙련을 요구한다는 문자문학 혹은 기록문학이라는 전제 위에 서 있었다는 점에서, 김종철의 다음과 같은 문제의식과는 얼마간 차이가 있었다.

김종철은 광범위한 민중생활의 필요에 기반을 둔 문학은 구승(구비)문학이었다는 점을 다음과 같이 피력하고 있다.

문자로 기록된 글들을 주로 문학으로 간주하는 습성도 인류사의 전기간에 비추어보면 극히 최근에 형성된 것이다. 문자로 기록되기 이전에 이미 장구한 세월에 걸쳐서 사람들이 향수해 온 것은 구술과 구송에 의한 문학생활이었다. 말할 것도 없이, 산업화가 크게 진전된 오늘날 구비전승문학은 이제 주변적인 처지로 밀려났고 기껏해야 관료적 관심에 의해서 박제화된 형태로 가끔 주목을 받고 있는 정도가 되었다. 그러나 구비문학이 산업화 이전의 많은 공동체 사회에서 가장유력하고 활기찬 문학형식이었다는 것은 우리가 다 아는 바와 같다. 일부나마 문자 생활이 가능하였던 사람들은 어디까지나 극소수의 특권 계급에 국한되어 있었으며, 이러한 특권 계급의 문학은 그것이 주로 지배 계급의 통치이념의 표현에 바쳐지면서, 광범위한 민중생활의 필요에 기반을 둔 문학이 아니었기 때문에 일반적으로 고답적이며, 형식적인 문학이기 쉬웠다.

- 김종철, 19쪽

위에서 김종철은 근대 산업화 이후의 문자문학과 그 이전 장구한 세월동안 생산·향유되었던 구비문학을 담당층의 관점에서 이분하여 논의를 전개하고 있다. 여기서 우리가 주목할 필요가 있는 것은 김종철이 언급하는 '민중(民衆)'이라는 생산집단은 1980년대의 비평공간에서 주된 논의가 되었던 '기층민중'이기는 하지만, 계급적 각성여부와는 무관하게 광범위하게 존재했던 피지배 생산계층을 의미한다는 점이다. 이것은 1980년대의 비평공간에서 노동자와 농민을 논의하는 과정 속에서, 계급투쟁의 주체로서 노동자집단의 각성을 논의하고 농민들의 소소유자적 성격의 변혁을 이야기하던 방식의 '각성된 민중론'과는 그 궤를 달리한다. 김종철에게 이 '민중'이라는 집단적 주체는 1990년대를 경과하면서 '풀뿌리 민중'이라는 표현으로 보다 명확해지는데, 그랬을 때 이 민중은 생산자로서의 집단적 주체이기는 하지만, 각성된 노동계급과 같은 반자본주의적 투쟁의 의미를 상기시키는 민중 개념과는 상이성을 띤다는 점은 명백해 보인다.

한편, 김종철의 논의에서 특징적인 것은 구비문학과 기록문학의 담당층의 속성에 대한 진단이다. 그의 주장에 따르면 구비문학은 광범위한 민중생활의 필요에서 생산되었고 그런 점에서 집단적 세계관을 보여주지만, 산업화 이후의 이른바 근대문학은 작가 개인의 세계관을 피력하는 부르주아 개인주의의 산물이라는 인식이 그것이다. 개인의식 혹은 개인의 세계관을 노출하는 근대문학은 작가의 소외된 의식을 주로 조명하는 데 반해, 민중들의 구비문학은 유기적 성격을 잘 보여준다는 것이다. 물론 자본주의적 현실에서 이 민중들이 생산의 기반이자 세계관의 근거를 이루었던 유기적 공동체는 이제 파괴되고 없다는 점에서, 이제 그의 논의는 산업화 이후 그러니까 근대문학의 가능성과 한계를 논의하는 부분으로 이어진다.

3.

1980년대의 비평공간에서 김종철은 모더니즘 문학의 한계에 대해 집중적으로 거론한다. 그의 관점에서 모더니즘 문학은 비역사적·비정치적 사고로 일관하고 있으며, 현대적 위기를 항구적인 위기 즉 "도저히 인간 자신의 힘으로는 변경할 수 없는 절대적인 위기로 파악"하고 있다는 것이다. 특히 모더니즘 문학의 가장 큰 문제점은 자본주의 문명에 대한 역사적 사고의 결여가 가장 큰 문제점으로 지적된다.

> 19세기 후반 이후 급격히 악화되어 온 인간생존의 위기를 지난 수 세기 동안 끊임없이 성장 확대되어 온 서양의 자본주의 문명의 역사와의 관련에서 인식하는 관점은 특히 모더니즘 예술에서 결여되어 있고, 이러한 결여는 이 계열의 예술이 드러내는 관념성, 형이상학적 태도의 기초를 이루는 것이다. 모더니즘 문학은 대개 현실에 대한 현상학적 묘사를 보여주는 데는 뛰어나면서도 그러한 묘사들이 궁극적으로 갖는 역사적 의미를 드러내는 데는 무력한 것으로 보이는데, 이것은 두말할 것 없이 역사적 사고의 결여에 기인하는 것이다.
>
> - 김종철, 27쪽

위에서의 모더니즘 문학 비판은 익숙한 것처럼 느껴질 수 있다. 모더니즘 문학의 "역사적 사고의 결여"라는 비판 역시 그러하다. 그러나 김종철의 모더니즘 비판에서 흥미로운 부분은 그가 모더니스트들이 항용 문학적 스타일의 혁신이라는 관점에서 차용하는 '낯설게 하기'라는 개념에 대한 재정의에 있다고 판단된다. 김종철은 러시아 형식주의자들이 제창했던 '낯설게 하기'를 다음과 같이 재정의 한다.

> 사실, 문학적 체제라는 것은 그 자신의 내적인 원리에 따라 변하는 자율적인 체제가 결코 아니다. 낡은 문학적 체제를 부정하는 것은 단지 문체나 기법상의 문제가 아니라 낡은 이데올로기와 낡은 세계관에 대한 부정을 의미하는 것이다. 다시 말해서, 문학에 있어

서의 '낯설게 하기'의 노력은 다만 새로운 스타일의 추가가 아닌 어디까지나 새로운 사회의식을 표현하는, 참다운 뜻에서의 실천적 행동인 것이다.

- 김종철, 23쪽

그렇다면 모더니스트들의 비역사적 사고의 일반화는 어떠한 경로에서 나타난 것일까. 김종철은 이 부분에서 소설장르를 예로 들어 사회적 '유동성'이 강한 시대에는 대중적인 차원에서의 역사의식의 고양현상 뿐만 아니라, 작가들 역시 인간운명을 가변적으로 파악하면서 소설에 있어서의 개인과 사회, 과거와 미래 사이의 전체적 연관을 지속적으로 의식하는 "의사소통적 문학"의 기능을 유감없이 발휘하는 작가들이 출현할 수 있다고 주장한다. 그 예로 들고 있는 것이 디킨즈와 발자크와 같은 작가들이다. 이들이 활약했던 19세기는 한편에서 보면 프랑스혁명과 나폴레옹 전쟁의 결과로 전 유럽인들이 역사적 대사건을 경험한 이후이며, 아직까지는 부르주아 계급의 사회적 지배가 완전히 확립되지는 않은 매우 '유동적'인 시대였다는 것이다.

중세적 질서는 혁명에 의해 돌이킬 수 없을 정도로 파괴되고 있었지만, 그렇다고 해서 부르주아적 지배 역시 완전히 구축되지 못했던 이행기의 역동적인 '유동성'은 작가 개인은 물론 당시의 민중들에게 예측할 수 없는 운명의 진로에 대해 상상하고 전율하게 만들 수 있는 조건이었다는 것이다. 달리 말하면 이 시기의 민중과 작가들은 인간의 운명이 결정론적 관점에서 불변적 질서에 포섭되어 있는 것이 아니라, 그 사회적·역사적 유동성의 조건 속에서 변화될 수 있다는 가능성으로 다가왔다는 것이다. 그래서 이 시기의 소설 장르는 그런 '유동성'이 초래하는 역동적 현실 인식과 박진감 있는 서사를 가능하게 만들었지만, 20세기를 관통하면서 부르주아적 지배가 완결된 이후로는 작가들과 민중들이 현실을 움직일 수 없는 부동의 것으로 보기 시작하면서 소외·좌절을 겪게 되었고, 이것이 이른바 모더니즘 문학의 비역사성과 작가의 사회적 소외의식을 낳게 하였다는 것이다.

사회적 '유동성'이라는 관점에서 1980년대 문학의 역동성을 사유하는 데도 이러한 논의는 도움이 된다. 1970년대는 정치적으로는 암흑기에 속하지만, 그런 가운데서도 급진적 산업화는 사회적 '유동성'을 확대시키는 방향으로 나아갔다. 농민층의 분해와 대규모 생산 노동자의 확대는 유기적 공동체를 파괴하면서 산업사회의 모순을 극대화했다. 이 이행기적 구조의 유동성이 문학에서는 농민문학과 노동자문학의 대두를 초래했고, 1980년대가 되면 종래의 지식인문학에서 민족민중문학의 생산과 수용을 고조시킨다.

그런 점에서 보면 1990년대 역시 사회적 '유동성'이 더없이 커진 시대다. 이 시기에 이르러 한국문학은 소비자본주의에 기반한 '일상성'을 문학적 테마로 한 다채로운 작품을 생산하기 시작했는데, 그러나 이것은 전시대의 문학과 같은 역동적인 현실인식에서 나온 것은 아니었다. 거꾸로 그것은 신자유주의적 세계화의 공고화 과정 속에서, 개인과 사회의 연관을 단절시켰고, 작가들 역시 현실을 총체적으로 파악하려는 의욕을 상실했다. 1990년대가 되면 특히 1997년 이후의 한국적 현실은 '유동성'의 급격한 상실과 부르주아적 지배가 사실상 완성된 시대로 인식되고, 민중을 대체한 대중의 집단적인 출현이 가능해졌는데 이러한 변화과정 속에서 문학은 주변화되고, 문화론이 다채롭게 뿜어져 나오지만 구조의 측면에서 보자면 그것은 대중 소비문화로의 폐쇄라는 회로 안에 갇히게 된다.

이 부분에서 다시 김종철의 모더니즘 비판으로 돌아가 보도록 하자. 그가 논구하고 있는 20세기 모더니즘 문학의 발흥과 사회적 유동성의 상실관계에 대한 논의는 1990년대 이후 한국문학의 상황을 검토하는 장에서도 의미 있는 참조점이 될 수 있기 때문이다.

현대 모더니즘 예술의 성장은 여러 가지 요인 중에서 근로계급의 정치적 좌절과 체제내적 수렴화, 이에 결부된 진보적 민주주의 세력의 패배와 같은 결정적인 경험과 보조를 같이해 온 것으로 이해할 수 있다. 물론 더 말할 것도 없이 이러한 패배와 좌절의 경험은 크게 보아 제국주의적 팽창과 지배에 따르는 결과였다. 여기에 또 추가하여 문화적 헤게모니의 작용을 간과할 수 없다. 막강한 자본과 군사력과 기술공학의 압도적인 우위에 의해서 물리적인 지배뿐만 아니라 문화적인 패권을 장악하기에 이른 서구적 산업체제는 이제 더 이상 강압적 수단에 의하지 않고도 밑으로부터의 위협을 효과적으로 방어할 수 있게 되었다. 왜냐하면 온갖 제도와 생활 속에 스며드는 암시작용에 의해서 지배세력의 가치들이 대중들의 의식 속에 내재화되고, 그럼으로써 지배체제에 대한 정신적인 동의가 광범위하게 이루어진다는 현상이 발생하기 때문이다. 물론 이와 같은 내면화의 전제조건으로 중요한 것은 대중들의 생활수준의 전반적인 향상이다.

- 김종철, 44쪽

20세기의 서구 모더니즘 문학을 평가·분석하고 있는 위의 진술은 범주를 1990년대 이후의 한국문학과 사회에 적용해 분석해도 가히 어색하지 않은 상황적 유사성을 우리에게 보여준다. 먼저 "근로계급의 정치적 좌절과 체제내적 수렴화." 1987년의 노동자 대투쟁 국면에 고조되었던 정치적 의제들은 2000년대를 경과하면서 민주노동당과 같은 노동정치의 제도화를 일단 성취한 것으로 보이지만, 현실적 국면에서는 노동계급 내의 정규직과 비정규직을 포함한 신분적 조건의 분할과 정체성의 내부 적대화 과정 속에서, 그 공동체적 연관을 상실해간 것은 명백해 보인다. 노동계급 정체성은 그들이 처한 계급적 조건의 균질성 아래서만 가능한 것인데, 1997년이라는 분기점을 거치면서, 상층 노동계급과 하층 노동계급 사이의 정체성의 조건은 완전히 판이해졌다. 근로계급의 정치적 좌절과 체제내적 수렴화는 한국에서도 빠른 속도로 진행된 역사적 현실을 보여준다.

다음은 "제국주의적 패권". 1980년대 당시의 민중문학운동이나 사회운동의 영역에서 "분단체제"나 "신식민주의"와 같은 의제는 한국적 현실을 분석하고 극복하기 위한 문제설정으로서 주요한 의미를 내포하고 있었다. 한국의 정치적 민주화와 분단극복 문제를 사유하는 데 있어서도, 미국 중심의 제국주의 패권체제에 대한 분석과 해체가 중요한 의제로 조명될 수 있었다. 그러나 1990년대가 되면 미국의 표상은 '제국주의'에서 '제국'으로 변환되어 담론운동은 국제화되지만, 제국주의 비판의 현실적 운동성은 상실되는 방향으로 나아간다.

"문화적 헤게모니"라는 관점에서 1990년대 이후의 한국사회를 유동성의 상실과 "지배체제에 대한 정신적인 동의"를 체화하게 만든 것은 물질적 탐욕으로 견고하게 구축되어버린 욕망이다. 글로벌 자본주의에 기반한 신자유주의의 교환·축적 시스템은 자본의 이동을 전지구화하면서, 증권과 부동산의 교환가치에 의해 일상적인 욕망을 '성공/실패'의 이분법으로 고착시켰다. 부자는 성공과 승리의 표상이고, 빈자는 실패와 무능의 표상으로 무차별적으로 재현하면서, 공동체나 사회와는 어떠한 유기적인 연관도 가질 수 없는 개인의 성공주의/능력주의 이데올로기가 지배이데올로기의 공고화된 헤게모니 담론으로 구축되었다. 이후 이러한 헤게모니 담론의 무차별적 확산은 한국에서의 '격차사회'를 극복할 비판적 담론의 억제와 제도관리 사회로의 이행을 촉진했다.

4.

김종철 뿐 아니라 1980년대의 비평가들은 종래의 보수주의 문학, 더 정확하게는 순수문학과 모더니즘 문학 모두를 극복·지향하는 새로운 리얼리즘 문학의 구성을 갈망했던 것으로 보인다. 이러한 과정 속에서 "역사의 진보적이고 민주주의적인 경향을 객관적으로 증언"하는 문학의 도래를 촉진할 새로운 사회집단(공동체)의 구성을 통해서, 사회적·정치적·미적 이상이 창조적인 예술의 기초가 되어야 한다는 주장을 폈다. 이러한 관점이 가능했던 것은 현실의 역사적 가변성과 유동성 속에서 한 사회를 움직이는 전체성과 총체성을 작가와 민중 모두가 이해하고 변화시킬 수 있다는 믿음 또는 신념 때문이었다.

그러나 김종철에 따르면 이러한 문학의 사회적·정치적·미적 이념을 봉쇄하는 민중들의 일상적 체험, 즉 소외된 노동으로 구조화된 '일상성'의 문제가 명백한 장애로 나타나고 있다는 점이 문제였다. 민중들의 일상성의 관념을 장악하고 있는 근본적인 문제는 '소외된 노동'이라고 김종철은 주장한다.

이러한 '소외된 노동'은 반드시 공장근로자들의 생산과정에 한정되는 경험이 아니다. 이것은 근본적으로 현대적 노동 전체의 특징적인 경향을 구성하는 것이다. 오늘날 미국사회에서 근로자들이 자신들의 일에 대하여 어떤 태도와 감정을 갖고 있는가 하는 것을 근로자들 자신의 구술을 통해서 보여주는 스터즈 터클의 흥미로운 보고는 대다수 근로자의 우울과 좌절이 근본적으로 노동의 소외에 기인하고 있음을 확신할 수 있게 한다. 인간으로서 아무 것도 성취하는 바가 없다. 로봇이 얼마든지 대신할 수 있는 일이다. 어셈블리 라인은 백치에게나 적당하다. 아무 생각도 할 필요가 없는 일이다. 단지 돈 때문에 일하는 것뿐이다.(......)

　생각해 보면 인간에 있어서의 노동의 가치는 반드시 통찰적 필요를 생산해 내기 위한 경제적인 활동으로서만 볼 수 없다. 창조적인 노동은 동시에 삶의 기쁨의 표현이고, 의식의 확장의 경험이다.

　　　　　　　　　　　　　　　　　　　　　- 김종철, 49-50쪽

　위의 인용문을 간략히 요약하면 창조적인 노동이 제거되고 소외된 노동이 구조화되면서, 극언하면 인간의 노동전반이 마치 "강제수용소에서의 파괴적인 노동"과 비슷하게 변해버렸다는 것이다(김종철, 50쪽). 이러한 대중적 노동의 상황은 삶의 테두리에 대한 근본적인 반성을 불가능하게 만들며, 서구적 예술에서도 작가들의 실천적인 관심의 퇴조를 이끌어내는 조건이 되고 있다는 것이 김종철의 생각이다. 그는 브라질의 교육학자 프레이리의 말을 빌어 억압적인 생리에 오랫동안 길들여져 온 사람들이 "억압의 구조 자체에 대한 도전보다는 개인적으로 억압의 상부구조로 진출하고자 하는 욕망을 발전시키는 경향"을 가지며, 이는 결국 "개인적 성공의 신화"로 귀착된다고 말한다.

　이것은 인간의 욕망 구조가 사회적으로 형성되고 구조화된다는 점을 고려할 때, 이 왜곡된 욕망의 구조야말로 이 시대의 고통과 비극의 가장 심원하고 근본적인 원인이라는 주장으로 이어진다. 이 부분에서 지금까지 김종철이 전개시켜 온 비평의 가장 핵심적인 주장이 다음과 같이 도출된다.

　우리는 보다 많이가 아니라 보다 다르게 욕망하도록 교육되지 않으면 안 된다. 우리들의 왜곡된 욕망의 구조야말로 이 시대의 고통과 비극의 가장 심원하고 핵심적인 원인의 하나를 구성하고 있는 것이다. 단순한 정치적 변화가 새로운 삶을 기약하지는 못한다.

상호렵력, 함께 자유로움, 관용, 정의로움, 명상과 같은 초월적 가치들에 대한 래디컬한 욕망이 고조된 결과로서, 우리들의 전체적인 생활의 방식에 있어서의 근본적 변혁이 있어야 하는 것이다. 이러한 일을 성취하는 데 문학은 스스로의 고유한 기능과 방법에 의해서 기여하는 길밖에 없다. 우리가 무엇을 어떻게 소망해야 할 것인가를 추상적·논리적 언어로 말하는 것은 대체로 용이한 일이고, 또 필요한 일이기도 할 것이다. 그러나 정말로 필요한 것은 기존하는 지배적인 욕망의 체제 속에서는 어째서 우리가 인간다운 생활에 도달할 수 없는가를 일상적 생활의 구체적인 경험 속에서 발견하고 실감하는 일이다. 모든 성공적인 문학은 이러한 실감을 우리들에게 제공함으로써 '욕망의 교육'에 이바지한다.

- 김종철, 53쪽

김종철의 말처럼 "단순한 정치적 변화가 새로운 삶을 기약하지는 못한다." 그것은 1987년의 6월항쟁 이후 한국의 민주주의가 형식적으로는 성숙한 것처럼 보이지만, 오늘의 검찰 독재 체제로 귀결되었다는 점을 보면 잘 알 수 있다. 게다가 그것을 가능케 한 것은 각자도생과 각자도사의 부동산 계급 사회의 "왜곡된 욕망"이라는 점을 생각하면, "우리가 보다 많이가 아니라 보다 다르게 욕망하도록 교육되지 않으면 안 된다"는 말은 차라리 예언적이기까지 하다.

더욱이 우리는 김종철이 이후 『녹색평론』을 통해 지속적으로 갈파했던 다음과 같은 가치들, 그러니까 "상호협력, 함께 자유로움, 관용, 정의로움, 명상과 같은 초월적 가치들에 대한 레디컬한 욕망"을 통해 "우리들의 전체적인 생활의 방식에 있어서의 근본적 변혁"을 실현하지 못했다. 지난 80년대로부터 2020년대까지 우리가 목격하게 된 것은 사회적 '유동성'의 거의 완전한 상실이자 고착된 계급적 격차의 완강함에 우리가 제대로 된 저항을 하지 못했다는 사실이다.

무엇보다도 문학과 비평은 "추상적·논리적 언어"로도 "구체적인 경험 속에서 발견하고 실감하는" "인간다운 생활"을 구축하는 "문학의 실천"에도 실패했으며, 그런 점에서 체제의 헤게모니 담론은 갈수록 공고화되는 반면 김종철이 "욕망의 교육"이라 말한 바 있는 전환적이면서 변혁적인 문학과 비평의 실천에는 실패했다는 명백한 사실이다.

그러나 『녹색평론』 창간사에서 김종철이 외친 바대로, "우리에게 희망은 있는가"라는 절박한 물음을 다시금 음미할 필요성은 더 없이 커지고 있는 시대이다. 오늘의 한국은 물론 세계사 전체는 그 어느 때보다 '유동성'이 커진 정치적·사회적·문화적·생태적 대전환의 시대이다. 이런 시대야말로 그간 망각되었던 문학의 실천적 전망과 그것을 뒷받침할 세계관의 변혁이 절실하다.

김종철의 말처럼 욕망은 교육될 수 있는가. 그것이 가능할지는 모르겠지만 지배적 욕망에 저항하는 문학과 비평의 비전과 희망은 여전히 가능하다고 생각한다. 2020년대의 시점에서 1980년대의 비평을 다시 읽으면, 그때가 지금의 상황들과 비슷하고 다른 것들이 교착되어 있으되, 희망의 창안은 다시 시작될 수 있고 시작되어야 한다는 것을, 어쩔 수 없는 거대한 민중의 집합적 감정을 다시금 재생시키는 것처럼 느껴진다. 다시, 우리에게 희망은 있는가. ◘◙

맨 앞의 구축

II

맨 앞, 처음의 형태

대전 근대역사의 출입구, 옛 충남도청의 새로운 변화를 기대하며
김종헌

투명한 것들 / 그것과 다른 것
김석영

건축 거장 3인의 아방가르드 건축
김승환

처음이나 전위, 때로 혁명과 같은 강렬한 힘에 의해 인공적 실체가 남겨지고, 시간의 흐름 속에서 그것은 풍화되어 간다. 태어나자마자 낡아간다는 점에서 그것은 모든 사물의 최초의 배경이다. 건축에 부여된 운명이 그렇다. 이 생성과 소멸의 연쇄를 뒤따르기 위한 갈림길이 존재한다. 기존의 전통을 파괴한 혁명적 건축가들의 삶과 그것을 추동한 미학이 한 편에 있다면, 역사의 굴곡이 새겨진 유산으로서의 건축물을 새로운 가능성의 장소로 읽는 눈이 다른 편에 있다. 서로가 다른 결로 근대와 그 이후의 건축을 바라보지만, 낡음과 새로움, 익숙함과 낯섦, 혹은 마지막과 시작을 연결하는 방식은 매우 유사하다. 전위라는 말의 진정한 실증이 여기에 있다.

대전 근대역사의 출입구,
옛 충남도청의 새로운 변화를
기대하며

김종헌

김종헌 : 배재대 교수.

1. 글을 시작하면서

1998년 대전으로 이사 온 나는 아직까지도 이방인인 듯하다. 지금이야 주중에는 대전에서, 주말엔 서울에 살고 있지만 처음 10년 동안은 유성구 신성동에 정착해서 아이들과 행복하게 살았다. 연구단지에 둘러싸여 있는 주거공간은 우리나라 어느 곳보다도 녹음이 우거져 있었고, 운동장과 생활편익시설, 무엇보다도 같이 어울려 사는 사람들과의 관계 등을 볼 때 우리나라에서 비교할만한 도시가 없다고 생각했다. 학계에서도 처음 부임한 소장학자에게 발표할 자리도 마련해주고, 선배 교수님들의 따뜻한 배려로 대전 건축계에 큰 어려움 없이 들어설 수 있었다. 그래서 대전은 정말 우리나라의 중심 도시로서 각 지역 출신들이 모여 있으니 포용력이 넓고 크다고 생각했다. 그런데 언제부터인지 또 어떠한 연유에서인지 나의 활동 무대는 대전이 아닌 서울이나 기타 도시로 옮겨지고 있었다. 게으름 때문인지 혹은 적극적으로 대전에서 활동영역을 개척해 나가기보다는 불러주는 대로 돌아다니다 보니 그렇게 된 것인지 잘 모르겠지만 아무튼 내가 살고 있는 대전에서는 별로 환영받지 못하고 있었던 것 같다. 자라온 환경이 대전이 아니기 때문에 외부에서 살아온 경험을 통해 의견을 낸 것이 불편했기 때문일수도 있겠다. 생각해 보면 이러한 상황이 비단 나에게만 국한된 것은 아닌 듯하다. 내가 존경하는 몇몇 건축계 인사들은 출신이 대전임에도 나와 크게 다른 것 같지 않다. 이들의 활동 영역도 대전보다는 서울을 비롯해서 전국을 돌아다니며 하는 자문 및 연구이다. 물론 대전을 기반으로 훌륭한 성과를 내고 있는 분들도 많이 있지만 어찌되었든 대전이 갖고 있는 인적 기반을 대전 스스로 충분히 활용하고 있지 못하고 있다는 생각이다. 개인적인 생각이겠지만 대전이 우리나라에서 지리적으로 중심적 위치에 있어서 각 지역으로부터 온 사람들이 뒤섞여 살기 때문에 겉으로는 개방적인 것처럼 보이지만, 오히려 그러한 특성 때문에 방어적인 성격이 강해진 것은 아닌지 생각하게 된다.

2. 대전은 근대 도시인가 아니면 전통도시인가?

1904년 경부선 부설로 인해 대전역이 세워지면서 대전은 서울과 부산을 잇는 중심적 위치를 차지하기 시작했다. 이윽고 1914년 호남선 부설이 이루어지면서 서대전역이 들어서게 되었다. 서대전역 역시 서울과 목포를 잇는 중간 기착점이다. 경부선과 호남선, 경의선과 경원선이 들어서면서 전국은 X 자 형으로 철로가 형성되고 서울은 한반도 수도로서의 성격을 명확하게 하였다. 대전은 서울과 한반도 남쪽의 경상도와 전라도를 연결하는 도시로서 그 성격을 부여받았다. 물론 이렇게 된 연유는 이미 경부선 부설권을 갖고 있었던 일본이, 프랑스가 갖고 있었던 호남선 부설권의 길이를 줄이기 위해 충주를 통해 부산으로 향했던 경부선의 중간 기착점을 대전으로 옮겼기 때문이다. 아무튼 철도 부설은 경주나 상주, 전주나 나주, 충주와 청주 등의 내륙 도시 중심에서 한반도의 동남쪽 끝 부산과 서남쪽 끝 목포 등의 항구도시를 서울과 연결하는 체계로 바뀌게 되었다. 경부선과 호남선 부설 당시 철로는 오늘날과 달리 건설 과정에 상당히 많은 시간을 필요로 했기 때문에 각 항구도시와 서울을 잇는 중간 기점으로서 대전의 역할은 상당히 중요했다.

이에 따라 대전역의 철도역사는 철도로 인해 새롭게 형성된 대전에서 도시를 구성하는 핵심적인 요소가 되었다. 이윽고 중앙로가 만들어지면서 대전역과 연결되는 정점에 공주에서 이전한 충남도청이 1932년 들어섰다. 이로써 대전역사와 충남도청은 교통의 중심도시로서 대전을 상징하는 건축물이 되었다. 두 건물 사이의 1.1 km 직선거리는 대전의 상징거리가 되어 이름도 중앙로로 칭하게 되었다. 당시에 형성되었던 도시 골격은 지금도 그대로 유지되고 있다. 따라서 누가 봐도 대전은 일제 강점기에 형성된 근대 도시라고 할 수 있다.

그런데 혹자는 이렇게 형성된 근대도시 대전의 정체성에 의문을 제기하기도 한다. 물론 강력한 유교적 전통을 지닌 도시다. 대전에는 조선시대 대표적인 예학 사상가였던 사계 김장생을 모신 돈암서원과 서인으로서 분당 후 노론의 영수였던 송시열의 활동기반이었던 남간정사, 송시열과 함께 국정을 주도했던 송준길의 별당인 동춘당, 안동권씨로서 그의 아버지 권유(權惟)의 묘를 모시고 그곳에서 제사를 지내고 독서와 강의를 하기 위한 권이진의 유회당(有懷堂)이 있다. 이 때문인지 대전을 근대도시로 내세우는 점에 있어서도 또, 일제강점기에 세워진 충남도청을 대전의 정체성을 나타내는 건물로 내세우는 일에서도 적극적이지 않다. 그렇다면 대전은 안동처럼 조선시대 유학을 대표하는 전통 도시인가? 호남도 아니고 영남도 아니고 근대도시도 아니고 전통도시도 아니라면, 대전의 정체성은 어디에서 찾아야 하는가?

3. 옛 충남도청은 한국근대 역사를 파고들어갈 수 있는 입구

얼마 전 뉴욕 시립대 교수인 그레이스 조(Grace M. Cho)가 쓴 『전쟁 같은 맛(Tastes Like War)』에 대한 기사를 읽은 적이 있다. 이 책은 2021년 전미 도서상 논픽션 부분 최종후보에도 올랐고, 2022년 아시아 태평양 도서상을 받았다. 또한 '타임'지에 의해 올해의 책으로 선정되었다. 이 책은 그레이스 조 교수 엄마의 생애를 기록한 책이다. 그녀의 엄마, '군자'는 전쟁으로 오빠와 아버지를 잃고 기지촌 클럽에서 일하다가 상선 선원이던 백인을 만나 결혼을 했다. 그런데 1971년 혼혈아 그레이스를 낳고 '외국인과 살을 섞었다'는 경멸과 낙인 때문에 한국에서 쫓겨난다. 아이들에게 더 나은 삶의 조건을 마련해주기 위해 이주한 미국 워싱턴 주의 시골에서도 '군자'는 차별을 당하며 조현병을 앓고 망상과 환청에 시달리다 2008년에 생을 마감했다. 매춘부였던 '군자'는 생물학적 죽음 이전에 사회적 죽음을 맛보았다고 그녀는 주장하였다. 그레이스 조 교수는 자신의 엄마 이야기가 가족을 넘어서는 그 사회가 갖고 있는 거대한 역사의 일부라서, 숨기지 말고 드러내야 한다고 생각했다는 것이다. 그녀에게 있어서 학업은 엄마의 과거와 얼룩을 지워내는 방편이었고, 결국 자신의 연구는 엄마의 고통 속에 숨어 있는 뿌리를 캐내는 작업이 되었다고 한다. 엄마의 비밀은 자신의 정체성의 일부가 되어 과거에는 괴로웠지만 진실을 파헤치고 글을 쓰면서 엄마의 비밀을 정면으로 마주할 만한 가치를 지닌 것으로 인식하였다는 것이다. 그녀는 자신의 엄마 이야기가 우리 사회가 지니고 있던 거대한 억압의 역사로 가는 입구라고 생각했기 때문에 덮어 놓을 수가 없었다고 주장하였다. 그녀는 인터뷰 말미에서 양공주란 단어가 더 이상 수치스러운 말이 아니었으면 한다고 하면서 "그 여자, '군자'는 나의 영웅이었고 엄마가 조금도 부끄럽지 않다"고 하였다. [1]

　　그레이스 조 교수의 이 인터뷰는 근대도시로서의 대전과 옛 충남도청을 어떻게 다룰 것인지에 대한 생각에 큰 전환의 계기가 될 수 있다. "즉, 대전의 역사는 우리나라 근대 역사를 깊이 파고 들어갈 수 있는 몸통이고, 옛 충남도청은 그 입구"라고 할 수 있다. 대전에서 살아가는 우리에게 있어서 옛 충남도청의 존재는 이런 의미에서 그레이스 조 교수의 엄마와 비교해볼 여지가 있는 대상이 아닐까 하는 생각을 해 본다. 수치심의 극복은 감추거나 지워버림으로써 해결되기 보다는 스스로 정면으로 맞서서 풀어낼 때 해결될 수 있다. 대전의 근대 역사는 한국 근대역

1　"엄마는 양공주였지만 부끄럽지 않아... 나한테는 영웅이니까", 『조선일보』, 2023. 8. 12.

사의 몸통이며 옛 충남도청은 대전의 근대역사를 풀어갈 수 있는 실마리이자 그 입구가 될 수 있다.

4. 대전의 뿌리, 옛 충남도청

옛 충남도청은 1930년 1월 조선총독부의 사이토 마코토(齊藤實)에 의해 공주로부터 대전 이전이 발표되면서 진행되었다. 『대한매일신보』의 1910년 4월 5일 자 기사[2]에서 나타난 것과 같이 공주에서 대전으로의 충남도청 이전은 경부선이 부설되면서부터 준비되었다. 사이토 총독의 발표로 조선총독부 영선계 이와스키 센지(岩槻善之)를 중심으로 설계가 이루어지다가, 그가 사망하자 후임자인 사사 게이이치(笹慶一)에게 넘어 갔다.[3] 설계를 끝내고 바로 6월 9일 입찰을 하여 일본인 건축업자인 스스키겐지로(須須木權次郎)에게 낙찰되었다. 6월 18일 청사 지진제가 현장에서 열리고, 이듬해인 1931년 6월 15일 총공사비 17여만원[4]을 들여 착공하였다. 이윽고 12월 2일 상량식을 거쳐 1932년 8월 29일 준공하였다.[5] 이에 따라 9월 24일부터 공주로부터 도청 이전을 시작하여 30일 마무리를 하였고 10월 1일 개청식을 하고 10월 3일부터 업무를 시작

----

2 "관찰도(觀察道) 이전, 충남 관찰도를 태전(太田)정거장으로 이설하기로 결정하고 장차 건축공사에 착수한다더라" 『대한매일신보』, 1940. 4. 5.

3 김정동, 「근대도시 대전시의 변천 – 대전역에서 충남도청까지」, 한국도시설계학회 2009 추계 학술대회 기조 연설.

4 기록에 따라 다른데 『朝鮮と建築』, 5집 6호, 1931. 6. 38쪽에서는 총건평 1400평, 총공사비 30만원, 정면 55칸, 측면 33칸으로 조적조 위에 타일을 붙여 밝고 모던한 건물로 설계하였다고 기록.

5 『朝鮮と建築』, 6집 11호, 1932. 11. 19-21쪽.

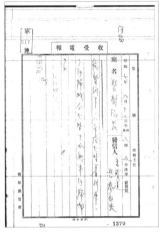

총독 충남도청 이청 식임장의 건 (1932.9.12.,
국가기록원 CJA0002444)

중앙로에서 대전역을 바라 본 풍경 (출처: 대전시립박물관)

준공 후의 충청남도 도청 전경 (출처: 대전시립박물관)

중앙로에서 충남도청을 바라 본 풍경
(출처: 대전시사편찬위원회)

충남도청 전경(출처: 대전시사편찬위원회)

현재의 전경(2023.8.31. 촬영)

맨 앞, 처음의 형태

하였다.[6] 이후 옛 충남도청은 2012년 충남도청이 홍성으로 이전하기까지 80여 년 동안 대전의 랜드마크 역할을 해오고 있었다.

이처럼 80여 년 동안 대전의 뿌리이자 랜드마크로서 역할을 했던 옛 충남도청에 대한 관심은 필자가 총괄 코디네이터로 진행한 2009년 제6회 도코모모 코리아 공모전에서도 확인할 수 있었다. 1100팀이 참가 등록을 하고 819팀이 작품을 응모하는 등 역대 건축 관련 기관에서 진행한 공모전 중 가장 높은 반응이 나타났던 것이다. 그런데 충남도청이 홍성으로 이전한 지 10여년이 지난 이 시점에도 뚜렷한 활용계획을 제시하지 못하고 있다. 이 부지 소유권을 갖고 있는 문화체육관광부는 국립현대미술관 수장고형 미술관으로 사용하기로 결정하고 설계공모를 통해 당선안을 선정했다. 그러나 2023년 10월 현재, 그 계획은 문화재위원회를 통과하지 못하는 등 아직도 확실한 방향성을 찾지 못하고 있다.

대한민국 전자관보(제 18723호)에 따르면 도청 이전에 따른 종전 도청사와 부지는 국가가 매입하는 『국유재산법』에도 불구하고 그 소재지를 관할하는 광역지방자치단체에 무상으로 양여하거나 장기 대부할 수 있도록 하고 있음에도 대전시는 결국 무상으로 양여받지 못했을 뿐만 아니라 옛 충남도청의 활용에 대한 주체가 되지 못하고 말았다. 결국 대전시는 근대도시로서의 상징성을 갖는 옛 충남도청을 확보하지 못하고 뒤늦게 옛 대전 부청사와 대전 한전 보급소를 보존하기 위해 매입에 나섰다고 한다. 그렇지만 이 건물들은 장소적 의미나 건축적 특성에 있어서 옛 충남도청과는 비교 대상이 되지 못한다.

....

6   『동아일보』1932. 10. 3. 3면 기사,『매일신보』1932. 10. 4. 4면 기사

재봉틀 박음질 모양으로 장식한 충청남도 도청 벽면 구성 디테일 (2023.08.31. 촬영)

충청남도 내부에 들어가면서 보이는 중앙홀 전경 (2023.08.31. 촬영)

충청남도 내부에 들어가면서 계단을 통해 보이는 전경 (2023.08.31. 촬영)

충청남도 도청의 독특한 창호 시스템   붉은 벽돌로 이루어진 후면의 입면 구성

현재의 뒷마당
스크래치 타일 형식으로 창호 모서리를 장식한 모습, 뒤돌아 나가면서 보이는 현관 모습
입구 포치의 기둥 사이로 보이는 우측 모습, 충남도청 입구에서 대전역 방향으로 본 모습

5. 새롭게 바라보는 옛 충남도청의 가치

일제강점기에 새롭게 들어서는 철도역사는 기존의 읍성을 파괴하고 새로운 신시가지를 만들면서 도시를 구읍성을 중심으로 한 도시와 철도역사를 중심으로 한 신도시의 2중적 구성으로 양분한다. 즉, 기존의 읍성 중심의 구 시가지는 전통적인 조선인을 중심으로 한 도시 구성을 형성하게 되었고, 읍성 바깥에 형성된 철도역사는 일본인들을 중심으로 한 새로운 신시가지를 형성하면서 발전하게 된다. 이에 반하여 대전의 경우는 기존의 읍성이 없었기 때문에 대전역사와 충남도청이 중앙로를 중심으로 계획된 도시 구성을 이루면서 근대도시로서의 새로운 출발을 상징적으로 보여주고 있다. 즉 새롭게 형성된 철도노선과 수직축을 형성한 교통로를 바탕으로 중심축의 정점에 충남도청을 배치하고 교통축과 행정축을 중앙로에 통합하여 표현하고 있다.

이러한 도시 구성은 서울이나 부산 또는 목포나 군산 등의 새롭게 생긴 항구도시에서도 찾아보기 힘들다. 충남도청이 홍성으로 옮겨갔고 대전시청이 둔산으로 이전했지만 아직도 대전의 중심축은 대전역과 옛 충남도청을 중심으로한 중앙로라고 할 수 있다. 그런 점에서 대전역과 옛 충남도청과의 관계를 충분히 고려할 필요가 있다. 한반도 교통의 중심점으로서 대전역의 위상은 옛 충남도청과의 관계를 통해서 풀어내야 하기 때문이다.

한편 옛 충남도청의 평면은 간략하게 돌출된 전면 중앙에 위치한 현관홀에서 복도를 통해 양측 날개로 이어져 각 실로 연결되는 방식을 취하고 있는 요(凹)자 형의 형태를 갖는다.[7] 당시 도청에서 특히 고려해야할 공간은 회의실이었다. 이는 적극적으로 의도했든 의도하지 않았든 민관의 협의를 바탕으로 행정을 하고자 하는 의지의 표현이라고 할 수 있다. 비록 당시 협의의 대상이 되었던 민의 중심이 일본인이었지만 시대상의 변화를 수용한 평면구조라고 할 수 있다. 도청건물에 민관 협의를 위한 회의실을 2층 우측 후면부에 설치하게 되어 요(凹)자형의 평면형식에서 좌우측 돌출부 폭의 차이가 크다. 옛 충남도청은 구조적으로 지하 1층에 지상 2층 건물로 부지면적 6,000평에 연면적 1,451.390 평으로 구성되어 있다. 바닥과 지붕은 철근콘크리트로 되어 있다. 벽체 전면과 측면에는 당시 유행하였던 갈색 표면에 거친 질감의 줄무늬를 갖는 스크레치 타일을 사용하였다. 특히 개구부의 마무리면이나 창호틀의 외부면의 테두리에는 마치 재봉틀의 면을 살리듯이 외곽선에 작은 타일 면들을 이용하여 요철을 둠으로서 테두리 면을 강조하였다. 뒷면 벽체는 225 mm × 105 mm × 55 mm의 붉은 벽돌을 그대로 노출시켰는데 전면과 측면의 테두리에 두른 장식을 벽돌에도 그대로 사용하였다. 스크레치 타일의 크기는 붉은 벽돌과 길이와 너비는 같지만 두께는 15mm 정도이다. 앞에서 설명한 것처럼 창대와 난간 두겁대는 이형의 스크래치 타일을 사용하였고, 파라펫에는 화강석을 사용하였다.

---

7 김명선, 「일제강점기 신축된 도청사·부청사의 평면유형」, 대한건축학회 논문집 제24권 제5호, 2008.5, 151-152쪽. 김명선은 이 논문에서 충남도청을 E 형으로 봤다. 그러나 중앙 후면부가 크게 돌출되어 있지 않아 필자는 기존의 분류방식을 따라 요(凹)자형으로 보고자 한다.

한편 옛 충남도청에서 주목되는 것은 건물 외벽과 1층 현관 천장, 중앙 홀 바닥과 천장, 2층 계단실과 복도, 도지사 집무실과 비서실, 응접실 천장 등 변형된 60여 개의 장식물이다. 이 장식물에 대해 김정동 교수는 단순히 4각형의 기하학적인 무늬를 변형시켜 만든 디자인적 패턴 문양으로 황실이나 조선총독부나 충남도청과는 관계가 없는 디자인적인 요소가 강한 문양이라고 주장하였다.[8] 이에 반하여 김민수 교수는 샹들리에를 고정시킨 천장 지지대의 가운데 원형은 일본의 태양을 뜻하는 '히노마루(日の丸)' 곧 천황을 표상하고, 이로부터 4방 8방으로 뻗어나가는 일본 제국주의의 햇살 속에 4개의 오칠동꽃이 피어나는 상징성을 집약한 것이라고 주장하였다. 이와 동시에 2층 계단실 천장을 비롯해 도지사 집무실, 비서실, 응접실 등 천장에서 발견되는 문양 등도 기본적으로 이러한 요소와 체계에 기초해 조금씩 변형된 것들이라고 주장하였다. 그는 이러한 요소들을 통해 충남도청이 총독부의 지휘 통제를 받는 소속 관서이자 지방자치단체로서 충남도청을 표상한 문장이라고 주장하였다.[9] 옛 충남도청에 표현된 문양의 함의를 제대로 파악하는 것도 우리가 새롭게 풀어가야 할 문제라고 생각한다. 이러한 문양 이외에도 지사실

회의실   벽면장식 문양   당초문양의 스테인드 글라스

----

8   김정동, 「근대도시 대전시의 변천 – 대전역에서 충남도청까지」, 한국도시설계학회 2009 추계 학술대회 기조 연설,

9   김민수, 「(구) 충남도청사 본관 문양 도안의 상징성 연구」, 건축역사연구, 제18권 5호, 2009, 10, 47-50쪽.

창에는 당초문양을 집어넣어 스테인드 글라스로 장식하였다. 당초 문양은 중앙계단 난간에도 사용하였다.[10]

그런데 그레이스 조 교수가 매춘부였던 자신의 엄마 이야기를 통해 자신의 정체성을 펼쳐나갔듯이 새로운 차원으로 나아가기 위해서는 역사적 현실을 인정하고 이를 극복해야한다고 생각한다. 근대도시로서의 대전을 인정하지 않을 때, 우리는 우리의 선대가 대전에서 이어 온 삶을 통째로 잃어버릴 수밖에 없기 때문이다. 비록 일본에 의해 치욕스럽고 부끄러운 역사를 갖고 있었지만, 오늘날 우리가 이를 잘 극복해 나아가고 있다는 점에서 옛 충남도청은 그러한 우리의 자세를 나타낼 수 있는 상징적 건물이 될 수 있다. 즉 인천이 1876년 강화도 조약 이후 일본이나 외세의 힘이 서울로 들어오는 진입구가 되었지만, 현재는 한국문화가 세계로 뻗어나가는 진출구가 되었듯이 과거의 역사를 현재의 힘으로 극복할 필요가 있다.

2010년 G20 정상회담 장소로서 덕수궁 석조전을 제안한 적이 있었다. 그 의도는 100여 년전 식민 지배를 받게 된 그곳에서 이를 극복해 낸 오늘날의 한국을 상징화할 수 있다고 생각했기 때문이다. 그런 점에서 우리는 다른 문화가 대전으로 들어오는 것을 방어할 것이 아니라, 다른 문화가 들어오는 것을 막는 자세를 경계해야 한다. 옛 충남도청은 전국 아니 전세계로부터 몰려오는 문화의 용광로가 되어야 한다. 문화는 충돌을 통해서 새로운 모습으로 확장되기 때문이다.

옛 충남도청을 새로운 가치로 살펴보자면 평면 형태는 다소 관료적이고 권위적인 모습의 고전적인 구성을 기반으로 하지만 스크래치 타일과 비교적 장식을 배제시킨 4각형의 창호, 평평한 벽면 등으로 근대건축

---

10 김기주, 「등록문화재 충남도청의 신·증축에 관한 건축적 고찰」 추계학술발표대회 논문집, 한국건축역사학회, 2009.11.

맨 앞, 처음의 형태

리모델링 이후 교세라 미술관 모형

도로면에서의 출입을 단절시켜 감상 대상으로

새롭게 조성된 정면과 측면 출입구

중앙홀에 이르는 계단

계단을 통해 진입되는 중앙홀

중앙홀 진입구

2층 홀

스크레치타일 벽면

개구부 디테일

후면 정원과 교세라 미술관 1

후면 정원과 교세라 미술관 2

의 특징을 보여주고 있다. 동시에 벽면과 천정이 만나는 부위의 아치에 몰딩을 두어 1930년대의 역사적 건축 양식에서 근대건축으로 넘어가는 시대적 분위기를 잘 표현하고 있다. 또한 교통로를 행정축과 연계시킴으로서 새로운 도시 구성을 이루었다는 측면에서도 평가할 만하다. 이러한 요소는 새로운 시대상에 의해 요구되는 옛 충남도청의 문화공간이 갖는 새로운 가능성이라고 할 수 있을 것 같다.

6. 교토 교세라 미술관을 통해본 옛 충남도청의 가능성

교토에서 우연히 가게 된 교토시립 교세라미술관은 옛 충남도청에 대해 많은 시사점을 던져 주었다. 우선 교세라 미술관은 정면 외관이 옛 충남도청과 너무나도 유사했다. 프랭크 로이드 라이트의 제국호텔에서 영향을 받아 사용한 갈색의 스크레치 타일과 지붕처마 밑을 이용하여 1,2층 부와 분절한 수평적 입면 구성을 하고 있는 것, 정면에 차를 진입할 수 있도록 현관을 강조하고 있는 것 등을 통해 옛 충남도청의 설계에 대한 기본 아이디어가 이 건물에서 시작되었다는 것을 확인할 수 있다. 프랭크 로이드 라이트가 제국호텔을 설계한 이후 이러한 유형의 건물이 1920년대와 1930년대에 일본과 한국에서 지어지고 있었다. 옛 충남도청도 그러한 시대적 흐름에 영향을 받은 것으로 여겨진다.

교세라 미술관은 원래 1928년 교토에서 거행된 쇼와(昭和) 천황 즉위를 기념하는 사업으로 시작되어 1933년 개관하였다. 당시 일본에는 공립미술관으로서 1926년 개관한 동경부 미술관만 있었다. 1930년 실시된 교세라 미술관에 대한 설계 공모의 규정에는 '일본 양식'을 기조로 할 것을 요구하였다. 그런데 설계자인 마에다 겐지로(前田健二郎)는 건물 덩어리의 구성 체계는 라이트 풍의 서양근대건축을 근간으로 하고 세부 장식은 일본 장식을 사용함으로서 서양건축과 일본건축을 적절하게 융

합하였다. 그런데 이 건물이 2019년 교세라 미술관의 현관장인 아오키 준(靑木 淳)과 니시자와 데츠오(西澤 撤夫)의 협업에 의해 새롭게 리모 델링이 되었다. 건물 자체는 그대로 유지하며 진입 방식과 공간 구성을 새롭게 하였다. 가장 인상적인 점은 정면 입구의 출입동선을 없애고, 출 입구 하부를 옆으로 깊게 파내어 도로면 밑으로 사람들이 자유롭게 돌 아다니게 한 것이다. 이로 인하여 원래 출입구로 사용되었던 부분은 기 존 도로와 단절되었다. 이와 별도로 기존 출입구 하부에 중앙 홀에 진입 할 수 있는 출입구를 새롭게 만들었다. 또 측면에서는 모서리면에 삼각 형 출입구를 별도로 설치하여 측면에서부터 외부 공간을 바라보면서 미술관의 정면으로의 진입을 유도하고 있다. 이로 인하여 교세라 미술 관을 출입구에서 들어올린 것처럼 처리하여 정면 도로면에서 볼 때, 미 술관 자체를 하나의 작품 자체로서 바라 볼 수 있게 하였다. 즉 작품을 전시하는 미술관으로서 보다는 미술관 자체가 작품임을 드러낸 결과 시민들은 그 동안의 시간을 간직하고 있는 하나의 작품으로 교세라 미 술관이 지니고 있던 공간을 충분히 느낄 수 있게 되었다. 이처럼 교세라 미술관은 전혀 다른 차원에서 새롭게 태어나게 되었다. 마에다 겐지로 (前田健二郎)의 공간과 재료, 질감, 디테일 등이 더욱 더 풍요롭게 느껴 졌다. 한편, 후정의 연못과 울창한 수목이 교세라 미술관과 어우러지면 서 자연과의 경계를 허물고 있었다. ◫卄

움직이는 정물/ 그것과 다른 것

김석영

김석영 : 시인. 시집 『돌을 쥐려는 사람에게』등

움직이는 정물

눈이 내릴 때 나는 창문을 두드렸던 적이 있다
마치 사로잡힌 것처럼
구조할 수 있을 것처럼

갇힌 손, 일시적인 손, 공중에 떠 있는 밧줄이 있었다
조수처럼 빠르게 돌아가는 것
죽은 물고기가 손아귀에서 빠져나가는 것
망각했다
머무는 시간을 움켜쥐고
기다림이 만든 부지런한 물결을 펼쳐 보았다
상상은 물처럼 조용하고 햇빛이 닿자 반짝였다

물고기 떼 같은 하얀 눈
빛의 사슬 속에서 그것은 정지해 있었고
가닥의 일부였다

던져질 때마다 커지는 바닥, 투명한 마음에 휩쓸린 바닥,
털어놓을 감정은 비어 있었다

포로의 감각으로 창문을 두드린다

시간은 펼쳐진다 시간은 나를 피하고 내 손아귀에서 빠져나간다

소비되는 바닥, 생명 없는 먹잇감처럼 축 늘어진 낚싯대,

쓸모없는 손, 게임 속의 방관자, 축적되는 순간

확장했다가 물러나는 것을 본다

그물에서 풀려난 물고기처럼

우리는 한때 스쳤던 적이 있었다

그것과 다른 것

진심은 새처럼
조각한 새처럼

떨어지는 나뭇잎처럼

다시 돌아오는 작은 죽음
마음의 방에 대한 증거로
눈송이가 사라지는 가운데

조용한 출발이 알려준다
결코 다 말하지 못한 이야기를

누에고치 같은 방
편지 한 장으로 접혀 있는
창밖은 끝없는 놀이
키가 컸던 나무는 비밀에 휩쓸려 갔다

귀는 이 방에 살았던 금의 이야기를 듣고 있다

작별 인사마다 우리가 품은 새 한 마리
한때 강렬했던 색깔들이 화단 위에 누워 있었다

거미줄은 오래된 이야기를 엮고
거미줄은 말할 수 없는 낡은 돌

쓰지도 않았는데 먼저 도착한 답장처럼
유령과 대조를 이루며
하나하나 떨어지는 잎사귀

증인처럼 서 있는 나목

창문은 마음을 묶고 상자가 된다

건축 거장 3인의 아방가르드 건축

김승환

김승환 : 충북대 명예교수. 저서 『인문학개념사전』 등

1. 건축혁명과 의식의 아방가르드

안도 다다오(安藤忠雄)가 1989년 <빛의 교회>를 완공했을 때 아무도 이 작은 건축물이 세계적인 작품이라는 생각을 하지 못했다. 사실 안도는 교회의 십자가를 건축한 것이 아니라, '십자가를 건축하지 않음으로써, 십자가를 건축한' 혁명적인 건축가다. 철근콘크리트로 표현된 슬릿(slit) 십자가는 건축의 미학성과 아방가르드적 혁명성을 보여주는 놀라운 작품이다. 슬릿 십자가는 아무도 생각하지 못했던 상상의 건축 작품이다. 그래서 안도는 혁명적 상상을 건축적 형상으로 실현한 혁명 전사다. 안도만 그런 것이 아니다.

근대와 현대의 건축에 새로운 바람을 일으켰던 안토니 가우디(A. Gaudi), 그로피우스(W. Gropius), 르 코르뷔지에(L. Corbusier), 미스 반 데 로에(Mies van der Rohe), 프랭크 로이드 라이트(F.L. Wright), 필립 존슨(P. Johnson), 루이스 칸(Louis Kahn), 프랭크 게리(F. Gehry), 안도 다다오(安藤忠雄) 등 근대와 현대건축의 거장들은 모두 아방가르드의 실험정신과 창의성으로 건축예술을 이끌었다. 건축은 예술인 동시에 기술이고 건축가는 예술가인 동시에 기술자다. 만약 어떤 건축가가 예술의 창의성과 심미성이 없는 건축을 한다면 그는 건축가라기보다 건축공(建築工)에 불과할 것이다. 반대로 어떤 건축가가 기계설비나 현대적 기술에 대한 고려 없이 예술적인 면만 고려한다면 그는 건축가가 아닌 예술가일 것이다. 예술이자 기술인 건축은 다른 장르와 구별되는 특징이 있다. 그것은 예술성, 심미성만이 아니라 안전성, 시공 가능성, 현실의 구체성, 경제성, 실용성, 편리성, 거주성(habitability), 내구성, 관계성을 고려한 종합예술이라는 점이다.

위대한 건축가는 예술과 기술을 완전히 통합한 창조자들이다. 그리고 기존의 건축을 창의적으로 혁신한 혁명가들이다. 근대건축사에는 그런 위대한 건축가가 많다. 시대 사회적 변화와 건축 기술의 발전을 토대로 독특한 건축을 하면서 보편적 가치를 보여준 건축가들의 노력으로 인류는 살고 있다. 혁명적 창의성을 가진 건축가 중에서 고전주의와 모더니즘을 결합한 안토니 가우디, 근대 모더니즘 건축의 거장 르 코르뷔지에, 동양의 선(禪)으로 포스트모더니즘을 실현한 안도 다다오, 이 세 건축가를 아방가르드적 관점에서 살펴보고자 한다. 이 세 건축가는 공통점이 많다. 건축 거장 3인은 기존의 건축문법과 건축언어를 새롭게 해석하고 개성적이면서 특별한 작품을 남겼다. 특히 이들은 모두 천박한 부르주아에 대한 비판의 은유를 건축으로 실천한 건축의 혁명 전사들이다. 이들은 자본의 가치를 증식하는 건축을 버리고 반자본의 가치를 통해서 인간 존재를 사유하는 건축을 택했다. 그리고 세 건축 거장은 자신의 시대와 자신의 사회를 그대로 읽지 않고, 자기만의 독법으로 건축언어를 개척해 나갔다. 그들은 시대를 앞서 나가는 전사의 본능을 가지고 있었다. 그렇다면 그들은 어떻게 자신들의 건축언어를 아방가르드적 혁명성으로 표현했을까?

2. 예술의 아방가르드와 건축의 아방가르드

건축(建築)의 아방가르드는 다른 장르의 아방가르드와는 다르다. 일반적인 아방가르드는 전통과 질서를 부정하는 전위운동이고 미학적 경향이자 창작의 방법이다. 전통, 관습, 질서를 거부하고 새로운 사회, 새로운 정신, 새로운 가치를 추구하는 것이 아방가르드다. 아방가르드의 어원은 프랑스어 '앞'을 의미하는 avant와 '호위, 전사(戰士)'를 의미하는 guard가 결합하여 생성된 개념이다. 원래 아방가르드는 앞서가면서 뒤에 오는 본대를 이끄는 전위(前衛)의 부대라는 뜻이며 1917년 러시아혁명 시기에는 노동자계급을 비롯한 혁명의 선두를 지칭했다. 그 후 아방가르드는 정치, 사회, 문화, 예술 등 여러 영역에서 혁명적이고 비판적인 일군의 활동가와 그들의 실천을 의미하는 개념으로 확장되었다. 1920년대 아방가르드는 문학, 회화, 연극, 음악, 무용, 건축에서 활발했으며 사진과 영화는 장르 자체가 아방가르드였다. 그런 점에서 아방가르드는 모던아트(modern art)의 본질이다.

아방가르드가 새로운 전위적 예술운동이라는 의미는 기존의 예술, 전통적 형식, 주류의 내용을 부정한다는 뜻이다. 그런데 건축에서는 기존의 전통, 관습, 질서를 부정하는 것에 한계가 있다. 왜냐하면 건축은 의식과 감정에 선행하는 거주성이 중요하기 때문이다. 거주성(habitability, 居住性)은 인간이 안전하고 편안한 생활을 할 수 있는 가능성이다. 건축물이 거주성을 상실하면 건축의 의미가 없어진다. 그래서 건축가들은 아방가르드적 혁명성을 표현하고자 하더라도 설계하고 시공할 때는 거주성의 원리에 따를 수밖에 없다.

아방가르드 건축은 기존의 건축이 아닌, 새로운 건축이라는 의미와 함께 1920년부터 시작된 전위적 건축이라는 두 가지 의미가 있다. 건축의 전위성을 강조한 사조는 구성주의, 신조형주의, 미래파, 해체주의, 표현주의 등이다. 혁명적 아방가르드 건축의 태동을 상징하는 건축가는 스위스 출신 프랑스 건축가 르 코르뷔지에다. 코르뷔지에는 1915년 도미노(Dom-Ino)로 불리는 표준 주거 건축을 제시했다. 코르뷔지에의 건축사상은, 건축을 인간이 생활하는 기계(machine)로 간주한 근대적 기계주의 건축이다. 획일적 표준건축이 혁명적 아방가르드인 것은 바로 이 점, 근대의 기계적 인간을 건축에 접목한 것이기 때문이다. 1917년 파리에 정착한 코르뷔지에는 건축의 순수주의를 표방한 후, 1931년 빌라 사보아(Villa Savoye)를 완공했다. 한편 독일에서는 그로피우스와 미스 반데 로에(Mies van der Rohe)를 포함한 바우하우스의 공예가, 건축가, 화가들이 근대적 조형을 실험했다. 이들의 공통점은 근대의 대량생산, 표준

건축, 구조시스템, 근대적 재료와 근대적 설비 등을 지향했다는 것이다.

바우하우스의 건축가였던 미스 반 데 로에가 1927년 건축한 슈투트가르트의 아파트[Weiseenhof Estate]는 새로운 주거의 탄생을 의미했다. 코르뷔지에, 그로피우스, 로에 이전에도 오귀스트 페레(Auguste Perret)와 같이 근대적 건축자료인 철근, 콘크리트, 유리를 사용한 건축가들이 존재했다. 이들은 모두 근대의 정신과 근대의 기술로 건축을 새롭게 바꾸겠다는 분명한 지향성을 가지고 있었다. 이런 그들의 생각은 1928년 스위스에서 결성된 근대건축국제회의(CIAM)에서 공식적으로 드러난다. 당시 코르뷔지에 등이 표방한 것은 기능주의를 우선하는 국제적 양식(International style)이다. 이것이 과학기술에 국경이 없듯이 건축에도 국경이 없다는 국제주의 건축사상이다. 국제주의(國際主義) 건축 또는 국제적 양식은 건축의 보편성, 효용성, 기능성을 우선하고 역사, 문화, 지역을 고려하지 않는 건축양식이며 1920년대에 시작되어 1960년대까지 주류였던 건축이론이다.

국제주의적 양식 또는 국제주의 건축은 국가, 민족, 지역, 문화, 역사, 종교보다 보편적 형식, 내용, 구조, 방법, 표현을 중시한다. 국제주의 건축은 조지아식 건축, 알자스 지방의 건축, 그라나다의 이슬람 건축, 베트남의 건축과 같은 역사적이고 민족적 건축이 아닌 초역사적, 초민족적 보편 건축이라는 뜻이다. 이들의 건축언어는 과격하지 않았지만, 이들의 건축사상은 과격했다. 국가와 민족의 건축적 특성을 고려하지 않고 국가와 민족을 초월한 보편적 건축은 매우 혁명적인 아방가르드다. 이들은 부르주아적 낙관을 반영하는 동시에 부르주아적 천박을 비판하면서 건축의 전위운동을 펼쳤다. 코르뷔지에가 보여주었듯이, 그 내면에는 프롤레타리아 국제주의의 사상도 내재해 있다.

국가와 민족을 초월한 국제적 표준건축, 이것이 근대건축가들의 건축사상이었다. 이 사상은 미국의 건축가 셜리반(Louis Sullivan)이 말한

'형식은 기능에 따른다(Form follows function)'라는 근대건축의 표어에 함축되어 있다. 하지만 그의 제자였던 라이트(Frank Lloyd Wright)는 '형식과 기능은 하나'라고 함으로써 건축의 예술성과 기술성을 통합하여 설명했다. 이런 근대 모더니즘 건축의 기계주의와 합리주의 사상은 낭만적, 고전적, 민족적, 지역적인 건축과는 확연히 다르다. 모더니즘 건축은 근대 산업사회와 자본주의의 정신이 반영된 합리주의 건축이다. 사실 모더니즘은 천박한 부르주아의 자기 합리화인 동시에 인간기계가 건축기계와 만나는 지점이다. 이들의 모더니즘 건축은 시간과 공간을 고려하지 않는 보편성 때문에 세계 모든 나라에서 환영받았다. 모더니즘 건축사상은 '집은 인간이 사는 기계다(A house is a machine for living in)'라는 코르뷔지에의 선언에 담겨있다. 그런데 모더니즘 건축의 아방가르드적 면모는 오래가지 못했다. 왜냐하면 모더니즘의 기능적이고 기계적인 시스템구조가 주류가 되자, 모더니즘 건축은 권위적이고 획일적이고 보수적으로 변했기 때문이다. 1920년대 초 아방가르드적 혁명성을 가지고 출발했던 모더니즘 건축은 개성과 장식을 부활한 포스트모더니즘의 다원주의 건축으로 대치될 운명이었다.

3. 없는 존재를 있는 존재로 만든 안도 다다오

일본 오사카 근교 이바라키[大阪府茨木市]에는 특이한 교회가 하나 있다. 그것은 안도 다다오(安藤忠雄, 1941-)의 작품 <빛의 교회>(1989)다. 이 작은 교회가 특이하고 놀라운 것은 존재하지 않는 것으로 존재를 표현했기 때문이다. 이것은 '건축하지 않음으로써 건축한다'라는 뜻이다. 안도가 표현한 것은 십자가다. 안도는 철근콘크리트 건물 정면의 벽을 사등분하여 존재하지 않는 십자가를 존재하는 슬릿(slit)으로 표현했다. '없는' 십자가를 '있는' 십자가로 만든 것이다. 이 역설적이고

그림1 | 빛의 교회. 출처 wiki commons.

상징적인 건축 <빛의 교회>는 세계건축사에 기록되는 명작이다. 안도는 어떻게 이런 상징 가치를 조형했을까? 오사카 출신 안도 다다오는 1973년 첫 작품 <토미시마의 집(Tomishima House)>과 1976년 <아주마의 집 (Row House in Sumiyoshi)>을 설계할 때부터 자연, 인간, 건축, 환경의 조화를 시도했다. 안도에게 대지는 무기체가 아니라 살아있는 유기체였고 빛, 물, 바람, 구름, 소리 등은 생명이었다.

비존재 십자가는 물리적 사물인 콘크리트 벽을 통해서 역설적으로 존재한다. 비존재로 존재를 표현하고, 공(空)으로 만(滿)을 표현하며, '없음(無)'으로 '있음(有)'을 표현한 것은 이율배반이다. 그래서 안도의 십자가는 존재하지 않으면서 존재하는 이율배반(antinomy, 二律背反)의 미학에서만 이해될 수 있다. 이것은 삼차원의 좌표를 통해서 확인된다. 십자가의 한 지점을 가로 x, 세로 y, 높이 z라고 하면 십자가(Crucifix)는 xyz가 된다. 그런데 그 공간은 흐르는 시간 좌표 t를 가진다. 그러면 십자가는 xyzt의 4차원으로 바뀌어 존재한다. 안도가 설계한 대로 외부의 빛은 파장에 따라 명암도 변하고 각도도 변하므로 한순간도 머물러 있지 않다. 그러니까 '존재하지 않는 십자가 = 존재하는 십자가'가 되는 이율배반을 넘어서, 존재하든, 존재하지 않든, 시간에 따라서 달라지는, 그래서 무한수로 진행하는 무한의 십자가로 바뀐다.

사람들은 존재하지 않으면서 존재하는 신비한 십자가를 보면서 빛의 변화를 느낀다. 그것이 안도가 추구하는 정신적 건축이다. 4차원의 x, y, z, t에 마음(mind)의 차원[m]을 더하면 x, y, z, t, m의 5차원으로 바뀐다. 그러니까 십자가는 공간 3차원에 시간을 더한 4차원을 넘어서, 내면의 정신이 결합한 5차원이 되는 것이다. '존재하지 않는 존재'인 십자가의 신성(神聖), 경건, 영성, 거룩, 숭고, 신비의 직관적 느낌은 5차원의 정신작용 때문이다. 안도의 십자가를 빛의 십자가라고 하면서 건축사적 의미를 부여하는 이유는 근대의 건축재료인 철근콘크리트로 조형했기 때문이다. 안도는 새로운 건축언어로 기독교의 상징을 구현했기 때문에 그 의미와 가치가 높아졌다.

안도는 건축으로 마음을 움직이는 미학자, 건축으로 존재의 본질을 생각하게 하는 철학자다. 건축은 너무 많은 말을 하지 않으면서 꿈과 희망과 감동을 주어야 한다는 그의 말에 그의 건축미학과 건축사상이 담겨있다. 그의 삶이 아방가르드였고, 그의 건축이 아방가르드였다. '없음'을 '있음'으로 역전시켜서 비존재와 존재의 경계를 없애버린 그는 현실을 초월하지 않으면서 현실 속에서 현실적 건축으로 시대와 투쟁한 건축가였다.

4. 건축의 혁명가 르 코르뷔지에

프랑스 문화부 장관 앙드레 말로는 1965년 9월 1일, 루브르궁의 장

례식장에서 이렇게 말했다. "건축 혁명에서 코르뷔지에보다 더 의미 있는 건축가는 없다." 르 코르뷔지에(Le Corbusier, 1887~1965)에 대해서는 모더니즘 건축의 선구자, 근대건축의 5원칙 정립, 대단위 주거단지의 설계자, 도미노로 상징되는 구조시스템과 표준건축 제시, 대량생산이 가능한 보편적 주거모델 정립, 순수주의 화가, 국제주의 건축양식의 창시자 등 여러 수식어가 있다. 이 모든 수식어는 그를 상징하는 혁명적 건축, <빌라 사보아(Villa Savoye)>에 내재해 있다.

빌라 사보아는 1931년 코르뷔지에와 그의 사촌 잔네레(P. Jeanneret)가 파리 근교 푸아시(Poissy) 숲속에 건축한 모더니즘 주거 건축이다. 이 건물은 장식을 배제한 통일적 일체형 구조다. 몇 번의 곡절을 거친 빌라 사보아는 1965년 프랑스 역사기념물로 지정되었고 2016년 다른 건축물과 함께 건축 세계유산으로 지정되었다. 건축이론가들은 빌라 사보아를 최초의 근대건축으로 평가하기도 했고, 근대적 국제주의 표준건축으로 분류하기도 했다. 실제로 빌라 사보아는 모든 나라의 근대건축에 영향을 미쳤다. 코르뷔지에와 사촌 잔네레는 이 집을 설계하고 지으면서 자신들이 확립한 도미노 공법, 대량생산이 가능한 보편적 주거모델, 기계주의 사상, 근대건축의 5원칙 등을 적용했다.

철근콘크리트는 건물의 하중을 감당하던 내력벽을 날렵한 기둥으로 대신했다. 그 결과 건축가들은 공간표현을 자유롭게 할 수 있게 되었다. 한편 코르뷔지에는 1915년경, 도미노 모델을 완성했다. 도미노는 코르뷔지에와 그의 사촌 잔네레가 정립한 6개의 기둥과 3개의 수평 바닥판이 콘크리트 블록 위에 얹힌 모듈식 최소 건물구조다. 코르뷔지에가 추구한 것은 구조시스템(Structural system)의 일체화와 표준화다. 그는 이 구조를 확산하면 도시 전체를 계획할 수 있다고 믿었다. 이런 토대에서 완성된 근대건축의 5원칙은 필로티(Pilotis), 자유로운 파사드(Free Facade), 자유로운 평면(Free ground plan), 수평의 연속창(Horizontal window), 자연

그림 2 | 빌라 사보아(Villa Savoye). 출처 Khan Academy.

을 접하는 옥상정원(Roof garden) 등이다. 코르뷔지에는 1928년 사보아 부부로부터 건축 의뢰를 받고 이 작품에 새로운 건축 모델인 도미노 공법과 5원칙을 적용했다.

코르뷔지에가 옥상을 정원으로 꾸민 것은 인간이 맑은 공기, 햇빛, 바람, 안개와 같은 자연을 직접 접할 수 있어야 한다고 믿었기 때문이다. 하지만 당시의 건축재료와 건축 기술의 문제로 인하여 방수 처리가 잘되지 않아서, 완공 이후에도 여러 차례 보강 공사를 해야 했다. 빌라 사보아는 '집은 인간이 사는 기계'라는 코르뷔지에의 건축철학에 따라 장식을 배제했고, 상자형 모듈 구조였기 때문에 단순하고 간결하게 보였다. 초록 숲, 파란 하늘, 흰색 단독건물의 강렬한 이미지는 새로운 모더니즘 건축양식의 출현을 알리는 신호였다. 당시로서는 모든 것이 실험적이어서 빌라 사보아는, 비판도 받고 찬사도 받았다. 완성된 빌라 사보아에는 사보아 가족이 1931년부터 1940년까지 살았고, 2차 세계대전 중에는 방치되었다가 1965년부터 프랑스 정부가 관리하고 있다. 빌라 사보아는 자본주의 시대의 대량생산이 가능한 보편적 주거모델을 상징한다. 그리고 합리적 부르주아의 보금자리를 대표한다.

　　　　오늘날의 눈으로 그의 건축을 보면, 평범하게 보이지만 당시로서는 대단히 실험적이고 혁명적인 건축이었다. 이후 코르뷔지에의 모더니즘 건축사상, 건축철학, 건축이론은 세계 모든 나라의 건축에 영향을 미쳤다. 반면 코르뷔지에에 대한 비판도 상당하다. 가령, 그의 모더니즘 건축은 전통과 결별했으며 주변 경관과 어울리지 않는다는 비판, 유니테 다비타시옹(Unité d'habitation)에서 시작하는 대단위 주거단지는 권위주의와 전체주의라는 비판, 건축을 기계화하면서 실제로는 인간을 기계화했다는 비판, 자본주의의 획일적 표준 상품화 등 여러 가지다. 특히 유니테 아비타시옹은 건축 역사상 참혹한 실패로 끝났다는 비난을 받는 건축기획이다. 코르뷔지에가 이 건물 위에 비행장을 만든다는 식의 공상적 기획을 했던 이유는 사상의 전체주의를 건축의 전체주의에 투사했기 때문이다. 부르주아의 표준건축이 전체주의 사상과 만나서 만든 유니테다비타시옹은 시대정신을 너무 많이 초월하여 생긴 하나의 사건이다. 코르뷔지에는 현실과 타협하거나 현실과 불화하면서 건축을 이끈 근대건축의 전위부대장이다.

5. 신의 건축가 안토니 가우디

　　신의 건축가(God's architecture) 가우디가 심혈을 기울인 구엘공원은 스페인 바르셀로나에서 구엘 백작이 기획하고 가우디가 만들었다. 원래 구엘공원은 60여 개의 고급 주택지로 조성한 것이다. 구엘과 가우디는 1900년 전후, 사생활이 보호되는 이상적인 공동주택을 기획했다. 사업가였던 구엘(Eusebi Güell, 1846~1918)은 영국의 정원도시(garden city)와 그리스 델피(Delphi)의 아폴론 신전을 결합한 이상적 주택단지를 꿈꾸었고, 가우디(Antoni Gaudí, 1852-1926)는 인간과 자연이 조화하는 자연주의 주택단지를 꿈꾸었다. 한편 카탈루냐는, 스페인의 여러 지역과는 다른 역사와 전통을 가지고 있었다. 특히 1800년대부터 시작된 산업화와 1839년 전후의 카탈루냐 레나센샤(Renaixença)의 영향을 받은 카탈루냐 모더니즘은 민족주의적 성향을 띠고 있었다. 가우디 역시 카탈루냐 민족주의와 카탈루냐 모더니즘의 정신을 구엘공원에 반영했다.

가우디는 인간의 기하학이 아닌 자연의 기하학을 건축에 도입했다. 가우디는 괴테가 말한 "자연에는 곡선만 존재한다"에 근거하여 "직선은 인간의 선이고, 곡선은 신의 선이다"라고 말했다. 가우디가 추구한 것은 신의 선인 곡선이다. 가우디 건축의 가장 큰 특징인 곡선의 미학은 구엘공원, 카사 밀라, 사그라다 파밀리아를 비롯한 그의 모든 건축에 적용되었다. 가우디 건축에서 곡선과 아울러 자연의 건축재료도 중요하다. 광장을 떠받치고 있는 공간에는 자연석으로 구축한 기둥이 있다. 그리고 반지하에는 구엘이 좋아했던 그리스 도리아식 기둥 86개가 늘어서 있다. 파도 동굴, 자연스러운 것 같은 새 둥지, 구름다리, 테라스, 산책길, 정원 등은 최대한 자연스럽거나 자연의 재료를 사용하여 조형한 것들이다. 구엘공원은 동화적이고 신비하면서 상징적이지만, 사실은 당시의 사조인 모더니즘의 영향과 카탈루냐 민족주의의 성향을 반영한 건축조형물이다. 과묵하고 신중한 가우디는 깊은 신앙심으로 이 경이로운 작품을 설계하고 건축하면서 유기체 건축론과 자연주의 공간미학을 정립했다. 그것은 괴테의 개념을 발전시킨, '직선은 인간의 선이고, 곡선은 신의 선이다(The straight line belongs to Man. The curved line belongs to God)'라는 미적 기하학이다. 마침내 가우디는 3차원의 유기체를 선직곡면(ruled surfaces)으로 표현하는 자신만의 방법을 터득했다.

가우디 건축 특유의 유기체 공간미학은 자연의 나무 기둥과 가지,

나뭇잎, 자연의 문양, 자연의 빛, 자연의 바람, 자연의 토양, 자연의 재료로 실현되었다. 가우디 건축은 건물의 외면만이 아니라 내면까지 고려하는 3차원 유기체 건축이다. 3차원 공간구조와 곡선의 미학은 구엘공원과 사그라다 파밀리아(Sagrada Familia)를 포함한 그의 모든 건축에 담겨있다. 가우디는 민족주의, 세계주의, 모더니즘, 표현주의, 아르누보, 이슬람 건축, 동양건축을 종합하여 유기적 자연주의에 녹인 창의적 예술가다. 자연을 유기체로 보는 가우디의 사상은 신의 보편성에 근거한다. 최고의 완전 존재 신은 모든 존재에게 자신의 속성을 부여했고, 신의 속성을 부여받은 존재자들은 신의 세계에서 살아있는 유기체로 신의 국가(國家)에 참여한다. 이것은 가우디의 건축철학인 기독교 보편주의가 낳은, 신을 지향하는 건축사상이다. 가우디 건축은 중세 보편주의의 고딕건축과 근대 이성주의의 모더니즘 건축을 결합한 것이다. 보편주의(Universalism)는 개별적 사물의 밑바탕은 보편적 일반성이 지배하고 있으므로 개별적 현상보다는 보편이 참된 실재라고 보는 철학적, 종교적 태도다. 이 보편은 신의 보편을 말한다. 스콜라철학에서 신은 모든 것의 원인이고 결과다. 그리고 신은 최고의 완전 존재, 필연존재이고 영원, 불변, 무한, 전지, 전능, 최고선, 창조적 능력이 있는 무한실체. 신의 보편성 안에 있는 인간은 불완전 존재, 우연존재이고 시간, 공간, 능력에 제약이 있는 유한존재다. 유한존재 인간의 눈에, 우주 자연은 완전히 통일된 거대한 세계다. 모든 것을 존재하게 하고 모든 것에 의미를 부여하는 신을 경배하는 것은 거룩한 사업이다. 가우디의 성가족성당은 단지 건축이 아니고, 근대건축의 기술로 신의 역사에 참여하는 건축의 혁명이다.

2026년 완공 예정인 성가족성당(Sagrada Familia) 중앙 첨탑의 높이는 세계 최고인 172.5m다. 인간의 수(數) 172.5는 신의 수 0.00000000001에도 미치지 못한다. 가우디는 자기 안에 신이 내재하고 있다고 믿었고, 신이 내재하는 한 자신은 신의 한 부분이라고 믿었으며, 자신과 성가족

그림 3 │ 구엘공원 입구. Taken by KIM Seung-Hwan

성당을 포함한 모든 것은 신이 생명을 불어넣은 유기적 존재자라고 믿었다. 이 모든 것을 조화하고 통일하는 존재는 최고의 완전 존재이자 필연존재인 하나님이다. 경건한 경배의 거룩한 예식, 이것이 가우디 건축의 본질이다. 신의 국가에서 어린아이인 인간이 신의 정원에서 놀면서 신의 뜻을 이해하고 그 뜻에 가까이 다가가는 것이 가우디의 목표였다. 허름한 사도(司徒) 가우디가 신께 드리는 경배의 작품이 사그라다 파밀리아다. 불완전 존재이자 유한존재인 인간의 신을 향한 172.5미터는 인류가 드리는 최고의 간절하고 진정한 기도다. 하지만 가우디의 건축은 시대정신을 완전히 초월하여 인간의 건축을 넘어선 곳에 놓여있다. 가우디는 현실을 초월한 신의 건축가여서 당대의 건축언어로 해석할 수 없는 특별한 건축 작품을 남겼다.

6. 건축의 혁명 인류의 혁명

가우디는 근대 모더니즘 건축을 받아들이기는 했지만, 사실은 역사나 시대를 넘어선 건축을 시도했다. 가우디의 눈에, 근대나 모더니즘은 의미가 없다. 그가 신의 선으로 표현한 것은 신의 시간이다. 신의 시간에 모더니즘이나 포스트모더니즘과 같은 시대는 없거나 중요하지 않다. 초시간적이고 초공간적인 건축을 지향한 가우디는 신의 기사였다. 가우디는 달빛에 젖은 고딕건축의 문제점을 비판하고 근대의 건축 문법으로 172.5m의 경건한 신화를 쌓아 올렸다. 가우디 건축 혁명의 출발점은 '인간의 선인 직선'을 비판하고 '신의 선인 곡선'의 미학을 추구한 시점이다.

르 코르뷔지에는 '집은 인간이 사는 기계다'라는 건축 기계론을 주장한 합리주의 건축가였다. 근대 기계주의 세계관을 인간기계와 건축기계로 설명한 것이 코르뷔지에 건축의 의미다. 코르뷔지에가 근대건축의

5원칙, 도미노 공법, 건축적 산책, 건축 국제주의를 실천한 것은 천박한 부르주아와 반시대적 지배계층에 대한 공격적 은유다. 따라서 코르뷔지에와 바우하우스의 모더니즘 건축은 당시 건축 상황에서는 혁명적 아방가르드 건축이다. 새로운 시대정신, 새로운 건축에 대한 열망이 없었다면 모더니즘 건축가들은 국제주의를 표방하지 않았을 것이다. 부르주아 국제주의와 프롤레타리아 국제주의를 동시에 실험한 코르뷔지에에게 시인 앙드레 말로는 근대건축의 혁명가라는 상징성을 부여했다. 코르뷔지에는 현실과 타협하거나 현실과 불화하면서 건축을 이끈 근대건축의 전위부대장이다.

안도 다다오는 강화 콘크리트의 질감과 형상을 새롭게 해석하고, 건축하지 않는 무의 공간을 통해서 건축 작품을 남겼다. '없는 십자가'를 '있는 십자가'로 만든 그는 존재의 연금술사다. 기독교 인구가 1% 전후인 일본 사회에서 십자가는 매우 특별한 상징이다. 이 특별한 십자가 상징은 이율배반(antinomy, 二律背反)의 미학에서만 이해될 수 있다. 안도는 존재하지 않음으로써 존재하는, 그리고 존재하는 것으로 보면 존재하지 않는 작품으로 이율배반과 역설을 설계한 것이다.

안도 다다오, 르 코르뷔지에, 안토니오 가우디의 공통점은 자기가 살았고, 현재 살고 있는 시대에 반역하면서 혁명적인 건축을 실험했다는 점이다. 시대를 향한 전복적 사유, 이것이 세계건축을 이끌었던 이들의 건축사상이다. 전복과 반역의 심층에는 데카르트와 칸트가 자연의 빛으로 불렀던 이성이 놓여 있다. 이성의 빛이 빚은 모더니즘과 포스트모더니즘은 건축만이 아니라 문학, 회화, 연극, 무용, 음악, 영화, 사진 등의 예술에도 큰 영향을 미친 사조다. 처음 에즈라 파운드가 "군중 속 얼굴들의 환영; 젖은 검은 가지의 꽃잎들"(1913)에서 2행의 이미지로 모더니즘의 길을 열었다. 당시 모더니즘은 이성의 빛이 빚은 새로운 길이었다. 이성이란 이름의 국제주의는 인류의 사유를 바꾸고 마침내 건축을 포함한 문학예술의 형식을 바꾸었다. 포스트모더니즘, 제4차 산업혁명, 포스트포스트모더니즘, 인공지능(AI)의 창작활동 등 어떤 고유명으로 현대의 문학예술을 규정하더라도 그것은 모두 이성이 열어젖힌 보편 속의 현상일 뿐이다. ◻◪

장소의 내부와 외부

III

이상, 야스쿠니, 권태
박수연

농사는 처음이지?
김종광

모든 장소는 공간을 포함하지만 공간을 구체화한다. 그래서 하나의 장소는 구체적이고 개별화된 경험을 통해 존재하지만 개별성으로 하나씩의 사례가 되어 거론됨으로써 보편적 의미의 대표자가 된다. 모든 공동체의 조건이 그렇다. 답사와 소설은 구체적 장소를 제시하고 만들어 삶의 보편성에 도달하려는 상상적 시도이다.

이상, 야스쿠니, 권태

박수연

박수연 : 문학평론가. 저서 『문학들』 등

나는 이 바다 위
꽃잎처럼 흩어진
몇 사람의 가여운 이름을 안다.

어떤 사람은 건너간 채 돌아오지 않았다.
어떤 사람은 돌아오자 죽어갔다.
어떤 사람은 영영 생사도 모른다.
어떤 사람은 아픈 패배(敗北)에 울었다.
- 그 중엔 희망과 결의와 자랑을 욕되게도 내어판 이가 있다면.
나는 그것을 지금 기억코 싶지는 않다.

- 임화, 「현해탄」(1936) 부분

0. 처음이라는 문턱

이 글은 '처음'이라는 단어에 끌려 쓰게 되었다. 그렇지만 이 글은 처음이라는 단어의 의미에 대해서가 아니라 '처음'을 살았던 한 시인의 운명을 얘기해보려는 것이다. 그래서 그 '처음'을 살았던 사람의 삶, 더 정확하게는 삶의 형식을 살펴보는 진술들이 글의 대부분이다. 처음 세계의 경계선을 넘는 일이 언제나 격렬함이라는 형식으로만 가능한 것은 아님을 이 글을 쓰면서 생각하게 되었다. 60년대의 상황주의자들은 '권태는 반혁명이다'라고 말했지만, 그들의 에너지를 지원받을 수 없었던 식민지의 한 시인은 그 식민지의 수도에서 오히려 권태에 대한 상상의 시간을 보낸다. 그리고 그 권태가 '위대한 행동의 문턱'이라는 사실을 몸으로 보여준다. 그는 그것을 직접 실현하지는 못했지만, 이제 우리는 그 문턱의 형식을 살펴보려 한다.

1. 서인식_애수와 퇴폐에 대해

서인식은 『인문평론』 1940년 1월호에 발표된 「애수와 퇴폐의 미」에서 당대의 문학적 경향을 애수와 퇴폐로 정리했다. 글에서 언급된 문인은 이효석, 이태준, 이상, 최명익, 박태원 그리고 오장환과 임화이다. 이들을 애수와 퇴폐라는 논점으로 정리한 것은, 전쟁과 전체주의의 도가니에서 좀처럼 빠져나오지 못하던 현실의 와중에 동아협동체론과 교토학파에 의지하던 자신의 주장을 접어야 했던 막막함을 정확히 표현하는 것이었다.

1940년 1월이면 중일전쟁 이후의 동북아 체제에서 동아협동체론과 교토학파에 비판적으로 조응하고 있던 서인식이 절필하기 수개월 전이다. 그가 애수와 퇴폐의 범람을 "시대에의 정열을 잃은 낡은 세대의 무

서인식, 애수와 퇴폐의 미, 인문평론
1940.1

력을 표현하는 것"으로 정리하고 "시대의 새로운 전환이 오기 전에는 이 땅에서 애수와 퇴폐의 범람을 해소할 수 없을 것이다."(60면)라고 썼을 때, 그는 그 전환을 찾기 위해 「동양문화의 이념과 형태」(『동아일보』, 1940.1.3.-12)를 작성하던 중이었다. 이 글은 교토학파가 내세운 일본적 특수성으로서의 동양론을 넘어 서구적인 것까지 포괄하는 일반성으로서의 동양을 주장하고 그것을 인류의 일반 문화사적 도정으로 규정하려는 시도였다. 그런데, 서인식의 이 주장은 그가 해방 이전에 마지막으로 발표한 글 「향수의 사회학」(『조광』, 1940.11)에서 의외의 방향으로 길을 튼다. "향수란 애수의 일종으로서 고향에 관련한 '페이소스'"이고, "현대는 향수가 지나치게 범람하는 시대"이며, "향수의 범람은 곧 현대사회의 제조건 제정세가 현대인간으로 하여금 일반적으로 자기 장소에 대하여 이심적(離心的)으로 생존하지 않으면 안되도록 마련되었다는 것을 표현하는 것"이다. 요컨대 현대는 현재를 떠나 과거로 회귀하는 경향이 농후해서 미래를 향한 동력을 상실한 불안의 시대였던 것이다. 이 불안이 '퇴폐'의 행동을 야기하는 직접적인 감정이고, 서인식의 시대가 '애수'와 '퇴폐'로부터 벗어날 수 없었다면, 그 애수와 퇴폐는 문인의 것만이 아니라 새 시대에 대한 전망을 잃어버린 그 자신의 것이기도 했던 셈이다.

서인식이 애수의 여러 종류를 나열하면서 임화를 사례로 든 것은 그러므로 의미심장하다. 20년대 후반과 30년대 초반에 맑스주의자 고경흠을 매개로 연결되어 있었을 그들이 한 명은 민족문학론자로, 또 한 명은 동아협동체론자로 전환하여 서로를 마주 보는 상황에서 낭만정신과 조선적인 것을 논의하는 방향의 차이 같은 것들이 있기 때문이다. 서인식은 임화의 시를 예로 들어 애수를 설명한다. "근대의식과 연관을 가진 것으로서 현대의 많은 지성인들을 붙잡고 흔드는 이미 지나간 그 어떠한 정신이 횡일하던 시대에 대한 향수"를 애수의 한 종류로 제시한 후

이에 속한 사람들에게 현대는 "고매한 정신이 물러가고 비만한 육체만이 날뛰는" 곳이며 여기에 속한 이들이 시정(市井)에 피로를 느낄 때 "정의(情意)의 세계에 일말의 애수와 함께 떠오르는 것은 청춘과 함께 결별한 지난날의 정신적 고향의 풍경"이라는 것이다. 그 사례가 바로 임화인데, 우리가 위에서 제사로 사용한 「현해탄」은 그 정신적 고향의 풍경에 대해 낭만적 정신이 구성한 현실 바로 그것이다.

서인식이 이 글을 쓰고 있을 때 이상은 이미 이 세상 사람이 아니었다. 그런데도 서인식은 이상을 호출하는 이유로 그의 「날개」에 '공감'하게 하는 독특한 애수와 퇴폐가 있음을 들고 있다. 이상의 그 독특한 미는 우리가 이제 따라 가보려 하는 그의 도쿄 체험과도 관련이 있을 것이다. 서인식은 마침 애수와 퇴폐의 공허감에 연결될 '권태'를 거론하고 있고, 이상이 도쿄에서 작성한 산문도 바로 「권태」이다. 이상이 살았던 장소인 간다 진보초에는 무엇이 있을 것인가. 이상이 진보초에 살면서 그의 마음에 있는 조선 풍경을 가져와 그의 현재 상태를 환기하는 글을 쓰는 이유는 어디에 있었던가.

2. 도쿄의 이상 옆으로

이상의 도쿄 하숙집이 있던 곳을 찾아간 때는 지난 7월 말이다. '간다 진보초 3초메 10-4 니시카와 방(石川方)' 이라고 그는 여동생에게 보낸 엽서의 발신자란에 써놓았다. 지금까지 한국문인들이나 연구자들이 대략적인 영역표시만 했을 뿐 정확한 위치를 확정하지 못했던 곳이다. 일본에서 유학생활을 한 조선문인들의 옛 거주지를 찾아가기 위해서는 몇 번의 장애물을 넘어야 한다. 일본의 행정구역 이름은 관동대진재 후 도심을 정리하는 과정에 대대적인 개편이 이루어졌다. 그래서 그 이전의 주소를 찾기 위해서는 개편된 주소를 비교해보아야 한다. 1932년 이후의 주소는 1947년에 다시 개편되는데, 전쟁으로 인한 인구 감소의 결과 도시 정비가 이뤄졌기 때문이다. 이 두 번의 대대적인 개편 이외에도 각 구청별로 세부적인 구역명 조정이 이뤄지기도 한다. 그래서 각 시기별 차이를 비교하는 일이 필수적이다.

　이런 과정을 거쳐 삶의 흔적을 탐사하는 일은 그 장소에 대한 몇 개의 단편적인 진술들을 결합한 후 몸의 감각을 구성해보는 일과 같다. 현장에 가서 주소지를 확인하고 집 앞에서 사진을 찍고 돌아오는 행위는 답사가 아니다. 이상이 하숙집의 첫 날을 보내고 후지산 봉우리를 바라보았을 때, 그 감각적 크기가 어느 정도인지 경험하지 않으면 우리는 이상의 마음을 읽은 것이 아니다. 지진에 흔들리는 도쿄를 보면서 "그 저편 잘 개인 하늘 소꿉장난 과자같이 가련한 후지산이 반백의 머리를 내어놓"았다고 쓴 「동경」의 한 구절은 언제나 관념을 초과하는 힘을 가지

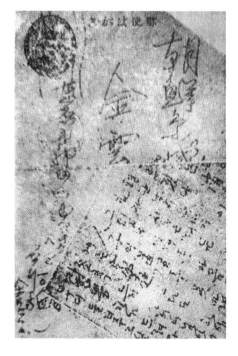

이상이 여동생에게 보낸 엽서. 실물을 확인할 수 없어 『이상 전집1』(1956)에서 가져왔다. 왼편 하단에 일본어 가타카나로 쓴 지번 "一〇ノ四 石川方"이 분명히 보인다.

이광수 두번째 하숙집

이광수 첫번째 하숙집

현 방위성

육군사관학교

조후쿠(城北)예비학교 (김수영)

방위성에서 메이지대학까지의 야스쿠니거리 지도. 쉬지 않고 보통 걸음으로 40분 정도가 소요된다. 이광수의 하숙집, 김수영의 조후쿠(城北) 예비학교, 군사령부, 육군사관학교, 호세이대, 야스쿠니 신사, 니혼대, 센슈대, 메이지대, 조선YMCA 등이 있다. 위 지도는 2023년 현재의 것이고, 답사 관련 장소는 과거의 주소를 이용해 현재의 지도 위에 나타낸 것이다. 가령, 일본육군사관학교는 지금 이곳에 없지만, 김수영이 공부하던 시절에는 이 장소에 있었다.

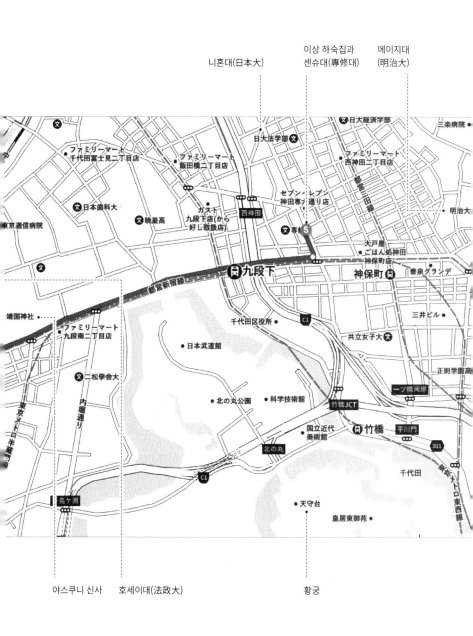

니혼대(日本大)

이상 하숙집과
센슈대(專修大)

메이지대
(明治大)

야스쿠니 신사

호세이대(法政大)

황궁

고 있다. 답사를 하지 않으면 그의 「동경」이라는 산문은 독자들에게는 몸으로 경험해보지 못한 관념의 지형도일 뿐이다. 이런 지형도로는 이상이 택시를 타고 황궁의 외호를 지나 긴자로 갈 때의 감정도, 그가 하숙집에 누운 채 집밖의 큰길에서 쭉 이어져 있는 황궁과 야스쿠니 신사와 대본영의 압도적 기운을 어떻게 느꼈을지도 알 도리가 없다. 경험하지 않아 알 도리가 없는 세계를 상상하는 것은 상상이 아니라 공상이다.

기후 위기를 겪는 도쿄의 여름은 섭씨 40도이다. 이상은 여름을 경험하지 않았다. 그는 1936년 가을에 와서 겨울을 나고 1937년 봄에 세상을 떠났다. 2월에 구금되고 3월에 석방된 후 4월에 세상을 떴으니 실제로 그에게는 봄이 없었을 것이다. 봄이 와서 도쿄의 거리와 천변, 일본교나 황궁 근처를 벚꽃이 온통 뒤덮고 있을 때 그는 경찰서 유치장에 있었다. 비슷한 경험이 내게 있다. 한국의 4월 벚꽃 피는 계절에, 그 지하실에 서 있었던 일을 발설하지 않는다는 서약서를 쓰고 있는 내게 수사관이 말했었다. "너 때문에 올해 벚꽃 구경은 다 지나갔어." 서약서를 쓰고, 검사에게 인계되기 위해 호송차로 이동할 때 차창 밖 벚나무가지에는 꽃잎 몇 개만 매달려 흔들리고 있었다. 나는 그때 오래 가보지 못했던 집에 가고 싶었다. 이상이 석방되던 즈음에 도쿄에는 벚꽃이 지고 있었을 것이다. 병들어 종이장 같은 마음이 되어 이상은 조선으로 가고 싶지 않았을까? 그는 김기림에게 보낸 편지에서 "봐서 내달 중 경성으로 도로 돌아갈까 하오. 여기 있어 봤자 몸이나 자꾸 축나고 겸하여 머리가 혼란하여 불시에 발광할 것만 같소. 첫째 이 가솔린 냄새 미만(彌蔓) 세트 같은 거리가 참 싫소"(사신7)라고 말했지만 그 바람은 실현되지 않았다. 그는 4월 17일에 죽었고, 5월 4일이 되어서야 뼛가루가 되어 조선으로 돌아올 수 있었다.

죽기 전의 그가 시름시름 앓던 곳에 나는 세 번 찾아갔다. 첫 번째 방문 했을 때는 진보초의 센슈대학 입학센터만 확인하고 돌아왔는데,

정확하지 않은 주소 때문이었다. 지금까지의 한국문학 연구는 도대체 어디에 도달해 있는 것일까? 두 번째 방문에서는 그의 하숙집 주소에 나오는 집주인 이름 '石川元次郎'를 찾아 위치를 확정했다. 센슈대학 7호관 대학원 건물이었다. 이상을 생각하다보니 진보초 3초메 10-4 지번과 하숙집 주인 이름이 적힌 지도를 손에 쥐는 기적 같은 일이 벌어졌던 것이다. 세 번째 방문했을 때, 나는 그의 네 첩 반짜리 빛도 들지 않던 북향의 하숙방을 찾아 건물 2층까지 올라갔다. 지금은 센슈대학에 수용되어 사라져버린 그 집의 2층 다다미방이 내 눈으로 보고 있는 빌딩 2층의 사무실 복도 허공이라고 믿고 싶었다.

옛 모습을 볼 수는 없지만, 그래도 그곳을 찾아가야 하는 이유는 이상이 걸어 다니며 수많은 언어에 휩싸였을 골목길이 예전의 배치 그대로 남아 있기 때문이다. 그 길을 걷는 것은 그의 몸의 감각을 체험하는 일이다. 군사령부에서 진보초까지 이어지는 야스쿠니 거리를 따라 이광수의 하숙집이 두 군데 있고 김수영의 조후쿠예비학교, 박태원과 오장환, 김기림 등이 다녔던 대학교, 그리고 조선의 유학생들이 새로운 지식을 찾아 헤맸을 진보초 헌책방 거리가 있다. 윤동주가 일본으로 가서 처음 한 달 동안 묵었던 조선YMCA도 인근에 있다. 이상의 하숙집을 찾는 일은 조선유학생들이 야스쿠니 신사의 담장 길을 어떤 생각으로 걸었을지, 제국의 법률전문가를 길러내던 대학들의 골목길 모퉁이를 어떤 자세로 걸어 갔을지 체험해보는 일이기도 하다.

그 압도적인 제국의 모뉴멘트가 모여 있었을 거리의 뒷골목에서 이상은 여섯달 가량을 살았고 조선으로 돌아오지 못한 채 죽었다. 그는 도쿄에서 세 번의 실패를 끌어안은 셈이다. 그가 기대했던 도쿄는 없었고, 조선으로 돌아오지 못했으며, 죽음이 그의 삶을 파괴해버렸다. 박태원은 이상의 죽음이 자의에 의한 것일 수 있다고 생각했다.[1] 그의 소설 「종생기」에는 마치 그의 죽음을 준비한 듯한 유언이 기록되어 있지만, 모든 죽음은 그러나 사회적인 의장을 벗겨버린 생명의 수준에서는 파괴 자체이다. 이상이 스스로 죽음을 의도했다고 해도 그렇다. 아마 그는 자신을 식민주의의 희생양이라고 생각할 수도 없었을 테고 자본주의 계급투쟁의 패배자라고 위로할 수도 없었을 것이다. 그는 보성중학 2년 선배인 임화처럼 '현실에 대해서' 글을 쓰지 않았다. 그의 '현실 속에서' 썼을 뿐이다. 그는 동경이 보고 싶어 왔고, 경성으로 귀환하지 못했으며, 병이 들어 파괴되었다.

이상은 소설 『실화』에 자신이 묵었던 장소를 밝혀두었다.

여기는 동경이다. 나는 어쩔 작정으로 여기 왔나? 적빈(赤貧)이 여세(如洗)-콕토-가 그랬느니라-아-내게 빈곤을 팔아먹는 재조 외에 무슨 기능이 남아 있누. 여기는 간다구 진보초(神田區 神保町), 내가 어려서 제전(帝展) 이과(二科)에 하가키 주문하든 바로 게가 예다. 나는 여기서 지금 앓는다.

'제전'은 제국미술원전람회를, '이과'는 전람회 1부의 일본화, 2부의 서양화, 3부의 조소와 순수미술 중 2부 서양화를 가리킬 것이다. 소설의 화자는 지금 제국미술원전람회 2부의 지원서를 주문했던 행동을 돌이켜보고 있는 중이다.

---

1 "이상은 전에도 혹간 절망과 같은 의사표시가 있었고, 동경에 간 뒤에도 사망하기 수개월 전에 이미 「종생기」와 같은 작품을 써 보낸 것을 보면 이상의 이번 죽음은 이름을 병사(病死)에 빌렸을 뿐이지 그 본질에 있어서는 역시 일종의 자살이 아니었던가—그런 의혹이 노후하여진다." 박태원, 「이상의 편모(片貌)」, 『조광』, 1937.6.

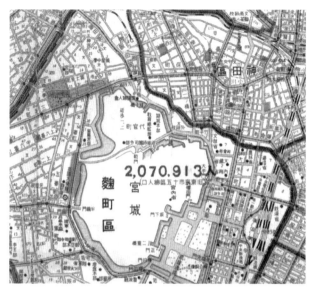

<大東京最新明細地圖_隣接町村併合
記念(1932)>
지도 중앙의 황궁을 중심으로 우측 상단부
분이 간다 진보초 지역이다. 동경역은 우측
하단 부분에 있다.

스즈란 거리 사진. 골목을 정비하면서
옛풍모의 은방울 가로등을 설치했다.

진보초는 야스쿠니 거리를 따라 황궁의 북동쪽으로 접해 있는 지역이다. 진보초 역 사거리에서 메이지대에 이르는 대로와 골목에는 지금도 수많은 고서점이 들어서 있다. 진보초역 동남방 블럭에는 '스즈란 거리(すずらん通り)'라는 이름의 골목길이 있어서 고서 애호가들의 관심을 끌어당긴다. 이상이 도쿄로 가기 직전에 김용준은 길진섭, 이태준 등과 함께 간다 진보초를 방문하던 유학시절의 기억을 정리해서 잡지에 발표하기도 했다.

당시의 우리들의, 우리라면 어폐가 있을지 모르나, 경향은 어떠하였느냐 하면, 그때 한참 휩쓸던 소시얼리즘의 사조에는 비교적 냉정하였었다. 그와는 정반대라면 반대의 유미적 사상, 악마주의적 사상 혹은 니체의 초인적인 사상 또는 체홉과 같은 적막한 인생관을 토대로 한 사상 등을 동경하는 일종의 파르나시앵(고답파)들이었다. 태준 군은 그때부터 안톤 체홉, 투르게네프 등을 읽고 나에게 체홉의 단편을 읽기를 권하기도 하였다. 나는 뭉크, 비어즐리 같은 사람의 그림을 몹시 좋아하여 그들에 관한 전기평론 등을 읽으려고 애를 썼고 보들레르, 말라르메, 베르하렌 등의 시집을 탐독하고 일본의 요절한 천재 무라야마 키이타(村山槐多), 세키네 마사오(關根正雄) 두 사람의 그림과 글들을 찾으러 간다(神田) 헌책집을 매일같이 쏘다녔다.[2]

김용준이 동경미술학교에 유학했던 시기는 1926년부터 1928년까지이다. 관동대진재 이후, 상대적으로 피해가 덜했던 진보초는 파괴된 도

----

2 김용준, 「백치사와 백귀제」, 『조광』, 1936.8. 여기에서는 김용준, 『새근원수필』, 열화당, 2004, 145쪽에서 인용.

센슈대 7호관 대학원 2층 내부 사진. 복도의 오른쪽 중간쯤에 이상의 방이 있었다.

센슈대학 7호관 동편 전모_1층 한가운데의 통로가 옛 골목길

쿄에서 쏟아져 나온 책들로 넘쳐 났다. 특히 진보초는 메이지유신 시기부터 미래의 제국을 위해 청년들에게 법학을 공부시키던 대학들이 몰려 세워진 곳이었다. 박태원, 김남천, 이원조, 허준의 호세이대(法政大), 김기림, 한설야, 이용악, 김종한의 니혼대(日本大), 오장환의 메이지대(明治大), 박남수의 주오대(中央大)가 모두 그곳에 있었다.

　세 번째 방문에서 무엇을 했던가. 나는 2층 발코니에 서 있다. 이상이 누워 창백한 얼굴로 쿨럭댔을 어둔 방의 위치를 어름하기 위해 아득한 그림을 그리는 중이다. 내가 2층을 살피는 것이 아니라 그 허공이 나를 응시하고 있다고 해야 할 것이다. 1930년대부터 지금까지 긴 시간을 압축한 저 허공의 응시에 몸을 맡기고 이렇게 발코니에 하염없이 앉아 있어도 좋겠다는 생각을 한다. 건물 서쪽 골목의 뜨거운 고요를 헤쳐 가는 기운은 센슈대학생 쯤으로 보이는 젊은이들의 것이다. 오후 다섯시 무렵 칠월 말, 진보초의 달궈진 공기가 천천히 땅 위로 내려앉는다. 잠시 후 나도 1층으로 내려온다. 건물 동쪽 밖으로 나가면 곧바로 구단의 사잇길이다. 사잇길에 이어졌을 골목길은 지금 센슈대 7호관의 동쪽과 서쪽을 이어주는 통로로 바뀌었다. 골목이 공유지였기 때문에 대학 측이 그 골목을 건물 통로로 살리는 조건으로 골목길의 남쪽과 북쪽 건물들

센슈대학 7호관
서편_건물 통로가 된 옛
골목길

맨 앞, 처음의 형태

을 헐고 7호관을 지었을 것이다. 이상의 집은 그 골목 동쪽 입구에서 두 번째 집이었다. 그 자리에 서서 그가 하숙집 2층을 올려다볼 수 있었을 꼬부라진 골목길을 상상해본다. 그 골목은 하숙집을 남쪽 편에 두고 동서로 뚫려 있었다.

김소운은 그 방을 '햇빛도 들어오지 않는 작은 2층 방'이었다고 적었고, 김기림은 그곳을 '구단 아래 꼬부라진 뒷골목 2층 골방'이라고 기록했다. 여기에 동경학생예술좌 동인이었던 이진순의 회고를 더하면 그가 살던 방의 분위기가 대략 만들어진다. 이상이 도쿄에 왔을 때 일이다. 청년예술가들이 그와 술자리를 마련했다. 이상은 그 자리에서 나니와부시(浪花節)[3]를 불러 청년들을 즐겁게 했는데, 이때 이상을 처음 보았던 이진순은 산문 「동경 시절의 이상」(『신동아』 1973.1)에서 다음의 진술을 했다.

그날 밤의 교분이 인연이 되어 그는 사흘이 멀다 하고 내게 속달 편지를 보내왔다. 꼭 만나야 할 일은 없다. 그러나 좀 만나자는 것이다. 그러면 나는 지체 없이 간다에 있는 그의 하숙으로 찾아갔다. 그의 방은 해도 들지 않는 이층 북향으로 다다미 넉장 반밖에 안되는 매우 초라한 것이었다. 짐이라고는 별로 없고, 이불과 작은 책상, 그리고 책 몇 권, 담뱃재떨이 정도였다. 처음 그의 집을 방문한 것은 어느 날 오후 3시쯤이었는데 그는 그때까지 자리에 누워

----

3 다음은 위키백과의 설명이다. '나니와부시(일본어: 浪花節)는 일본의 전통 음악의 장르이다. 로쿄쿠(일본어: 浪曲)라고도 한다. 전통 현악기 샤미센의 반주에 따라 서사적인 내용의 이야기를 가창과 말로 전달한다. 태평양 전쟁 전까지 절정을 이루었다가 이후 쇠퇴했다. 주로 서민적 의리와 인정에 호소하는 작품이 많으며, 소재는 가부키 등 여러 장르에서 따오거나 그 시대의 시사적인 내용도 포함된다. 길이는 일회분 분량부터 연속극처럼 긴 경우까지 다양하다. 한국의 판소리와 유사하고 태평양전쟁기에는 한국에 정착시키려는 시도가 있었다.'

있었다. 며칠이나 청소를 안 했는지 먼지가 뽀얗게 앉아 있고, 어둠 침침한 방은 퀴퀴한 헌 다다미 냄새마저 났다.

이 좁고 냄새나는 먼지 쌓인 방은 집을 떠나온 당시 조선 문인들의 공통된 상상이었을까? 백석의 「남신주의주유동박시봉방」도 그렇고 백석의 친구 허준의 방도 그런데, 이상의 방이 또 그렇다. 백석이 "습내 나는 춥고 누긋한 방"(「남신의주 유동 박시봉방」) 속의 언어를 뉘엿뉘엿 토해냈고 그의 친구 허준이 또 "축축하고 어둡고 습기로 뜬 객줏집의 한 칸 뒷방"(「속 습작실에서」)의 언어를 긴긴 호흡으로 만들었는데, 이상의 방이 바로 그랬다고 친구들이 전하고 있다. 이상은 그곳에서 의외의 말들을 만들었다. 통제할 수 없는 압도적인 힘을 만난 사람은 그 상황을 표현할 수 있는 말을 정리하지 못한다. 그가 택하는 방법은 가벼운 말로 그 상황을 정리하고 비판하며 우위를 차지하려 하든지 그것으로부터 벗어나기 위해 딴전 피우기 말을 하는 것이다. 이 딴전피우기가 자신의 내면으로 들어가는 것이고, 그 대상에 대해 지루해하는 포즈를 짐짓 취하는 것이 권태이다. 이상은 도쿄에서 견디지 못할 정도로 지칠 즈음 그 권태와 만났다.

3. 권태_절망의 심역(心域)으로 버티기

서인식은 현대미의 보편적 성질을 진술하면서 이상의 「날개」를 현대적 애수의 사례로 거론했다. "현대에 사는 인간은 누구나 그 심정의 어느 구석에든 애수의 정을 지니고 있는 듯하며 그 성격의 어느 면에든 퇴폐의 상을 갖고 있는 듯하다"고 쓴 그는 "애수와 퇴폐-이 두 낱의 미의 양상에 대해서 유다른 매력을 느끼는 것도 현대인의 추향(趨向)"이라고 확인한 후 이효석, 최명익, 이상이 독자들의 공감을 자아내는 것이 바로 그들이 가진 애수와 퇴폐의 미 때문이라고 설명하는 것이다.

서인식이 해명하는 바의 애수가 낡은 시대에 대한 고착에 연결되는 것이고 퇴폐가 자아상실의 표현에 이어지는 것임을 고려한다면, 이상의 애수와 퇴폐는 그가 과거 지향적 심역을 가지고 있다거나 자아를 폐기 처분한다는 데서 찾아져야 하는 셈이다. 이상의 자아 폐기가 분열된 주체성을 형상화한 소설들과 시편들로 드러난 점에 대해서는 이미 많은 논의가 있다. 이를 전제하면서도, 이 논의들은 거의 모두가 저 압도적 현실에 사로잡힌 주체의 자기 갱신 의지를 긍정적으로 확인하는 과정이기도 하다.

이 차이를 이해하기 위해 우리는 그의 산문과 편지 몇 편에서 직접 그 과정을 확인해보아야 한다. 도쿄로 가기 전의 산문 「공포의 성채」, 그리고 도쿄 행 이후의 산문 「동경」과 편지 「사신」7은 핵심적으로 살펴보아야 할 글들이다.

한때는 민족마저 의심했다. 어쩌면 이렇게도 번쩍임도 여유도 없는 빈상스런 전통일까 하고.

하지만 결코 그렇지는 않았다.

가족을 미워하는 것부터 시작해서 그는 또 민족을 얼마나 미워했는가. 그러나 그것은 어찌 보면 '대중'의 근사치였나 보다.

사람들을 미워하고-반대로 민족을 그리워하라, 동경하라고 말하고자 한다.

커다란 무어라고 형용할 수 없는 덩어리의 그늘 속에 불행을 되씹으며 웅크리고 있는 그는 민족에게서 신비한 개화를 기대하며 그는 레브라와 같은 화려한 밀탁승의 불화(佛畵)를 꿈꾸고 있다

새털처럼 따뜻하고 또한 사향처럼 향기 짙다. 그리고 또 배양

균처럼 생생하게 살아 있다.

- 「공포의 성채」(1935.8.3.) 부분

이상이 말하는 민족을 민족주의자의 그것으로 해석할 수는 없다. 그는 사람을 미워하고 민족을 그리워하라고 말하는데, 그 민족은 '신비한 개화'를 기대하게 하는 민족이다. 요컨대 민족은 새로운 모습으로 다시 구성되어야 한다. 그것은 그러므로 현재의 배타적 민족이라기보다는 미래의 공동체라고 할만한 집단이다. 이 민족의 위치는 그러나 고정되어 있지 않다. 지금도 그 형상은 '잔여'나 '무위'라는 개념으로만 어렴풋이 논의될 수 있을 뿐이고 이상이 절망했던 파시즘의 당대에는 그마저도 얘기되고 있지 않았다. 이상은 지금 보이지 않는 민족의 위상을 말하는 중이다. 다른 위치에 있는 민족을 상상한다고 할 수도 있다. 그 다른 위치가 곧 세계의 여러 민족을 뜻할 것이다. 세계를 점, 선, 면의 배열을 드러내는 좌표로 표현하는데 익숙한 사람들이 건축가다. <건축무한육면각체>의 첫 번째 시에서 "사각안의사각안의사각안의사각 안의사각 / 사각인원운동의사각인원운동 의 사각 인 원"(김동희 번역 인용)이라고 진술했을 때, 저 "사각"이 세계를 건축 도형으로 세분하고 그것의 배열을 드러내는 단순한 형식에 대한 제유라면, 이 세계는 유사한 형태로 이곳저곳에서 반복 운동을 하되 제각각의 다른 위치 때문에 달라지는 의미를 지녀야 한다. 이 상상력을 제유의 언어로 확장해 갈 때 하나의 민족을 다른 위치의 민족과 견주어 표현하는 일은 얼마든지 가능했을 터이다. 그것의 의미가 무엇일지 몰라도, 그 의미를 지니게 될 민족의 신비한 개화 형식을 이상은 역설하고 있는 것이었다. 그는 지금 이 무한 반복의 점, 선, 면을 그러나 새로운 의미의 점, 선, 면으로, 또 그것이 결합된 가족과 민족으로 달리 표현하는 중이다.

유심히 보면, 이상의 많은 시들은 세계의 점, 선, 면을 다른 위치에서 반복되는 형태들로 표현해왔다. 그 중 읽기 쉬운 시 「거울」이 그렇고 「꽃나무」가 그렇다. 세계는 모조품들이다. 이 모조품을 이상이 그나마 옆에 두고 견딜 수 있었던 것은 그것을 건축가의 위상학적 시선으로 분석하는 방법을 그가 알고 있었기 때문이다. 육면각체가 무한히 반복되는 공간에 주목하는 이상은 경성을 떠나 도쿄에서 그렇게 세계의 반복적 형식을 곱씹고 있어야 할 처지였다.

내가 생각하든 '마루노우찌 삘딩'-속칭 마루비루-는 적어도 이 '마루비루'의 네 갑절은 되는 굉장한 것이었다. 紐育 '부로-드웨이'에 가서도 나는 똑같은 환멸을 당할른지-어쨌든 이 도시는 몹시 '깨솔링'내가 나는구나!가 동경의 첫인상이다.

- 중략 -

나는 '택시' 속에서 20세기라는 제목을 연구했다. 창 밖은 지금 궁성 호리 곁-무수한 자동차가 영영(營營)히 20세기를 유지하노라고 야단들이다. 19세기 쉬적지근한 내음새가 썩 많이 나는 내 도덕성은 어째서 저렇게 자동차가 많은가를 이해할 수 없으니까 결국은 대단히 점잖은 것이렸다.

- 중략 -

'애드삘룬'이 착륙한 뒤의 은좌(銀座) 하늘에는 신이 사려에 의하여 별도 반짝이렷만 이미 이 '카인'의 말예들은 별을 잊어버린 지도 오래다. '노아'의 홍수보다도 독와사(毒瓦斯)를 더 무서워하라고 교육받은 여기 시민들은 솔직하게도 산보귀가의 길을 지하철로 하기도 한다. 이태백이 노든 달아! 너도 차라리 19세기와 함께 순명하여 버렸었든들 작히나 좋았을가.

- 「동경」(『문장』 1939.5) 부분

도쿄역 북쪽 출구에서 본 당시의 마루노우치 빌딩

오른쪽이 도쿄역, 왼쪽이 마루노우치 빌딩. 중앙출구에서 시작해서 이 마루노우치 빌딩 사이로 뻗어나간
광장형 대로가 황궁으로 통하는 길이다.

1920년대의 쓰키지소극장

166

도쿄에서 본 후지산(현재)

1930년대의 미츠코시 백화점

1930년대 밤의 긴자. 와코루시계탑과 미츠코시백화점이 보인다. 불빛이
거리에 비치는 비온 뒤의 야경이다.

산문 「동경」에는 도쿄에 도착한 이상의 여정이 그려져 있다. 그는 맨먼저 마루노우치 빌딩을 보고, 황궁 외호를 지나 신주쿠에 도착한다. 그다음, 쓰키지 소극장을 방문하고 진보초 골목길에 와서 하숙집을 정한다. 이튿날 아침에 지진을 경험하고 후지산을 바라본다. 그리고 긴자에 간다. 이상에게 "긴자(銀座)는 한 그냥 허영 독본이다" 그곳의 백화점들(미츠코시, 마츠자카야, 이토야, 시로키야, 마츠야)을 보아도 "그 속에 들어가면 안된다."고 이상은 생각한다. 길을 잃어버리기 쉽기 때문이다. 긴자에 밤이 오고 차를 마시고, 책을 사고, 위스키를 마셔도, "정열은 불붙어오르지 않는다." 이상은 "차라리 19세기와 함께 순명(殉名)하여 버렸"으면 좋았을 존재들을 생각한다.[4] 이상이 보여준 도쿄에 대한 착시와 객관화의 바탕에 19세기적 정신의 우울과 애수가 있다면, 다음 산문은 그 착시가 적극적 비판의 시선으로 옮겨가고 있음을 알려준다.

동경이란 참 치사스런 도십디다. 예다 대면 경성이란 얼마나 인심 좋고 살기 좋은 '한적한 농촌'인지 모르겠습니다.

어디를 가도 구미가 땡기는 것이 없오 그려! キザナ 표피적인 서구적 악취의 말하자면 그나마도 그저 分子式이 겨우 여기 수입이 되어서 ホンモノ 행세를 하는 꼴이란 참 구역질이 날 일이오.

나는 참 동경이 이따위 비속 그것과 같은 シナモン인줄은 그래도 몰랐소. 그래도 뭐이 있겠거니 했더니 과연 속빈 강정 그것이오.

ㅡ 「사신 7」 부분

(キザナ : 아니꼬운, ホンモノ : 진짜, シナモン : 품질)

---

4 산문 「동경」에 나타난 행로는 <마루노우찌 빌딩→(택시)궁성→신주쿠→쓰키지소극장 →H君의 아파트→긴자(八丁目)과 교바시(京橋)→백화점(三越,松板屋,伊東屋,白木屋,松屋)거리>이다.

진재 후의 구단자카(대정15)

1930년대 구단에서 바라본 진보초 방면. 엽서의 중간 왼편으로 들어가면 이상의 하숙집이 나온다. 멀리 왼쪽 상단에 돔 지붕의 니콜라이 성당이 보인다. 건물들이 나지막하다.

현재의 구단 언덕길에서 본 진보초 방면. 고층빌딩으로 시야가 가려져 있다.

이상의 하숙집 지붕이 보인다 <간다 진보초 지역 미군 항공사진, 1947>

구글 어스로 본 센슈대학7호관 주변(현재).

'치사스럽고 구역질이 나는 속빈 강정'이라는 말이 도쿄에 대한 이상의 결론이라고 해도 그것을 그의 「공포의 성채」(1935.8.3.)에 나오는 '민족'과 연결하여 의미화하기는 어렵다. 도쿄 이전의 민족은 신비스러운 개화를 기대하게 하는 대상이지 '일본-도쿄'에 대비되는 것으로서의 '조선-경성'을 환기하는 민족은 아니다. 더구나 그는 「사신 8」의 끝에서 조선 청년들을 한심하다고 비판하면서 일부 진보적인 청년들이 있기는 하지만 겁이 많다고 안타까워한다.

이상에게 그 겁이 있었다면, 그는 일본에서 죽지 않았을지도 모르겠다. 그가 니시간다 경찰서에서 석방되어 죽음을 앞둔 창백한 얼굴로 김기림을 맞이했던 구단 뒷골목의 하숙집 지붕이 여기에 있다.

그동안 '진보초 3초메 10-4 니시카와 방(神保町 3丁目 10-4 石川方)'이라는 주소는 임종국에 의해 101-4번지로 잘못 알려졌고, 이 주소가 잘못된 것이라며 권영민이 제시한 또다른 해석이 있었다. 임종국은, 이상이 동생에게 보낸 엽서의 주소를 잘못 읽어냈는데, 일본어 가타카나로 씌어진 지번 "一○ ／ 四"(10의 4)를 "101-4"로 해독했던 것이다. 권영민은 임종국을 받아서 설명하기를, "101-4"는 아무리 찾아도 지번에 없다는 것, 따라서 101-4를 "101번지의 4"가 아니라 "10번지 1구역의 4"라고 읽어야 할 것이며, 실제로 神保町 3丁目 센슈대학 옆 주택가의 10번지가 두 구역으로 나뉘어 있고, 이 구역을 10-1과 10-2로 구분했다는 사실에 대해서는 1930년대 당시부터 살았던 주민의 말을 통해 확인한 바 있다는 것이었다. 요컨대 권영민은 가타카나 '／'를 10번지의 구역 표시 '1'로 해석하고 있는 것이다. 그러나 이상은 그의 주소지를 "10-1-4"로 쓰지 않았다. 1930년대의 지도를 살펴보면 神保町 3丁目 10번지가 두 부분으로 나뉘어 있기는 하다. 그러나 이 부분을 1구역과 2구역으로 구분한 표지는 지도의 어디에도 없다. 최근에 와서 김주현이 그 주소를, 이상의 엽서

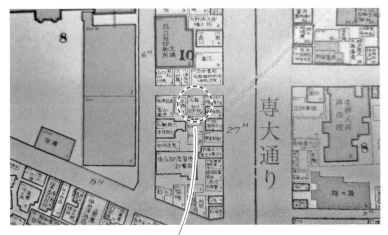

진보초 3초메 10번지. 이상의 하숙집 주인 니시카와(石川)의 이름과 4라는 숫자가 보인다.

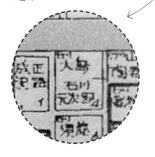

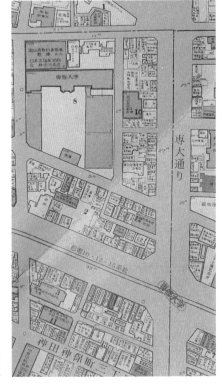

두 구역으로 나뉘어 있는 진보초 3초메 10번지. 이상의 하숙집은 10-4번지이다.

를 확인하여 '10-4'로 바로 잡았는데, 그에 의해 오래 와전된 이상의 거처가 분명해진 셈이다.

　최근에 진보초 관련 자료 탐색 중에 구한 지도에는 "神保町 3丁目 10-4"가 분명히 표시되어 있었다. 주소지 주인의 이름 石川元次郎을 확인한 것이야말로 놀라운 일이다. 그것이 기록되어 있는 지도를 여기에 공개한다.

　이 지도에 나오는 니시카와 겐지로(石川元次郎)의 집을 1947년의 항공사진과 비교해보면, 이상의 하숙집이 정확히 확정된다. 김기림은 이곳을 '구단의 꼬부라진 뒷골목'이라고 말했다. 구단의 언덕길은 야스쿠니 거리의 일부이다. 이 야스쿠니 거리를 가로축으로 조선의 신청년들이 임화의 「현해탄」의 주인공들처럼 출몰했으되, 지금까지 한국문학은 그들을 개인으로 호명했을 뿐이었다. 이 야스쿠니 거리는 야스쿠니 신사를 중심으로 길 건너 동편에 황궁을 두고 황궁의 외호인 이치가야호 건너 서편에 일본군 사령부를 지적에 거느리고 있었다. 야스쿠니 거리의 동편 대학들이 일본의 지성을 상징하면서 밀집되기 시작하는 지점의 뒷골목 어두운 하숙집에서 이상이 압도 당했을 도쿄는 도대체 무엇이었을까? 도쿄는 그저 서구 모방품의 치사스러운 도시였을 뿐일까 아니면 천황을 위해 목숨을 바친 영혼을 국가의 영웅으로 기념하는 사자들의 도시였을까?

　지도와 현장을 확인하면서 생각할 수밖에 없는 것은, 이 지역이 가지고 있는 의미이다. 일본의 가장 중심이 이곳이다. 나카노 시게하루가 「비 내리는 시나가와 역」을 쓰고, 임화가 「우산 받은 요코하마의 부두」를 썼을 때, 또 나카노 시게하루가 고베와 나고야를 거쳐 돌아올 조선 노동자를 상상하고 임화가 요코하마의 부두에서 비에 맞는 혁명가를 형상화했을 때, 이 모든 움직임의 최종적인 종착역이 바로 도쿄역이었다. 1936년의 도쿄역 중앙 출구 앞 광장의 왼편에 마루노우치 빌딩이 있고, 그 빌딩가를 거느린 직선 도로가 황궁으로 뻗어 있다. 예전부터 혁명가들의 소실점은 바로 황궁이었는데, 그 황궁은 그러나 아예 소실되어 버렸다는 듯이 사람들의 눈에 보이지 않고 있었다. 그런 사태의 역설이지만, 심지어 「비내리는 사나가와 역」을 쓴 나카노 시게하루 조차도 자신의 시에 조선인들을 차별하는 일본중심주의가 있음을 훗날에서야 살피게 되었다고 말하고 있는 것이다.[5] 이런 정황이라면, 황궁이라는 소실점은 이 민족에고이즘에 결합되었을 황궁의 비가시성을 은밀하게 퍼뜨리는 증거이기도 했다. 물론 이상은 천황 암살을 위해 도쿄에 간 것은 아니다. 그는 진짜 근대를 보고 싶었을 뿐이다. 이 바람은 임화가 「비 내리는 시나가와 역」에 감동하여 「우산 받은 요코하마의 부두」를 쓴 것만큼이나 순진했던 것일 수 있는데, 결과로 보면 오히려 임화의 2년 후배인 이상이 더 빠르게 상황판단을 한 것으로 보인다. 그는 도착하자마자 가짜 근대를 보고 진짜 근대는 보지 않았기 때문이다. 어쩌면 보지 못한 '척'일 수도 있다. 도쿄에는 반파시즘 작가대회의 열기는 없고 천황을 향한 전향만이 있었기 때문이다. 돈을 주고 아내를 사는 삶의 알레고리를 만들거나 백화점에 들어가 넋을 잃게 되는 삶을 경계하는 사람이라면 마루노우치와 긴자를 온전히 가짜 근대라고 생각할 리는 없다.

그러나 그는 도쿄의 가솔린 내 나는 번화함 속에서는 그것을 파열시킬 불과 불나비를 찾을 수 없었다. 그는 1936년 파시즘의 시대에 숨겨져 있는, 가는 길은 있지만 보이지는 않는 황궁, 요컨대 숨어 있는 것을 보지 못한 채 역시 마루노우치 빌딩과 그 밖의 상업건물들을 보고 '치

5　김윤식의 『임화 연구』와 나카노 시게하루의 자기 비판을 포함하여, 「비내리는 시나가와 역」의 민족적 에고이즘을 정리한 글은 廣瀬陽一, 『中野重治と朝鮮問題』, 靑弓社, 2022, 19~63쪽 참조.

야스쿠니 참배 인파(1940)　　　　야스쿠니 신사의 남경함락 축하 대열(1937)

사한 도시'라고 빈정거렸다. 「사신7」은 이상의 이 분열된 의식과 무의식
의 압축을 드러내는 결정적 텍스트이다. 그는 무엇인가를 보려 한다. 그
러나 보지 못한다. 이 의도와 결과의 불일치는 이미 도쿄역의 텅 빈 광
장에 의해 주어질 수밖에 없는 중심 부재의 현실이었다. 관가로 계획되
었으나 상업가로 바뀐 탓에 텅 비어버린 그 광장에 황궁이나 천황의 상
징물이 노골적으로 시선을 끌어당기고 있었다면 이상은 서구적 근대의
모조품 대신 일본의 진짜 근대를 만나게 되었을까? 그래서 그의 진짜 적

을 향해 독설을 쏟아낼 수 있었을까?

눈에 보이지 않는 황궁 대신 상업빌딩들이 텅 빈 광장을 가운데 두고 채워진 마루노우치 거리를 빠져나와 이상이 머문 하숙집은 야스쿠니 신사와 황궁의 사이에 놓인 야스쿠니 거리에서 동쪽으로 뻗어 내려오는 구단의 뒷골목에 있다. 소실점이었으나 보이지 않는 황궁을 대신해 야스쿠니 신사가 선명하게 보인다는 사실이야말로 의미심장하다. 야스쿠니 신사는 메이지 12년까지 '초혼사'라고 불렸다. 그곳은 일본국가 자체가 아니라 천황을 위해 목숨을 바친 혼을 신으로 떠받드는 장소였다. 애초에는 막부들의 정쟁에서 죽은 자를 위로하는 곳이었던 초혼사가 천황을 위해 충성하는 전몰자들을 현창하는 야스쿠니 신사로 전환됨으로써 근대천황제의 이념이 홍보되기 시작한 것이다. 그 이념이 실현되기 시작한 계기는 청일전쟁과 러일전쟁이다. 원래 초혼제와 함께 경마 등의 여흥의 공간이기도 했던 야스쿠니 신사는 러일전쟁을 거치면서 여흥이 금지된 신성한 공간으로 변모하였다. 특히 국가를 위한 충신들의 이념을 더 필요로 하게 되었던 중일전쟁과 태평양 전쟁시기에 야스쿠니 신사는 예정된 영혼의 안식처이자 전쟁 홍보의 장소가 되었다. 이상은 바로 이 시기에 욱일승천하던 일본 정신의 한가운데에서 책의 거리라는 진보초를 거닐면서 살고 있었다. 동경으로 오기 전, 파리의 문화옹호국제작가대회에 열광했던 이상[6]이 전쟁 구호의 거리 한복판에서 아무런 심적 동요를 갖지 않았다고 생각하는 것은 거의 불가능하다. 그는 차라리 외부에 귀를 막고 자신의 내부를 바라볼 수밖에 없었을 텐데, 그것이란 스스로 권태의 순간에 빠지는 일이다. 강한 사람만이 자신

---

6 "'파리'에서 문화 옹호를 위한 작가대회가 있었을 때 내가 만난 작가나 시인 가운데서 가장 흥분한 것도 상이었다." 김기림, 「고 이상의 추억」, 김유중 편, 『그리운 그 이름, 이상』, 지식산업사, 26~7쪽.

의 내면으로 들어가 지루하게 반복되는 외부를 무연한 듯 바라보는 권태를 맞이한다. 이상에겐 그것이 포즈였다고 해도, '현실에 대해서'가 아니라 '현실 속에서' 살기 위해 선택 가능한 방법은 그것밖에 없었다.

이상은 김기림에게 보낸 마지막 편지에서 이렇게 썼다.

- 차차 마음이 즉 생각하는 것이 변해가오. 역시 내가 고집하고 있던 것은 회피였나 보오. 胸裏에 거래하는 잡다한 문제 때문에 극도의 불면증으로 고생중이고. 가끔 血痰을 토하고 (중략) 체계 없는 독서 때문에 가끔 발열하오. 2, 3일씩 이불을 쓰고 문외 불출하는 수도 있소. 자꾸 자신을 잃어버리면서도 양심, 양심 이렇게 부르짖어도 보오. 비참한 일이오.

- 3월에는 부디 만납시다. 나는 지금 참 쩔쩔 매는 중이고. 생활보다도 대체 어떻게 했으면 좋을지를 모르겠소. 의논할 일이 한두 가지가 아니오. 만나서 결국 아무 이야기도 못하고 헤어지는 한이 있더라도 그저 만나기라도 합시다. 내가 서울을 떠날 때 생각한 것은 참 어림도 없는 도원몽이었소. 이러다가는 정말 자살할 것 같소.

- 「사신 8」 부분

양심과 자살이라는 말을 해야 할 정도로 심리적 위기를 겪는 민감한 시인이 죽은 듯이 누워 「산촌여정」에서 그려놓았던 성천 풍경을 다시 떠올리던 하숙집은 '진보초 3초메 10번지'를 두 부분으로 나누는 골목길 안쪽에 있었다. 이상은 그 골목을 통해 하숙집 2층으로 올라갔을 테다. 야스쿠니 대로와 하숙집 사이에 있던 뒷골목이 결국은 그의 내면과 세계를 나눈 삶의 경계선이었다. 경성의 식민지 권력과 도쿄의 천황제 파시즘이 하나이되 두 덩어리의 힘으로 똑같이 사람들을 옥박지를 때, 그 사이의 한 순간 속에서 이상은 다른 세상을 꿈꾸었을 것이다. 서양과 동양에서 파시즘이 반복되고, 경성과 도쿄에서 거대한 권력이 틈을 주지 않을 때, 이상이 선택할 것은 그 틈에서 만나게 된 꿈을 꾸며 자신의 내면으로 들어가는 일 아니었을까? 그는 그곳에서 「공포의 성채」에서 말했던 의외의 민족을 생각했을 수도 있다.

그 방에서 이상은 「권태」를 썼다. 그는 이 글이 작성된 날짜와 장소를 '12월 19일 동경'이라고 밝혀놓았다. 근대문명의 본격 양상을 경험하기 위해 일본으로 건너갔을 이상이 그 문명의 속도전에 흥분한 모습이 아니라 모든 삶과 그 조건이 느리게 흘러가고 있는 '성천기행'의 일환일 시골 풍경을 기록하고 있다는 사실은 범상한 것이 아니다. 더구나 도쿄의 한복판에서 근대의 속도에 대비될 권태에 그는 집중하고 있다. 이상의 글들이 유사한 언어와 문장들을 반복하는 형식을 즐겨 사용하듯이[7] 그는 도쿄에서 동일하게 반복되는 위상학적 구조를 건축가의 감각으로 살펴보고 있는 것일지도 모른다.

권태는 '오래 머물며 지루함을 느끼는 상태'의 시간 감각이다. "어서- 차라리- 어둬버리기나 했으면 좋겠는데- 벽촌(僻村)의 여름- 날은 지리해서 죽겠을만치 길다"라고 시작되는 첫문장은 '불나비처럼 정열도 없고 뛰어들 불도 없으며 드디어 아무것도 없고 볼 수도 없는 나'를 거쳐 공포에 도달한다. "어디까지 가야 끝이 날지 모르는 내일 그것이 또 창밖에 등대(登待) 하고 있는 것을 느끼면서 오들오들 떨고 있을 뿐이다"라는 마지막 문장은 이상의 심리가 보여주는 종착점이다. 서인식은 지루함이 공허감을 거쳐 공포에 도달할 때, 그 심리가 권태와도 연결된다고 말했다. 혹시 그는 이상의 「권태」를 읽었던 것은 아닐까? "특정한 대상 즉 자랑과 보물을 갖지 못한 인간, 얻을 것은 고사하고 잃어버릴 것조

----

7   김옥순, 「비유법으로 李箱의 "권태"읽기」, 『이상 리뷰 5』, 2006.10

맨 앞, 처음의 형태

차 없는 인간, 현재는 물론이고 과거에도 투탁할 곳을 갖지 못한 인간은 자기의 생활에 대해서 권태와 파열 더 나아가서는 허무와 공포를 느끼지 않을 수 없다."(「애수와 퇴폐의 미」)는 말이 그렇다. 이 권태를 크라카우어는 '세속적 권태'와 현대사회에서 자신의 존재를 자신의 수하에 둘 수 있게 하는 '저항적 의미로서의 권태'로 구분했다. 전자는 단지 지루함을 느끼는 상태를 가리킨다. 중요한 것은 후자이다. 권태가 저항일 수 있는 이유는 권태를 가져오는 대상으로부터 자신을 방어하는 태도에 있다.[8]

저항에 권태를 연결한 사람은 벤야민이다. 권태는 산업사회의 기계적 노동의 결과이지만, 동시에 그 반복노동의 속도전에 대한 저항을 통해 영웅적 미래의 가능성을 불러오는 것이기 때문이다. 그는 권태를 "무의식적 사건들의 외면"이라고 쓴 후, 엥겔스의 책『영국노동자계급의 상태』에서 한 구절을 인용한다. 그것은 이상이 기록한 성천의 시골풍경이 산업사회의 마당으로 옮겨와 존재하는 방식을 묘사하는 듯하다. "해도 해도 똑같은 기계적인 공정이 언제까지나 끝나지 않고 계속되는 고된 노동의 음울한 단조로움은 시시포스의 노동과 비슷하다. 노동의 괴로움은 피곤에 지친 노동자 위에 시시포스의 바위처럼 언제나 다시 떨어진다"가 그것이다. 이것이 권태의 원인이다. 그런데, 사회적으로 강요된 강제 노동을 묵묵히 견디며 이 반복을 버티는 내적 힘이야말로 위대한 능력일 것이다. 벤야민은 "권태는 위대한 행위로 나아가기 위한 문턱이다."라고 쓰고 있다.[9] 건축가들이 반복되는 점, 선, 면의 위상으로 공간을

8　김남시 역,「지그프리드 크라카우어의 권태」, https://cafe.daum.net/
　　walterbenjamin/1lQa/5

9　엥겔스 인용까지 포함하여 W. 벤야민, 조형준 역,『아케이드프로젝트』, 새물결, 2005, 332-5쪽
　　참조.

만들 듯이, 임화가 현해탄 위에서 떠올린 사람들, '건너가 돌아오지 않고, 돌아와 죽고, 생사도 모르고, 패배에 우는 어떤 사람들'을 역사의 미래에서 가져와 반복시키듯이, 이상은 파시즘의 속도 사이에 있는 그의 방에 들어가 반복이라는 현대적 삶의 기계를 권태라는 방어막으로 버티고 있었던 것이다.[10]

이 재생을 향한 의지가 「권태」라는 글로 표현되었다는 점에서, 이상은 주어진 현실의 절망을 벗어나기 위한 몸부림과 함께 죽어간 사람이라고 해야 한다. 그것이 「권태」에 줄 수 있는 위상일 것이다. 파리의 '문화옹호 작가대회'에 대해 이상이 흥분이라는 반응을 보였다면, 군사령부와 야스쿠니 신사와 천황의 거처가 하나의 도로로 직결되는 구단 뒷골목은 이상의 그 열망을 억압하고 억압하고 억압하기에 이미 충분한 곳이었다. 이상은 동경에 도착하자마자 실망의 감정을 내보였다. 처음에 그것은 열등감을 가진 식민지 지식인이 그냥 지어보는 포즈일 수도 있었을 것이다. 그리고 그는 그 포즈를 실제 자신의 생각으로 만들어야 할 정도로 무엇인가 잘못되어가고 있는 도쿄를 보았을 것이다.

그가 비록 죽음을 항상 곁에 두고 있었다고 해도, 죽음이 최초의 자기 자신에게 돌아가는 행위이기도 하다면, 그의 죽음은 모든 사회적 의장을 벗어버리는 수단이었다. 그것까지 포함해서 그는 그의 도쿄행에 대해 "살아야겠어서, 다시 살아야겠어서 저는 여기를 왔습니다"라고 안회남에게 고백했다. 그는 김기림에게 조선으로 돌아가고 싶다고 말했지만, 안회남에게는 "친구, 가정, 소주, 그리고 치사스러운 의리 때문에 서울로 돌아가지 못하겠습니다."라고 말했다. 돌아가지 않는 것과 돌아가

---

10 1930년대 파시즘의 진군에 끌려 우울한 행진을 예비하는 한국문학의 자장 속 '골방의 모더니즘'으로 이상 문학을 파악하는 글로 최원식의 「서울·동경·New York」, 『문학동네』, 1998, 겨울 참조.

지 못하는 것 사이에는 매우 큰 차이가 있다. 안회남에게 쓴 편지가 1937년 2월 10일에 씌어졌으니까, 이상은 거의 최후까지 돌아갈 생각을 하고 있었던 셈이다. 조선으로 돌아간다는 것은 자기 자신에게 돌아간다는 것을 뜻한다. 그리고 이 말에 「산촌여정」과 「권태」의 차이가 있다. 두 편의 글 모두 지루한 풍경의 묘사이지만, 전자는 그 풍경의 땅 위에서 글을 쓰는 것이고 후자는 그 풍경의 외부에서 글을 쓰는 것이다. 주체의 자리가 대상의 내부와 외부로 바뀌었을 때, 내부는 주체가 자신에게 집중하여 현실에 저항하는 자리이고, 외부는 주체가 자신을 찾을 수도 집중할 수도 없어서 파괴되는 자리이다. 이상이 가짜 근대일 뿐이라고 생각했던 도쿄, 그러니까 조선의 '산촌여정'에 묘사된 저 풍경의 외부에 지나지 않았던 도쿄에서 「권태」를 썼을 때 글은 압도적인 공허를 드러내고 있었다. 군사령부와 야스쿠니 신사, 황궁, 그리고 그것들의 제국을 위한 일본 법학도들의 세계에서 그가 남긴 유언이다.

불나비가 달려들어 불을 끈다. 불나비는 죽었든지 화상을 입었으리라. 그러나 불나비라는 놈은 사는 방법을 아는 놈이다. 불을 보면 뛰어들 줄도 알고―평상에 불을 초조히 찾아다닐 줄도 아는 정열의 생물이니 말이다.

그러나 여기 어디 불을 찾으려는 정열이 있으며, 뛰어 들 불이 있느냐? 없다. 나에게는 아무것도 없고, 아무것도 없는 내 눈에는 아무것도 보이지 않는다.

암흑은 암흑인 이상, 이 좁은 방 것이나 우주에 꼭 찬 것이나 분량 상 차이가 없으리라. 나는 이 대소(大小) 없는 암흑 가운데 누워서 숨쉴 것도 어루만질 것도 또 욕심나는 것도, 아무것도 없다. 다만 어디까지 가야 끝이 날지 모르는 내일, 그것이 또 창 밖에 등대하고 있는 것을 느끼면서 오들오들 떨고 있을 뿐이다.

글의 표면은 '성천' 경험의 심정을 기록하고 있지만 이면에는 '도쿄' 경험의 심정이 묘하게 중첩되어 있다. 그곳은 아무런 정열이 없는 곳이었다. 아무도 없는 곳, 그곳이 바로 맨 앞이다.

맨 앞의 처음은 누구에게나 두렵기 마련이다. 그것은 부정성과 긍정성 이전의 감정이다. 문학의 '처음'이라는 지평과 관련해서 떠올려야 하는 인물이라면, 한국문학사에서는 이상이 거의 언제나 앞줄에 있다. 그가 이렇게 오들오들 떨면서 무엇인지 모를, 그러나 기필코 오고야 말 내일을 생각하는 장면이야말로 모든 '처음'의 진짜 내용일 것이다. 이상은 지금 이 맨 앞을 온힘으로 버티고 있는 것이다. 모든 '맨 앞'은 두려움의 자리이다. 그렇지만 이것을 인정하는 태도야말로 포즈가 아니라 실제로 현실을 견디는 사람의 내면이다. 이 공포가 없다면 우리는 '내일'에서, 이상이 도쿄에서 서양을 반복하는 가짜만을 보았듯이, 가짜만을 만나게 될 것이다. 그 가짜를 제대로 넘어서야만 사람들이 정말로 오들오들 떨게 될, 진짜 내일이 오게 될 것이다. 이상이 「공포의 성채」에서 상상했던, '새로 도래할 민족' 같은 것은 그 후 만나게 될 진정한 실체였을 것이다. ◻◼

농사는 처음이지?

김종광

김종광 : 소설가. 소설집 『산 사람은 살지』 등

일꾼 구하기

거시기, 우리 범골의 자랑 돈호테(2002년생, 철학과 2학년) 학생 휴대폰 맞는가요?

— 저 범골 살 때 별명인데, 누구세요?

그새 내 목소리도 까먹었냐? 역경리 이장 이덕순(1971년생)여.

— 강녕하시지요. 아직도 이장님 하세요?

나두 미치겠다. 나 말고 할 사람이 있간. 나 대신할 사람 있었으면 벌써 퇴진했지.

— 왜 저한테 전화를 다……

맞어, 대학생이 얼마나 바쁜디 용건만 간단히. 너네 대학교는 농활 같은 거 안 하냐? 아직도 농활 하는 대학들이 있다던데. 대체 워칙히 해야 봉사대학생들을 받을 수 있는 거. 몰라서 하는 소리가 아니라 답답해서 하는 소리여. 시의원급이나 부를 수 있지. 농협중앙회가 학교발전기금 내고 대학당국은 학생 보내는디, 그런 대학생들을 아무나 받겠어. 감투 몇 개씩 쓴 지역 유지 분들이나 욕심 내지. 해서 나는 아예 그런 건 바라지도 않어.

— 저는 농촌봉사활동이 부적절하다는 소견입니다. 열정 착취잖아요. 여러 가지로 힘든 대학생들 공짜로 부려먹겠다는 심보부터가 잘못된 거죠. 대학생들도 봉사정신이 우러나와서 하는 게 아니잖아요. 물론 순수하게 봉사정신이 투철해서 참여하는 애들도 있지만 대개는 취직하는데 꼭 필요한 자원봉사 시간을 이수하려고. 중고등학교 자봉은 더 웃겨요. 청소년 노동력 갈취지 뭐예요, 그게.

너 진짜 하나도 안 변했다. 어린 게 돈키호테처럼 책만 되우 읽어 아는 건 화려해서 따박따박 진지하게 따지고. 그때는 청소년이라 아주 귀여웠는데 인제는 영 거시기 하게 들린다야. 세상을 그르케 똑 부러지게 살 수 있겄냐.

— 야단치려고 전화하신 겁니까?

아녀, 아녀, 내 정신 좀 봐. 아까 너 말 잘했어. 나도 봉사활동 엄청 싫어하는 사람여. 지역사회에서도 봉사활동을 적잖이 하는데, 우리가 하는 건 나름 지역 유지로써 동네 어르신들 돕는 거니까 할 만하다고 봐. 하지만 젊은이한테는 그러면 안돼. 젊은이는 일하는 만큼 받아야지. 돈도 안 주고 일 부려먹으면 나쁜 어른여. 돈 받은 만큼 일하고 돈 준 만큼 일 시킨다가 내 인생 신조요. 아, 자꾸 말이 삼천포로 가야. 본론을 말할게. 네 친구들 중에 농촌 알바하고 싶은 애들 없냐? 사람 구하기가 자지리 벅차다. 마늘 캐야하는데 사람이 없어. 작년에 일 해줬던 아주머니 절반이 은퇴하셨어. 건강 망가진 분이 태반이고 아직은 할 만한데 패 죽여도 못 하겠디야. 요새 70대도 젊다고 하지만 어느 날 갑자기 쓰러지는 사람은 다 70대잖여. 농사일하다가 갑자기 드러눕기 싫다고 다들 외면해서. 안 쓰러져도 병원은 예약된 풀코스지. 일당보다 병원값이 더 나온다니께. 요새 대학생들 알바 많이 한다메. 우리 동네서 일해줄 대학생들 좀 없을까 에스오에스 쳐봤어. 내가 아는 대학생이 너밖에 없잖야.

— 요새 누가 농촌서 일해요?

일이 고되긴 고되지. 거시기, 내 생각엔 도시 알바들과 견주어 장점이 있는데. 너 알바 해봤냐?

— 제가 벌어서 살잖아요. 알바인생예요.

하루 몇 시간 하고 얼마 버냐? 뭘 하든 간에 시급 만원도 안 되니께 열 시간 해봐야 10만 원일 거 아녀. 노가다나 뛰어야 15만일 거고. 질통이나 메야 20만이고. 우리도 13만까지는 줄 수 있어. 일 잘하면 좀더 줄 수 있고. 요새 외국인 분들은 15만, 아니 20만 아니면 안 와. 인력사무소에서 수수료를 왕창 떼먹으려고 단가를 높여놓기도 했지만 워낙 귀하신 몸들여야지. 코로나 끝나면 예전처럼 잔뜩 들어올 줄 알았는데 귀하다 귀해. 그리고 이왕이면 명품이라고 외국인 분들도 일을 가려서 한다니께. 좀더 쉽고 좀더 많이 주는 데로 가. 인지상정이기는 하다만서도.

　저도 시골서 좀 살아봤잖아요. 도시 애들은 농사일 택도 없어요.

　도시서 그 어려운 알바를 하는 애들이 그깟 농촌 일을 못하겠냐? 제대로 따지면 도시 일이 훨씬 더 힘들지.

　— 농촌 일이 더 어렵죠.

　네가 나를 아주 시골에서만 썩은 년으로 안다. 나도 서울서 공장밥 2년, 식당 설거지 1년, 주유소 1년, 다단계 빠져갖고 고장난 전기장판 판매 1년 해봤던 년여. 농사일이 제일 쉽더라.

　—그러니까 저더러 역경리에서 마늘 캘 학생들을 수소문해봐달라는 건가요? 당장요? 기말고사도 안 끝났는데.

　당장은 아니고 한 열흘 여유가 있어. 하지 때부터 캐니께. 네가 보통 애냐? 여기 살면서 웬만한 어른들보다 똑똑한 애어른 아녔냐. 네가 사람 보는 눈이 얼마나 출중하냐. 네가 그리고 얼마나 도덕책 같았냐. 네가 구해서 보낸 애들이라면 일단 됨됨이가 됐을 거 아니냐. 농사일도 인성이 으뜸 중요하더라. 난 돈 받은 만큼 일하는 게 인성이라고 봐. 돈 받은 만큼 일 안 하는 분이 너무 많아. 날로 먹어! 특히 인력사무소에서 온 분들 심각해. 외국인이고 한국인이고 받은 돈의 절반만 일해 줘도 내가 참 고마운 일꾼이라고 칭송을 한다니께. 아줌마들은 일이야 선수지만 워낙 깐깐해서 일꾼이 아니라 상전이라니까.

　— 일이야 성실하게 한다 할지라도 할 줄을 알아야죠. 대학생들은 농사일이 다 생전 처음일 텐데 그러다가 농사 망치면 어떡해요?

　뱃속에서부터 농사 배워 나온 사람이 어딨냐? 그리고 농사일도 도시 일이랑 다를 것 없어. 단순반복여. 캐고, 심고, 따는데 뭔 기술이 필요해. 요령 그거 금방 생겨. 조금이라도 덜 새빠지게 더 양껏, 더 빨리 하려고 애쓰다 보면 저절로 생기는 게 요령이거든. 다만 농사라는 게 먹거리를 다루는 일이다 보니 먹을 사람 귀하게 여기는 마음이 필요하지……

— 아주머니, 옛날과 변함이 없으시네요. 산만하게 수다스러우셔요.

미안하다야. 이장질 하면서 말이 갑절로 늘었다. 줄지를 않여. 그런디 나 아직 결혼 안 했어. 아줌마 아녀. 하기는 네가 나를 아주머니라고 부르지 뭐라고 부르겄냐.

— 세부사항만 분명히 해주시면 알아는 볼게요.

일당은 12만……

— 아까는 13만 원이라고 하셨는데요.

13만 이상 주려고 노력할 건데 보증금액이 12만이라는 거여. 일주일만 일해도 1인당 100만을 챙겨줄 겨. 당근 숙식제공이고. 참 하루 두 번, 야식 한 번 꼬박꼬박 줄 거고. 하루 여섯 끼니를 먹여주겠다 이거여.

— 어디서 재우게요? 마을회관요?

거기 어르신들 드나드는데 어렵지. 우리 집서 재울라고. 나 혼자 살잖냐. 방 다섯 개여. 그러고 화장실, 샤워실 걱정하는 학생 있으면 <6시 내 고향> 좀 보라고 해. 요새 시골집이 기본적으로 어떤가 좀 보라는 겨. 아직도 시골을 '전설의 고향'으로 아는 애들이 쌨다니께. 거시기, <나는 자연인이다>가 문제여. 그 프로그램 하나가 시골집들이 거지집처럼 나오더라. 요새 그런 자연인은 시골에서도 노숙자 취급해. 농업방송국서 하는 <부자농부> 같은 것 좀 보라고 해. <부자농부> 보면 농촌이 더 살기 편하고 더 부자 되기 쉽다는 소리 나올 거다. 먹는 건 면사무소 옆에 식당이 세 개가 있는데, 거기다 대놓고……

— 몇 명이나 필요한대요?

다다익선. 군부대가 와도 돼.

— 조그만 동네에 뭐 할 일이 있다고 잔뜩 필요해요?

농촌 떠나더니 농촌을 진짜 모른다. '할 일은 산더미고 사람은 없다'가 농촌여. 내가 지금 우리 역경리 인력만 구한다는 게 아녀. 육경면 인력을 구하는 겨. 일할 사람이 씨가 말랐단 말여. 오죽하면 너한테까지 전화를 넣었겠어.

참 결정적인 걸 안 여쭤봤네요. 남자만 필요한 거죠?

남녀평등. 힘센 남성도 되우 필요하고 섬세한 여성도 많이많이 필요해.

하지(6월 21일) 저녁

노인회장 태평농(1947년생)이 주워섬겼다. 이 동네 4년차 노인회장 이올시다. 아직 젊어 일흔여섯밖에 안 됐소이다. 웃을 일이 아니외다. 요새는 80살 되기 전에는 다 젊은 거요. 내가 농사를 태평농법으로 짓는 거로다 시내까지 소문난 사람인데, 태평농법이 뭣이냐 하면 자연농법이랑 비슷한 건데……

이장 이덕순이 퉁바리 놓듯 했다. 대학생들 강의 싫어해유. 강의하지 마슈.

태평농이 멋쩍게 웃고 이었다. 그러면 태평농법은 차차 소개하기로 하고 감개무량을 표하고 싶소이다. 오래 살다 보니 우리 마을도 농촌봉사 대학생들을 다 받는구만.

이번엔 돈호테가 참견했다. 할아버지, 저희 봉사하러 온 거 아닙니다. 일꾼으로 왔어요.

태평농이 힘주었다. 일꾼으로 왔어도 그 편하고 좋은 서울 일자리 놔두고 시골로 왔다는 자체가 봉사 아니고 뭐냐. 같은 돈 받고 일해도 봉사인 게 있고 아닌 게 있단 말여. 이 농활이라는 게 내 소싯적부터 있었거든. 내가 중학생이던 1950년대도 농촌봉사한다고 대학생들이 내려왔었단 말이야. 근데 우리 동네는 한 번도 안 왔어. 새마을운동 때도 우리 동네만 코빼기도 안 비쳤다고. 전두환 노태우 김영삼 때는 대학생 하면 데모꾼으로 알던 시대잖어. 하지만 그때가 아마 농활이 제일 활발했을 겨. 그땐 진짜 자발적이었지. 우루과이라운드 때문에 대학생들이 농촌 사람 어지간히 긍휼히 여겨줬거든. 그 운동권대학생이 농활 안 가는 동네가 없었는데 그때도 우리 동네만 안 왔어. 터가 나빠서 그런가.

이장이 노인회장을 데리고 나갔다. 차린 건 없지만 양껏 먹고 편하게들 얘기 나눠요.

대학생들끼리 자기소개가 있었다. 각각 나이, 학년, 학부, 학과, 계열 등을 밝혔는데 괄호로 묶었다. '잘 부탁한다' '서로 존중하고 배려하자' '도와주고 합심하자' '노인을 공경하자' 같은 상투적인 말은 뺐다.

알바인(1997년생, 사학과 4학년): 내가 고1부터 알바로 점철된 인생을 살았는데, 해본 알바가 백 개쯤 돼. 다만 농사일을 안 해봤더라고. 막노동판에 비해 일당이 박하기는 하지만 재미있을 것 같아 왔어. 그러니까 농사일은 나도 처음이지. 세상 일이 다 거기서 거기지 뭐. 다들 나만 잘 따라 하면 돼. 나 빼고는 다 비슷한 나이지? 나 없다고 생각하고 말들 편하게 해. 나 꼰대 되기 싫어.

최농미(2001년생, 심리학과 3학년): 이 동네 같은 시골 출신이지만 농사에 대해 거의 몰라. 나한테 농사일에 대해 아무것도 묻지 말라는 뜻. 요샌 시골에도 농가인구 희박한 거 알지? 농사짓는 집도 자식들한테는 농사일 안 시키거든. 방학 때 돈을 벌긴 벌어야겠는데 도시가 너무 갑갑해서 탈출구를 찾고 있었어. 첫 느낌은 좋네. 일은 해봐야 알겠지.

양음순(2000년생, 국문학과 3학년): 나도 이것저것 많이 해봤는데, 알바인 오빠 앞에서는 아이디도 못 내밀겠네. 나도 기본은 하는 알바인생이야. 고객 접대 서비스 알바에 넌더리가 났어. 농사일, 다른 건 몰라도 진상 고객님 만날 일은 없을 거잖아.

돈호테: 진상 지주님은 만날 수 있어요.

별나리(2004년생, 인문학계열 1학년): 어머, 다 연로하시네요. 보다시피 제가 용모가 뛰어나지 못하고 뚱뚱한 지라 알바 생활이 참 힘들었습니다. 똑같은 일을 해도 상대적으로 더 혼나고 더 욕먹어요. 피해의식 아니라니까요. 농사일은 외모 갖고 사람 차별하지 않겠죠?

최농미: 나보다 말랐고 나보다 더 예쁘구만. 잘 왔어. 시골은 외모 필요 없어, 체력이 최고야. 화장하고 꾸며도 쳐다봐줄 사람이 없어.

곽감희(2002년, 문창과 3학년): 돈도 돈이지만 농촌을 알고 싶어서 왔어요. 모름지기 작가가 될 사람으로서 우리 민족의 근원 농촌을 모르는 건 터무니없잖아요. 시골소설만 줄창 써대는 듣보잡소설가가 하나 있는데, 그러더라고요. 미디어에 나오는 농촌은 조작된 농촌이다. 도시 사람들이 보고 싶은 것을 보여줄 뿐이다. 진짜 농촌이 어떤지 겪어보려고요.

달타냥(2003년생, 자유전공학부 1학년): 학기 중에 알바 열심히 해서 방학에 제대로 놀 밑천을 마련해 왔거든요. 이번 방학에도 농촌봉사활동 가서 봉사점수 채우고 일손 부족한 농촌에 보탬도 되고, 추억도 쌓고 그다음에 동남아로 배낭여행 갈 계획이었죠. 그런데 아빠가 직장에서 '짤'렸네요. 방학에도 돈 벌어야죠 뭐. 농촌에서 일하면 아무튼 여행 온 기분은 나겠죠? 며칠은 돈 안 받고 일하려고요. 봉사시간도 채우게.

이상 6인방은 서로 초면이었다. 다니는 대학도 달랐다. 이들은 돈호테랑 함께 알바를 했었다는 공통점이 있었다. 돈호테는 1학년 여름방학에 아파트건설 현장에서 먹고자며 잡부로 일했는데, 알바인과 함께 했다. 겨울방학엔 민속주점에서 서빙을 했는데, 양음순이 주방보조였다. 2학년 여름엔 당구장에서 최농미와 아옹다옹 공을 닦았다. 겨울엔 횟집타운에서 운반일을 했는데, 곽감희는 어시장 환경미화원이었다. 학기 중에는 평일, 공휴일, 주말 가리지 않고 심부름센터 일을 했는데 달타냥, 별나리와 여러 번 '원팀'이었다.

돈호테가 일하면서 만난 동년배들 중에 자못 성실하고 인성이 되었다고 판단한 이들이었다. 원래 의뢰한 이들은 세 배수였다. 시급이든 일당이든 액수도 중요했지만 일의 강도와 일의 장소도 중요했다. 최대 8시간 노동에 일당 12만 원은 단순 시급으로 계산하면 고액 알바라 할 수 있었다. 하지만 농사일이라는 게 미지수였다.

언제나 그렇다. 말로만 듣고 텔레비전으로 본 현장과 진짜 현장은 현저히 달랐다. 돈호테에게 연락받은 학생 대부분이 일당은 마음에 들어 했지만 농촌환경과 농사일을 두려워했다. 거기가 진짜로 사람이 일할 만한 덴가? 연예인이 웃고 떠들며 봉사하고 힐링하고 치유하고 먹방하고 오는 그곳과 알바로서의 그곳은 같을 것인가?

괴담도 횡행했다. 멧돼지며 뱀이며 모기며 '빌런' 동물의 왕국이라는 둥, 귀신이 출몰한다는 둥, 텔레비전이나 영화의 흔한 설정처럼 무시무시한 범죄자가 활보한다는 둥, 대마초 안 키우는 집이 없다는 둥, 사람을 노예 수준으로 부려먹는다는 둥.

시골살이에 대해 낭만을 가진 학생도 더러 있었다. 공기 좋고, 조용하고, 물 좋고, 인심 엄청 좋고.

돈호테는 트집 잡듯 확실히 해두었다. 공기, 도시랑 똑같아. 똑같이 뜨거워. 공기질도 별로 안 좋아. 요즘 지자체 하는 일이 토목건설밖에 없잖아. 산지사방이 공사판이라 먼지가 바람 불 듯해. 화력발전소도 가까이 있어 미세먼지도 다량 섞였을걸. 농약냄새, 소똥냄새도 장난 아니다. '조용하다'는 진짜 오해야. 봄에는 개구락지, 여름에는 매미소리, 아침엔 새소리, 낮에는 농기계 굴러다니는 소리. 도시보다 시끄러운 날도 허다해. 물은 도시랑 똑같은 정수기물, 생수 먹어. 시골 분들 인심 좋다는 건 진짜 착각. 농촌 어르신들도 신자유주의시대를 악착같이 살고 있다. 도시 어르신들하고 똑같아. 예능농촌이 아니라고. 살벌한 삶의 현장이야. 게다가 농활 가는 게 아니라 일꾼으로 가는 거니 일 못하면 혼꾸멍난다. 도시 사장들보다 덜 구박할 거라는 기대는 하지 마셔.

이렇게 묻는 학생도 있었다. 너 고향에서 안 좋은 일 있었니? 고향 사람들한테 학대당하고 살았어? 왜 그렇게 나쁘게 말해?

고향은 아니고 고향이나 다름없지. 내가 일쩍 고아가 됐잖아. 중1부터 고3까지 그 동네 외삼촌댁에서 살았어. 내가 행동거지가 별로 미쁘지 않잖아. 그런데도 애어른이 추켜세우면서 다들 나를 친손자처럼 아껴주셨어. 나는 그냥 실망할까봐. 시골을 낭만적으로 고려하면 안 된다, 철저히 알바적으로 계산해야 한다는 거지. 섣부른 기대가 없으면 크게 실망할 일도 없어. 그렇지 않나? 알바 갈 때 그곳이 그 일이 힐링되고 치유될 거라고 착각하며 간 적 있어? 없지? 돈 벌어야 하니까 어쩔 수 없이 간 거잖아? 이번엔 또 어떤 더러운 업주, 파트너, 고객을 만날까 두려워하며. 시골도 그런 냉정한 마인드가 필요하다는 거야.

6인방은 돈호테의 사람을 구하자는 건지 말자는 건지 알쏭달쏭한 섭외에도 불구하고 농사일 해보겠다고 나선 이들이었다. 알바계의 귀재 소리를 듣는 학생들이었다. 소수정예랄까.

돈호테는 원래 일꾼으로 참여할 계획이 없었다. 자기 없이 6인방만 보내기가 밤잠을 설칠 정도로 저어되었다. 6인방도 같이 갈 것을 강력히 요구했다. 생판 모르는 곳에 보증인도 없이 어떻게 가냐? 너 안 가면 나도 안 간다는 식이었다. 섬 같은데 팔아먹을 속셈이냐고 인신매매를 의심하는 학생까지 있었다. 돈호테도 돈은 벌어야 했다. 그래, 6년 동안 나를 아껴주신 분들 아닌가. 봉사한다는 마음으로 가자. 막상 오니 고향에 온 듯 좋았다. 돈호테는 노파심에서 몇 마디 하겠다고 해놓고는 구인할 때 했던 말들을 다시 한번 떠들어댔다. 돈호테 말버릇을 잘 아는 6인방은 고기 먹고 술 마시느라 귀담아듣지 않았다.

자기를 소개한 학생이 여섯 더 있었다. 그들은 다음날, 다다음날 떠나기에 굳이 소개하지 않는다.

곽감희의 이메일(7월 15일)

사람은 적응의 동물이라고 했던가요. 이젠 타고난 농사꾼처럼 하루하루가 자연스럽습니다. 판타지 같던 하루하루가 리얼리즘적인 나날이 되었다고나 할까요. 농사일 3주 하고 농사꾼인 척하는 거, 재수 없죠? 이름 모를 작물, 풀, 벌레, 기계와도 정이 들었죠. 여전히 이름은 잘 모르지만 친숙해요.

처음에 와서 닷새는 마늘과의 전쟁이었습니다. 좀 과장하자면 온 동네 마늘을 다 캤어요. 마늘 캐기는 소설의 5단계 구성 같아요. 편의상 캤다고 했지만 한 집 빼고는 기계가 캤습니다. 기계가 캐는 게 발단이죠. 우리가 마늘 흙 털고 모아내는 것이 전개입니다. 마늘 주대를 자르는 건 위기죠. 절단기 본 적 있나요? 살벌하게 생겼어요. 정신줄 놓았다가는 손모가지 날아갈 만큼 위험해요. 마늘을 노란 박스에 담고 운반하는 게 절정입니다. 작은 것도 뭉치면 무거워요. 노란 박스 하나에 마늘이 이삼천 개 들어가요. 여성도 충분히 들 만한 무게지요. 신기하죠. 점점 무거워지는 거예요. 도무지 들 엄두가 안 나서 남자들한테 전담시켰어요. 드디어 결말이라는 게 있더라고요. 도시 알바가 끝없는 단순반복이라면, 농사일은 굴곡과 결말이 있는 반복이라는 거죠. 잘린 마늘주대만 남은 마늘밭은 아름다웠어요. 엄청난 성취감이 들었습니다. 도시 알바에서는 좀체 느낄 수 없는 기쁨이었죠.

함께 한 할머니들은 툭하면 '옛날 타령' '나 때 타령'을 했어요. 잠깐만 들어도 농업 변천사죠. 특히 마늘 캘 때는 캐는 것의 어려움에 대해 진절머리 나게 떠들었죠. 지금은 기계가 캐 주니까 일도 아니라는 게 핵심이죠. 대체 사람이 직접 캐는 게 얼마나 힘든지 우리도 경험해 보았죠. 땅속작물수확기가 도저히 들어갈 수 없는 마늘밭이 있었죠. 삽이나 마늘창을 땅 속에 박아 마늘통을 들어 올리는 건데 힘도 들지만 삽날, 창날에 마늘이 찍힐까 봐 진도가 안 나가요. 우리가 상처 낸 마늘은 우리가 사간다는 각오를 하고서야 속도를 낼 수 있었죠. 모든 수확일이 그렇더라고요. 캐는 게 제일 지루하고 어렵고 짜증나는 거죠.

6월 마지막 주에는 내내 감자를 캤어요. 마늘 캐기랑 비슷했어요.

땅속수확기가 땅속을 깊게 훑죠. 줄기에서 감자를 떼어내고 흙 털어서 상자에 담죠. 마늘 캐기와 아주 다른 점은 마늘알통보다 감자알이 몇 배 크고 열 배는 무겁다는 거였죠. 마늘보다 힘이 훨씬 더 들 수밖에요. 감자줄기는 절단기 사용하지 않고 감자만 떼어내면 되니까 그건 편했어요.

감자 수백 개 담긴 노란 박스는 꿈쩍도 안 했어요. 시골 일당은 남자가 항상 몇 만 원은 높대요. 금년 평균 임금 시세가 하루 13-16만 원이라는데, 남성이 여성보다 2, 3만 원 더 받는대요. 세상에 남녀불평등 아닌 곳이 없구나, 농촌마저! 분노했는데 감자밭에서 인정하고 말았어요. 수확물 박스를 옮기고 트럭에 싣고 창고에 가서 부리는 일은 결국 힘센 남자가 해야겠더라고요. 힘을 억수로 쓰니 돈도 더 받아야 하는 게 맞잖아요. 왠지 페미니스트 분들께 혼날 소리 같네요.

양파를 캔 날도 있네요. 양파는 사람 손으로만 작업했어요. 양파는 감자보다 크지만 감자보다 가볍더라고요. 신기하게 땅 밖으로 솟아나와 있는 거예요. 여자 힘으로도 쑥쑥 잘 뽑혔죠. 마늘 절단기 대신 조그만 전지가위로 줄기를 제거하고 망에 담았죠.

농촌 분들 기계 부리는 거 별로 안 좋아한대요. 나중에 남는 게 없으니까. 기계 부리는 값이 한 마지기당 6-7만 원이래요. 한 마지기는 200평이래요. 저도 한 마지기가, 200평이 어느 정도인지 감을 잡을 수 없었죠. 이 동네에서 가장 영향력 있는 농민이라는 큰면(1961년생)이 쉽게(?) 가르쳐줬죠. 축구장 1개가 2200평이래요. 그러니까 200평은 축구장 11분의 1이죠. 축구장이 어려우면 농구장으로 생각하래요. 농구장 하나가 127평쯤 된대요. 그러니까 농구장 한 개 반 정도가 200평이래요. 알아들은 척 했지만 지금도 가늠이 안 돼요. 암튼 기계 부르면 기계값에다 인건비까지 줘야 하니까 두 배 부담이래요. 저희를 부르는 게 더 싸게 먹히죠.

우리들이 늘 같이 다닌 건 아니에요. 두세 명만 필요하다고 하면 나뉘서 일을 갔지요. 두 남자는 우리가 나가 있는 밭마다 돌아다니면서 힘을 썼고요.

열흘 지나서는 날마다 일하면 죽을 것 같아서 돌아가면서 하루씩 쉬었어요.

7월 초순은 어떤 할머니, 아니 아주머니_ 정말 어떻게 불러야 할지 모르겠어요. 완전 할머니인데 할머니라고 부르는 건 되게 싫어하거든요. 아무리 늙어 보여도 이런 날품팔이 다닐 정도로 팔팔하면 아직 할머니일 수 없다는 거죠. 아주머니라 부를 작정을 해도 입에서 먼저 나오는 건 할머니예요_ 말마따나, 비 퍼붓다가 하루이틀 해 뜨다가 했어요. 장마철인 거죠. 비가 죽어라고 안 온다고 징징대던 분들이, 비가 죽어라고 와서 진창 된다고 애가 닳더라고요. 태평농처럼 걱정이란 게 아예 없는 분도 계셨지만요.

이 동네에 유명한 싸움친구가 계셔요. 한 분은 별명이 제비가 물어다 준 박씨 키워 타서 부자 되기 전의 흥부 같다고 해서 전흥부고, 한 분은 별명이 놀부예요. 전흥부는 안골 분이고 놀부는 범골 분인데 두 분이 어렸을 때부터 부락 또래 리더였네요. 한번 리더는 영원한 리더. 두 분은 부락의 자존심을 걸고 불알친구 때부터 동네에서도 학교에서도 만나기만 하면 싸우는 사이였대요. 4H운동 10대, 재건청년운동 20대, 새마을운동 30대, 자력갱생 40대, 자식들 대학공부 시키던 50대, 자식들 출가시키던 60대, 전염병 때때로 창궐하는 70대까지 사사건건 다투었대요. 두 분의 싸움 역사가 곧 역경리의 역사래요.

50대부터는 서로 누가 이장하냐 갖고 싸웠대요. 이장을 어느 부락에서 배출하냐가 '중차대한 문제'였대요. 서로 이장을 번갈아 2-3회씩 하고 70대부터는 노인회장 자리 가지고 다툰 모양이에요. 두 분이 서로 하겠다고 사생결단하는 바람에 어부지리로 태평농이 맡게 됐대요. 저희가 보기엔 평생 싸우고만 살았다는 두 분이 무척 친해 보여요. 왕년엔

몸으로도 싸웠대요. 입으로만 싸워서 참 다행이에요. 날씨 갖고도 싸우더라고요. 전흥부가 날씨 걱정을 하니까 놀부가 이기죽거렸죠. 평생 봐온 날씨 가지고 평생 고시랑거리는구만. 그니게 네가 평생 그 모양 그 꼴로 사는 겨. 전흥부가 받아쳤어요. 온난화도 몰러? 텔레비를 어디로 본 겨. 온난화 때문에 아열대 기후로 변했는디 어떻게 평생 봐온 날씨랑 같다는 겨. 아무 말이라도 하더라도 바로 혀야지. 그렇게 시작해서 한 시간을 여야의원처럼 으르렁대더라고요. 태평농이 타박하며 젊은 학생들 구경 왔으면 조용히 구경하다 갈 일인지 잘들 논다. 학생들한테 부끄럽지도 않아 말리지 않았으면 밤새 싸웠을 거예요.

비 오면 일을 쉬었겠다고요? 비닐하우스에 가서 수박, 참외, 멜론 땄죠. 수박이 가장 무서웠어요. 무거워서요. 나르기만 했어요. 따는 건 안 시키더라고요. 제대로 잘 익은 건만 따야 되는데, 전문가 분들은 크기와 색깔, 그리고 두드려보기로 수박 속 상태를 가늠할 수 있다는 거죠. 새빨갛게 잘 익었는지 덜 익었는지. 밀차로 운반했을 건데 힘들 게 뭐가 있냐고요? 밀차에 올려 싣는 것도 엄청 벅차거든요. 참외는 우리도 땄어요. 노랗게 물든 거만 따면 되니까. 쉽기는 멜론이 제일 쉬웠어요. 수박, 참외는 잘못하다 떨어뜨리면 깨지잖아요. 우리가 몇 통이나 깼는지 몰라요. 우리가 깬 게 새참이었죠. 멜론은 깨질 걱정이 없죠. 단단해서 막 던졌다니까요. 던지고 놀았다는 게 아니라 우리가 밭에서 따서 던지면 두 남자가 밀차 앞에서 받아서 실었다고요.

토마토, 오이 딴 날도 있었는데 생략할게요. 다 똑같은 얘기라고 지루해하실 것 같아서.

마늘 선별 작업을 한 날도 있어요. 우리가 첫날 수확했던 마늘 있죠, 그게 비닐하우스 바닥에서 말려지고 있었죠. 큰 놈, 중간 놈, 작은놈 하는 식으로 구분해서 상자에 담았어요. 마늘밭에서는 마늘냄새를 잘 못 느꼈거든요. 창고에 있으니 마늘폭탄 속에 들어앉은 듯했어요. 덥긴 오죽 덥고요.

비 그쳐도 당장은 밭일은 어려울 거라고 짐작했는데 헛다리 짚었죠. 해 나오고 두어 시간이면 금방 마르더라고요.

비 안 오는 날은 들깨를 심으러 다녔습니다. 거두는 일만 하다가 모종은 처음이었지요. 한 열흘 수확 해보고 농사를 만만히 여겼답니다. 할 만하네. 거두는 재미도 있고. 오만은 들깨밭에서 반시간 만에 신기루처럼 사라졌지요. 모종밭은 따로 있었죠. 고추, 수박, 호박, 토마토, 오이 같은 모종은 제대로 기르는 육묘전문집에 주문해 가져다 쓴다는데, 들깨는 그냥 텃밭 한 자락에 깨씨를 뿌린대요. 6월 초에 파종했다는데 한 달 만에 짱짱히 컸어요.

마늘 3천 평 수확했다는 그 집 있죠. 바로 그 3천 평에다 깨모종을 했어요. 수확할 때는 기계를 팍팍 쓰지만 심을 때는 함부로 기계를 쓰기가 애매하대요. 깨는 파종기도 잘 안 쓴대요. 파종기가 깨모 개수를 구분해 주는 것도 아니고, 깨모는 연약해서 섬세히 다루지 않으면 잘 부러지니까.

씨 자체를 심을 때는 파종기가 짱이지요. 콩을 심은 날도 있었는데 한 사람은 파종기에도 콩알 잔뜩 집어넣고 땅에다 쏘면서 가고 한 사람은 뒤따르며 흙 조금 덮어주면 그만이었죠. 육묘장 태생 모종도 파종기를 사용한대요. 육묘장에서 길러온 상태로 파종기에 넣었다가 파놓은 구덩이 속에 떨어뜨려주고 덮어준대요.

이장이 트랙터를 몰고 와서 마늘밭을 갈아엎고 깨 모종할 두둑으로 만들어놓은 상태였죠. 우선 두둑마다 멀칭(농작물이 자라고 있는 땅을 짚이나 비닐 따위로 덮는 일)을 했어요. 트랙터가 검은 비닐뭉텅이를 어딘가에 부착하고 달리니까 비닐이 길게 풀어지더라고요. 우리는 양옆으로 따라가면서 비닐 모서리를 흙으로 그러 덮었어요. 도대체 이게 무슨 짓인가 싶었죠.

풀 때문에 그런대요. 풀씨앗이 비닐을 뚫고 땅 속에 못 들어가기 때문인지, 땅 속의 풀씨앗이 비닐을 뚫고 땅 속에서 나올 수 없기 때문인지, 풀이 안 난다는 거죠. 이렇게 안 하면 때때로 자라나는 풀을 매주어야 하는데 그게 공포의 김매기래요. 아주머니들이 이견 없이, 농사일 중에 가장 힘든 일로 꼽는 게 김매기였어요. 그 밭 다 매고 아직도 내가 살아있는 게 용혁! 이 말을 천 번은 들은 거 같아요. 요새는 일당 20만 원을 줘도 김매기 일꾼은 구할 수가 없대요.

태평농이 구경 와서는 타박했습니다. 나처럼 태평하게 짓고 말지 이게 다 환경 공해여. 태평농은 깨를 심을 때도 모종 같은 것도 안 한대요. 밭 대충 갈기만 하고 깨씨를 그냥 뿌려버린대요. 농약도 일절 안 치고요. 나중에 깨 반 풀 반이래요. 그거만 먹고 만대요.

3천 평 밭의 주인은 놀부입니다. 말이 태평농법이지 그게 장난이지, 농사냐? 우리끼리 있을 때 태평타령 해도 되는데 학생들 앞에서 그런 개떡 같은 소리는 지껄이지 마. 학생들이 농촌의 현실을 제대로 알게 해 줘야지. 농촌에서 농약, 비닐 없이는 농사 못 짓게 된 것을 정확히 알려줘야지. 헛소리할 거면 구경도 오지 마. 전흥부라면 또 엄청 싸웠겠지만 태평농하고는 싸움이 없죠. 태평농이 '댁 말이 대통령실 말이여' 웃어버리는데 무슨 싸움이 되겠어요.

멀칭이 끝나고 남자들은 쇠말뚝으로 구멍을 뚫었어요. 쇠말뚝에 간격을 조절할 수 있는 자 같은 게 달렸죠. 우리는 깨모 서너 개씩을 떼어 구멍에 넣고 흙을 그러덮었어요. 왜 아주머니들이 김매기를 극혐하는지 알게 됐어요. 자세 때문입니다. 오리걸음 해보셨죠? 딱 오리걸음자세가 될 수밖에 없어요. 깨모 흙을 그러 덮는 일도 밭매기 자세였죠. 밭을 매본 적은 없지만 밭 매는 것 같았죠.

수확하는 것은 정말 쉬운 일이었습니다. 오리걸음 모종은 표현할 길이 없이 벅찼습니다. 그때까지 한 번도 당장 도망치고 싶다는 생각, 해보지 않았죠. 마늘수확 하고 하루이틀 만에 떠나버린 애들을 비웃었죠. 이 정도도 못하고 무슨 돈을 벌어. 그간 너희들이 한 알바는 꿀알바였나 보지. 이제 말하지만 농가주와 농사전문가들에게 지청구도 엄청 먹었습니다. 우리가 아무리 알바 인재 소리를 듣는다고 해도 농사일에서는 부족함이 많았습니다. 갖은 구박에도 불구하고 우리는 끈질기게 버텨왔죠. 돈 벌어야 하니까. 모종 한 시간 만에 돈이고 뭐고 당장 사라지고 싶었습니다.

진정 죽을 것 같았어요. 내 다리가 아닌 것 같고 나아가도 그 자린 듯하고. 모종엔 소설처럼 발단, 전개, 위기, 절정 같은 거 없었습니다. 그냥 계속 지루한 전개, 전개, 전개였습니다. 때려 치고 싶고 도망가고 싶었습니다. 나만 그런 줄 알았는데 나머지 여자애들도 마찬가지였죠. 그래 너희들이라고 안 힘들겠니.

하고 보니 우리 여자애들은 서로 경쟁을 했던 듯해요. 누가 더 일을 잘하나. 다들 알바전문가 명성을 지키기 위해 게으름 피우지를 못했어요. 남들보다 더 잘하고 시키지도 않는 일까지 하겠다는 것은 아니지만 일 못한다는 말은 듣고싶지 않았죠. 일당값은 했다는 소리를 들어야죠. 때문에 괴로워도 내색하지 않고 아무렇지 않다는 듯 열성이었죠. 깨 앞에서는 다들 멘붕, 번아웃, 그로기였죠.

그러나 우리는 해냈습니다. 결말은 있었습니다. 드넓은 밭에 점점이 박힌 연두색 깨 모종들. 우리가 이룬 성과여서 그랬는지 모르겠지만 우리는 다투어 감탄했습니다. 평생 본 풍경 중에 으뜸 경이로운 풍경이라고.

들깨와의 전쟁이 끝나자마자 폭우가 왔습니다. 얼마나 많은 비가 왔는지 텔레비전 봐서 아시죠? 심지어 기찻길도 끊겼으니 말 다했죠. 이 장님이 혀를 찼어요. 내가 지천명 살면서 기찻길 끊긴 건 처음 본다. 태평농이 어이없어 해요. 번데기 앞에서 주름잡네. 나도 처음 보네. 여기저기 산사태가 났고 밭은 엉망진창이 됐죠. 수확이 끝난 것들은 다행이었지만 모종한 것은 안 심은 것이나 마찬가지가 되었죠. 놀부네 깨밭도 흙바다가 되었대요. 놀부도 태평농 못지않더라고요. 다시 심으면 되지. 거름 한 번 잘 줬어.

바람에 산천초목이 뒤흔들리는 소리가 거대했습니다. 집째 날아갈 듯했어요.

이장님이 부리나케 들어오더니 묻데요. 학생들 모처럼 쉬는 날이라고 내가 안 된다고 했는데 꼭 물어라도 봐달라네. 비닐하우스에 고추를 5천 평이나 심은 분이 있는데, 폭우 때문에 오기로 했다는 분들이 다 못 왔대. 고추 따 볼라나?

우리는 봉사를 하러 온 게 아니라 일하러 온 거죠. 고추 따기는 또 새로운 차원의 일이더라고요. 비닐하우스 밖은 비바람이 몰아치는데 우리는 열대사막에서 사경을 헤맸습니다. 원래는 일부 개방해 바람이 들어오게 하는데 그럴 수도 없죠. 맹렬히 더울 때마다 어르신들이 '쪄 죽겠다'고 했는데 그 말을 실감했죠. 고추밭 주인은 이놈의 비닐하우스가 언제 무너질 줄 아나, 텔레비전 보니까 안 망가진 하우스가 없더라, 이 폭우에 일꾼을 구할 수도 없다고 조금이라도 빨간 놈은 다 따달라고 했어요. 그렇게 종일 고추와의 전쟁을 치르고 왔습니다. 한 일주일은 고추만 딸 것 같아요.

뒤풀이(8월 26일)

학생 일꾼들의 마지막 농사일은 김장배추 모종이었다. 3년 전부터 농협에서 배추 모종을 영세 조합원 농가에 30포씩 나눠줬다. 배토기(농작물을 심을 수 있도록 이랑을 자동으로 만들어 주는 농기구)로 흙을 갈고, 그 흙을 긁어 두둑을 만들고, 두둑에 멀칭을 하고, 구멍 뚫고 모종을 넣어준 뒤 흙을 북돋워주었다.

학생들은 농사규모가 기업급인 농가에서만 일했다. 호락질(남의 힘을 빌리지 않고 가족끼리 농사를 짓는 일) 농가에는 갈 일이 없었다. 학생들은 돈을 받지 않기로 하고 말 그대로 봉사를 했다. 두 노인만 혹은 노인 혼자 사는 집-자식들이 내려오지 않아 당장 파종이 불가능한-마다 찾아다녔다. 어떤 집에 가서는 무, 쪽파도 추가로 심었다.

이날 저녁은 이장네 바깥마당에서 먹었다. 이장은 그동안 고생했다며 소고기를 사 오고 회를 푸짐히 떠왔다. 학생들을 가장 많이 부려먹은 놀부-폭우 끝나고 들깨를 또 한 번 심었다-를 비롯해 학생들에게 큰 도움을 받았던 대농가 주인들이 마실 것, 먹을 것을 잔뜩 가져왔다. 학생일꾼들의 든든한 뒷배가 되어주었던 태평농, 큰면도 왔다. 거동이 가능한 동네 노인도 한둘씩 스며드니 잔치판이 되었다.

늙은이들은 다투어, 젊은이들 때문에 두 달 동안 얼마나 동네가 밝았는가를 골자로 중언부언했다.

학생들도 한마디씩 하는 순서가 있었다. 으뜸 별쭝맞은 소리가 이랬다. 농촌엔 챗지피티가 뽑아준 답처럼 뻔한 게 없더라고요. 도시 토박이인 저한테는 다 전위적이었어요. 저는 농촌은 '고요한 바다' 같은 곳인 줄 알았거든요. 알고보니 모든 게 펄펄 살아 숨 쉬는 역동의 현장이더라고요. 챗지피티도 농촌에 대해서는 절대로 뻔한 정답을 낼 수 없을 겁니다.

늙다리학생 알바인-트럭 운전도 택배차 수준이었고 모든 농기계를 금방 배웠고 곧 능숙하게 다뤘다. 특히 8월 내내 예초기로 삼동네 논둑 풀을 말끔히 깎았다-은 늙은이들에게 내내 시달렸다. 자네는 완전 농사꾼 체질이구만. 자네는 금방 부자농부 될 걸세. 공부 바쁘겠지만 벼 탈곡할 때 내려와주면 천군만마겠어. 이장 혼자서 저 벼를 어찌 베나. 자네가 꼭 필요해.

자연스럽게 노래판이 펼쳐졌다. 학생들이 다시는 못 들어볼 늙은이들의 노래와 늙은이들이 다시는 못 들어볼 젊은이들의 노래가 이어 달

렸다. 별스런 희희낙락이 비 소식을 또 머금은 깜깜 하늘을 오래도록 들쑤셨다. ▪️ᕼ

제도의 언어

IV

번역된 언어로 한국문학을 읽는다는 행위의 의미
이혜진

전위적 인간들의 기록'들' : 치안유지법과 전위적 인간들의 초상화
김화선

제도에 맞서는 언어는 전위적 인간들의 실존을 증거하는 동시에 역습을 일으켜 시대적 전환을 이끌어낸다. 치안유지법에 맞섰던 재판 기록이 법이라는 이름으로 가해진 제국의 폭력 이면에 존재했던 전위적 인간들의 초상을 보여준다면, 원작의 목소리가 번역가의 상상력으로 치환되는 언어의 이동인 번역 행위는 새로운 관계를 구성해 준다. 제도 외부를 상상하는 언어는 끝에서 처음을 생성하는 공간적 전회를 마련함으로써 전위의 물결을 지속가능한 '그 무엇'으로 불러들인다.

번역된 언어로 한국문학을 읽는다는 행위의 의미

이혜진

이혜진 : 세명대 교수. 저서 『제국의 아이돌』 등

1. 한국문학, 번역문학, 세계문학

한국 근대문학이 식민지 시기 서구 문학의 정수를 세례 받은 제도권의 학문 엘리트들의 주도로 시작되었다는 점은 잘 알려진 사실이다. 즉 근대 조선의 국민문학(민족문학) 풍토가 정신적·제도적으로 정립되지 않은 상황에서 한국 근대문학은 어떻게 서구 문학의 정신과 방법을 이식할 것인가를 모색하는 과정에서 이루어졌다고 해도 과언이 아니다. 다만 한국 문학의 근대화 과정에는 일본 문학의 개입이라는 특수한 상황이 함께 전개되었는데, 식민지 조선의 근대적 사유 과정에서 일본은 곧 서구와 등가였다는 점에서 그것은 곧 근대에 대한 동일성의 사유와 궤를 같이 하는 것이었다.

하지만 이 과정에서 한국문학의 특수성과 세계문학의 보편성에 대한 논쟁은 피해갈 수 없었는데, 문학에서의 특수성과 보편성에 대한 논의는 이 양자가 대립적인 개념일 수 없다는 점에서 결국 닭이 먼저냐 달걀이 먼저냐의 논쟁적 오류를 반복할 따름이라는 것을 우리는 이미 경험적으로 알고 있다. 세계문학이란 국민(민족)문학이면서 동시에 세계적 보편성을 갖춘 문학을 가리킨다는 저 유명한 괴테의 '세계문학'에 대한 정의가 이 논쟁을 불식시켜 주었기 때문이다.

그럼에도 한국문학은 오랫동안 중국문학이나 일본문학에 비해 세계문학적 위상에 대한 콤플렉스를 지녀왔는데, 이 과정에서 실체를 알기도 어려운 세계적 보편성을 무리하게 지향하거나 한국적 특수성을 과도하게 강조하는 제스처를 경유해 온 것은 어쩌면 매우 자연스러운 일이기도 할 것이다.

그런데 다소 흥미로운 점은 노벨 문학상을 수상하지 못한다면 한국문학은 세계문학으로서의 자격을 갖추지 못하는 것처럼 야단법석을 떨어오다가 그에 대한 관심이 차츰 시들어갈 무렵 21세기의 한국문학이

K-컬쳐의 외관을 입고 새로운 길로 진입한 것처럼 보인다는 사실이다. 2000년대 이후 한국의 드라마와 대중음악계에서 불기 시작한 한류 열풍은 온라인 플랫폼과 SNS의 확산에 힘입어 영화와 문학계에까지 침투해가고 있는데, 이런 종류의 바람은 지금까지 경험하지 못한 한국문학에도 새로운 패러다임을 형성했다.

한강의 장편소설『The Vegetarian(채식주의자)』이 '맨부커상'을 수상한 일이나 김이듬 시집『히스테리아』가 '전미번역상'과 '루시엔 스트릭 번역상'을 동시 수상한 일, 윤고은의 장편소설『밤의 여행자』가 영국 '대거상(The CWA Dagger) 번역추리소설 부문'을 수상한 데 이어 정보라의 소설『저주 토끼』가 '부커상' 최종 후보에 오르고, 박상영의 소설『대도시의 사랑법』이 '부커상'과 '국제 더블린 문학상'에 노미네이트되었으며, 천명관의 소설『고래』도 2023년 '부커상' 최종 후보로 지명된 일 등은 외국어로 번역된 한국문학의 가치에 대한 재고를 불러일으켰기 때문이다.

언론에서는 '최고의 권위'를 가진 문학상이라는 레토릭으로 마치 한국문학이 세계문학의 반열에 오른 것처럼 호도하면서 결국 훌륭한 번역가를 양성해야 한다는 논리로 귀결되고 있는 것처럼 보인다. 성질 급한 한국 언론은 이렇게 무엇이든 빨리빨리 성과를 거둬야 한다는 강박을 독자들에게 심어주고 있지만, 여기에는 한국문학의 정신이나 마음과 같은 본류를 따질 여유 따위는 없어 보인다. 보다 더 중요하게 따져봐야 할 것은 과연 무엇이 자국의 언어로 번역된 한국문학을 만난 외국의 독자들을 움직인 것일까의 문제일 덴데 말이다. 록 스피릿(Rock Spirit)이나 힙합 정신과 같이 한국문학도 그 나름의 정신 혹은 사상을 견지하고 있건만 해외 문학상을 수상한 한국문학에 대해 번역가의 역할만을 강조하는 것은 어딘지 머쓱한 일이다.

이런 섭섭한 감정을 뒤로 하고, 그럼에도 한국문학의 '그 무엇'을 접하고 난 뒤 한국문학을 번역해야 한다는 사명을 갖게 된 한 사례가 있으니, 1990년대 후반부터 한국문학 작품들을 프랑스어로 번역해온 클로드 무샤르(Claud Mouchard, 1941-)가 바로 그 주인공이다. 클로드 뮤샤르와 한국문학의 조우는 번역된 한국문학을 읽는다는 행위란 과연 무엇인가의 문제를 우리에게 던져주었다는 점에서 번역가 양성만으로는 불충분해 보이는 새로운 유형의 문학적 행위에 대한 재고를 요청한다. 이것은 타자의 시선이 관통하는 한국문학의 '그 무엇'이라는 점에서 자국어로 한국문학을 만나는 우리에게는 경험하기 어려운 매우 낯선 감성이기 때문이다.

2023년 문학과지성사에서 출간된 그의 저서『다른 생의 피부: 오를레앙, 파리, 서울 그리고 시』에는 1990년대 말 프랑스인인 그에게 돌풍처럼 찾아온 한국 문학에 대한 충격과 감상에서 출발해 오랫동안 이어온 한국 작가들과의 교우 등 한국문학을 번역하는 과정에서 만난 자신의 경험과 인상, 그리고 한국문학 번역가로서의 소회가 솔직하고 담담하게 그려져 있다. 그렇다면 클로드 뮤샤르에게 번역된 한국문학을 읽는 행위란 어떤 것이었을까.

2. 언어의 이민, 어떤 귀먹은 목소리 : 번역된 한국 문학의 정동(情動)

파리8대학의 프랑스 문학 및 비교문학부 교수이자 문학잡지『포에지(Po&sie)』(1977년 창간)의 편집위원인 클로드 무샤르는 1990년대 후반 '불현 듯이 나타난 한국 유학생들'을 통해 처음으로 한국문학을 접하고는 급격히 매료되었다고 한다. 그때부터 유학생들과 함께 이상, 김수영, 김혜순, 이청준, 황지우, 기형도, 이성복 등의 한국 현대문학 작품들을 프랑스어로 번역하기 시작했는데, 이 과정에서 저자는 크게 충격을 받았다고 한다. 저자에 의하면 이런 충격과 함께 감출 수 없는 불안과 부끄러움이 동반되었다고 하는데, 이런 저자의 소회를 기록한 글과 미발표 원고를 한 데 묶은 것이 바로 이 책이다.

　이 책을 읽고 난 나의 첫 인상은 '번역된 한국 문학'을 접한 저자가 불완전한 접근성에 대해 강한 불안감을 표출한 데 대한 의아함이었다. 저자가 불안했던 이유는 두 가지였는데, 첫째는 저자가 한국어를 잘 모른다는 점이고, 둘째는 어린 시절 라디오에서 흘러나온 한국전쟁 관련 뉴스에서 느꼈던 공포감이 1990년대 말까지 저자의 인상을 지배하고 있었다는 점에서 한국에 대해 무지로 일관해온 후회와 반성이었다. 이쯤 되면 우리는 저자의 나이를 대략 추측할 수 있는데, 한국에 대한 인지도가 거의 없었던 시기에 대다수의 외국인들은 한국에 대한 첫 인상이 한국전쟁이었다는 사실을 자주 고백해왔기 때문이다. 이런 이유에서 클로드 뮈샤르는 이상, 윤동주, 김수영, 이청준, 김혜순, 황지우, 기형도, 이성복의 시를 거듭 읽고 번역하는 작업 그 자체를 20세기가 경험한 극단적인 폭력 앞에서 죽음의 위기에 처했던 생존자들의 목소리를 증언하는 문학적 행위와 동일시해왔다고 전한다.

　그러나 한국 작가들에 대한 나의 관심이 어떻든 간에 아직까지 그들의 작품을 증언의 관점에서 접근해본 적은 없다. 이 문제와 관련해 한국 문학의 유산이 너무 크기 때문일까? 일제 치하, 한국전쟁, 군사독재, 그리고 광주의 민주화운동, 20세기 내내 폭력과 억압에 시달려온 한국의 역사와 함께해온 문학작품을 어떻게 다루고, 어떤 역사적 문학적 질문을 던질 수 있을까?
　　－『다른 생의 피부: 오를레앙, 파리, 서울 그리고 시』, 53쪽.

'극단의 시대'로 대변되는 20세기의 학살과 폭력의 역사와 함께 해온 한국문학은 그런 의미에서 "역사적 과거를 돌아볼 수 있게 하는, 가장 분명한 길을 보여"(56쪽)준다는 것이 바로 저자의 견해인데, 클로드에 의하면 그런 문학 작품들은 "우리의 기대보다 더 먼 곳에 가서, 우리를 움직이게 하고, 우리의 시선을 변화시켜"(65쪽) 주는 역할을 해주기 때문이다. 바로 이점이 클로드 무샤르가 한국문학을 프랑스어로 번역하는 과정에서 발견한 '결정적 계기'이자 지나간 한국의 역사를 좀 더 새롭게 포착할 수 있었던 '역사적 순간'이라고 할 수 있다.

요컨대 그가 한국문학을 프랑스어로 번역한다는 행위는 언어의 이동이 어떤 귀먹은 목소리에게 다가온 정동(情動, affect)이었다. 다시 말해 이것은 한국문학에 대한 충격이 가져다 준 관심과 한국 사정에 대한 무지와 결핍이 클로드 무샤르를 어떻게 흔들어 놓았는지를 알 수 있는 대목인데, 대다수의 외국 독자들이 번역된 언어로 만난 한국문학의 정동은 대체로 이렇게 시작된 것이 아니었을까?

많은 한국 소설은 20세기 한국의 고통스러운 역사의 결정적인 순간들을 새로운 시선으로 바라볼 수 있도록 한다. 우리로 하여금 과거의 현재와 집단의 고통 속에서 개인의 선택이 가져온 혼란을 경험하게 하고, 개인으로 살아야 했던 순간들의 불투명함과 역사적 회고가 함께하는 것을 보게 한다.
　　- 『다른 생의 피부: 오를레앙, 파리, 서울 그리고 시』, 121쪽.

나는 프랑스어로 번역된 한국 소설이나 한국 시를 읽을 때, 그것들이 이동하는 동안 남긴 흔적들을 느끼며 거품이 되는 세계의 공기를 감지한다. 그렇게 시와 소설은 지금 이곳의 수많은 이민자의 힘겨운 삶이 보여주는 것과 같이 현실의 무엇인가에 대해 우리에게 말한다.
한국 문학은 나로 하여금 내게 가장 친숙한 세계, 이곳 프랑스 파리와 오를레앙의 현실을 보다 더 예민하게 바라보고 느낄 수 있게 해준다.

　　- 『다른 생의 피부: 오를레앙, 파리, 서울 그리고 시』, 126쪽.

그럼에도 이 책의 저자는 번역된 한국문학을 읽어온 독자가 갖는 불완전한 접근에 대한 불안감을 거듭 강하게 표출하는데, 일반적으로 번역된 문학을 접할 때 우리는 무의식적으로 자기 경험에 비춰서 글의 분위기를 이해하고 해석해간다. 예컨대 저자가 명량해전을 이해하기 위해 그리스 연합 함대가 페르시아 해군을 궤멸시킨 살라미스 해전을 떠올렸던 것처럼, 신경숙의 소설 『외딴방』은 버지니아 울프의 소설 『자기만의 방』을 떠올리고 황지우의 시에서는 베르길리우스의 『아이네이스』를 떠올리며, 김영하의 소설에서는 러시아 문학의 거장 안드레이 플라토노프의 『잔(Djann)』을, 그리고 김혜순의 시에서는 앙토냉 아르토와 앙리 미쇼, 윌리엄 블레이크, 잉게보르크 바흐만, 한스 헤니 얀을 떠올리면서 자기만의 이해 방식을 구축해간다. 이렇게 선택된 접근법은 번역된 문학을 만난 독자에게 허용되는 매우 자연스러운 이해 과정이다.

번역된 한국문학을 읽어가는 과정에서 자신의 역사적 경험을 떠올리면서 그것을 증언-문학으로서의 가능성을 포착한 저자에게 '새로운 관계'의 무게를 작동(affect)시키는 것도 이런 접근 방식과 관련이 있다. 왜냐하면 작가의 사색과 의도가 반영된 원작의 목소리는 번역가의 이해와 상상력의 관계로 치환될 수밖에 없기 때문이다. 그 '새로운 관계'는 번역가에게 끊임없이 불안감을 안겨주기도 하지만 동시에 그 '관계'는 번역가가 잃고 싶지 않은 자기만의 인상과 느낌이기 때문에 결국 번역의 모험을 감내해낼 수밖에 없게 만드는 '그 무엇'이기도 하다. 저자가 그 동안 자신이 "읽고 생각한 것들이 엄밀한 의미에서 번역과 관계된 것이기에 한국어로 읽으면 그것들이 의미를 잃게 되지 않을까 걱정이 된다고"(164쪽) 말했던 것은 바로 이 때문이다. 그런 점에서 저자의 불안감은 역설적으로 영원히 해소될 기회를 상실하게 된다.

내가 느끼는 곤혹스러움은 프랑스어로 번역된 한국 시를 읽는 독자로서밖에 말할 수 없다는 사실에서 기인한다. 이 상황은 불완전하다. 시를 읽고 내가 하는 생각들은 사실상 번역과 관련된 것이다. 그러한 이유에서 그간 읽은 시들을 한국어로 다시 읽으면 내가 느낀 감상들이 사라져버리지 않을까 하는 생각이 든다.

그럼에도 내 스스로의 불안에 맞서 나는 모험적 독자의 역할을 차지한다. 나를 포함한 또 다른 잠재적 독자들을 향해 외치겠다.

"번역을 두려워하지 맙시다." (중략) 번역된 글을 읽는 독자가 없다면 왜 번역을 하겠는가? 한국 시를 번역해야 한다면, 번역된 한국 시를 읽는 독자의 위치도 인정해주어야 한다. 앙투안 베르만 (Antoine Berman)은 '번역 비평'의 역할이 무엇인지 설명하고, 그 중요성을 주장했다. 그러므로 지금부터라도 번역 독자의 자리를 경험하고, 논해야 한다."

　　　　- 『다른 생의 피부: 오를레앙, 파리, 서울 그리고 시』, 89쪽.

한국문학을 프랑스어로 번역하는 행위를 통해 저자는 이(異) 문화에 대한 충격과 불안, 그리고 이해와 소통의 과정을 경험하면서 새로운 양상의 불안과 보람을 느꼈음을 자주 고백한다. 클로드 무샤르에게 특히 이청준, 기형도, 황지우 작품에 대한 애정은 매우 각별한데, 이 책의 제목인 '다른 생의 피부'가 황지우의 시구에서 빌려온 것이라는 사실은 이 점을 잘 보여준다. 특히 이 작가들의 작품에서 묘사된 한국전쟁, 5·18 광주 민주화운동, 6월 민주항쟁의 역사 등은 저자로 하여금 번역된 언어로 한국문학을 읽는 행위를 통해 역사적 경험의 본질을 돌아볼 수 있게 하는 증언이자 자신에게 가장 친숙한 세계와 현실을 보다 더 예민하게 대면할 수 있는 통찰력을 습득하는 일이었다고 할 수 있다.

그 외에 1999년과 2012년 두 차례에 걸쳐 저자가 『포에지』의 한국 시 특집호 발간을 주도한 것은 특기할 만한 일인데, 1999년 한국 유학생들과 함께 번역한 작품들을 모아 『포에지』 '20세기 한국 시 특집호'를 처음 꾸렸을 때의 에피소드, 그리고 프랑스어로 번역된 송찬호 시인의 시를 읽은 시인 필립 자코테(Philippe Jaccottet)가 병상 중에 큰 용기와 희망을 얻었다는 편지를 보낸 사연과 함께 대산문화재단과 주한 프랑스 대사관의 주도로 뜻밖의 초대를 받아 처음으로 한국 땅을 찾게 되었던 사연, 낯선 이방인의 눈으로 처음 한국의 풍경을 보고 충격을 받았던 경험 등 오랫동안 한국문학을 프랑스어로 번역해 온 과정에서 겪은 소회와 보람을 이야기하는 것으로 책은 마무리된다.

3. 번역된 한국문학의 보람

이상이 살던 시대의 바람은 한쪽으로만 불었다. 서쪽에서 동쪽으로, 프랑스에서 일본, 그리고 한국으로, 70-80여 년이 지난 후에 바람은 방향을 바꿔 프랑스 독자들을 향해 불어온다. 이제는 프랑스어로 옮겨진 이상의 책이 여러 권 존재한다. 한국의 지나간 시간이 그 어느 때보다 더 새롭고 놀랍게 모습을 드러내는 역사적 순간이다.

－『다른 생의 피부: 오를레앙, 파리, 서울 그리고 시』, 76쪽.

지금 프랑스의 많은 젊은이 사이에는 한국어 배우기 열풍이 일고 있다. 이는 분명 테크놀로지와 관련된 한국의 독창성, K-pop이라고 불리는 한국 대중음악이 이끈 '한류'의 영향과 깊은 관련이 있을 것이다. 젊은이들은 유행하는 한국 노래를 한국어로 부르고 싶어 한다. (중략) 내가 파리8대학에서 한국 학생들과 함께 나누었던 경험은 언어나 한국 문학이라는 특별 전공 수업에서 이루어진게 아니었다. 우리가 시도한 일들은 훨씬 더 혼재된 곳, 많은 것이 계획되지 않은 곳에서 이루어졌고, 이루어져야만 했다.

　　　　　　　　－『다른 생의 피부: 오를레앙, 파리, 서울 그리고 시』, 146쪽.

저자의 이 발언은 2000년대 이후 한국문학에 대한 번역 행위가 새로운 종류의 역습을 겪으며 시대적 전환을 이끌고 있는 사실을 승인하고 있는 것처럼 보인다. 실제로 21세기에 불어 닥친 한류 열풍은 과거 우리가 열망했던 서구 문화에 대한 모방과 추격에 역풍을 몰고 왔다. 이것은 2000년대 이후 시작된 한류를 통해 K-컬처에 관심과 흥미를 갖게 된 사람들이 한류 그 너머, 그 이상의 것을 알고 싶어 하는 욕구가 한국문학에 대한 관심으로 확대되면서 문학성과 대중성을 이끈 결과라고 할 수 있는데, 여기에는 해외 독자와의 원활한 소통의 길을 발견해 준 번역가들의 공헌이 결정적인 역할을 했다고 할 수 있다. 그렇다면 이제 원작자의 그늘에 가려져왔던 번역가의 존재야말로 한국문학의 새로운 보람을 이끌어 줄 강력한 힘으로 부상한 것이 아닐까.

이 책에 대한 전체적인 인상이기도 하지만, 겸손과 조심성이 몸에 밴 듯한 클로드 무샤르에게 한국문학을 프랑스어로 번역하는 행위란 한 마디로 친숙하고도 낯설면서 부끄러운 것이었다고 할 수 있을 것이다. 문학주의자의 면모를 보여주는 저자에게 잘 모르는 세계를 자신의 언어로 재현한다는 것은 낯선 호기심과 낯간지러운 민망함이 동반된 멈출 수 없는 행위였을 것이다. 즉 점잖은 클로드 무샤르에게 원 저자의 증언을 훼손할지도 모른다는 불안감은 그를 지속적으로 괴롭혀온 부끄러움이었지만, 그런 고통의 과정을 감내했기 때문에 획득한 결과는 값졌다는 점을 이 책은 말해주고 있다.

하지만 이른바 버블·소비사회·포스트모던이라 불리는 현재 정치적 문제에서부터 도덕과 윤리, 그리고 현실적으로 해결할 수 없는 모순들까지 온갖 것들을 떠맡았던 근대문학의 역할이 끝났다고 할 때, 더욱이 작가의 사상이 반영된 것으로 간주되는 작품은 더 이상 뮤즈들의 영감에 의해 창조되지 않는다는 점에서 '저자의 죽음(롤랑 바르트)'을 승인할 때, 이제 '작품'은 신적 존재와 같은 저자 중심으로 이해되는 것이 아니라 독자의 개입이 강화되면서 이른바 '텍스트'가 된다. 이런 '텍스트'에는 주체나 정체성 따위는 존재하지 않으며, 오직 글을 쓰는 행위에 대한 정체성만이 존재한다. 바르트의 표현대로 말하자면 이제 저자는 한갓 '종이 저자'에 지나지 않게 되는 것이다.

이미 최근의 출판계는 전문 작가와 비전문 작가를 가리지 않으며, 또 온라인 글쓰기 플랫폼 이용자들 역시 더 이상 글쓰기 행위에 대해 주류와 비주류를 구분하지 않는다. 이런 분위기는 세계화와 정보화로 인해 보다 가속화되고 있으며, 실제로 문학작품 외에 한국의 에세이가 외국에서 번역·출판되는 사례도 꾸준히 증가하고 있다. 이런 시각에서 볼 때 번역된 한국문학이 해외에서 문학상을 수상했다고 해서 세계문학의 반열을 운운하는 것은 시대착오적이다. 괴테가 정의한 '세계문학'과 다른 성격의 세계문학, 전 세계의 독자와 원활하게 만날 수 있는 번역문학, 예컨대 무라카미 하루키나 파울로 코엘료와 같이 세계 시장에서 잘 팔리는 그런 번역된 세계문학이 이미 존재하고 있기 때문이다. ◼◨

전위적 인간들의 기록'들' : 치안유지법과 전위적 인간들의 초상화

김화선

김화선 : 배재대 교수. 저서 『노동, 기억, 연대』(공저) 등

1. 전위의 이름, 아방가르드의 양면성

본래 전쟁에서 본대의 선두에 선 척후병을 뜻했던 아방가르드(avant-garde)는 미술사뿐 아니라 예술 분야 전반에서 기존 전통에 대한 부정과 혁신을 지칭하는 용어로 사용되고 있다. '선두에 선 사람들'을 가리키는 아방가르드는 이를 번역한 '전위(前衛)'에 담긴 의미에서 알 수 있는 것처럼 위치와 이동의 개념을 포함한다. 낡은 것들과 단절하고 새로움을 추구하는 아방가르드는 다른 것들의 앞에 서서 닫힌 경계를 열어젖히며 새로운 움직임을 만들어낸다. 그런 의미에서 아방가르드의 정신은 점을 찍고 선을 만들어 나아가며 면을 구성해내는 위상학적 관점에서 이해되어야 할 것이다. 아방가르드는 도래하는 미래의 자리를 점하고 선을 그어 다른 것들과 연결하여 기존의 공간이 아닌 다른 자리를 구성해내는 공간적 전회(轉回)의 맥락을 지닌 개념이기 때문이다.

방향을 바꾸어 나아가는 아방가르드의 역동성은 문학과 예술사에 새로운 영역을 구축해갈 뿐 아니라 금기를 위반함으로써 삶의 영역을 변화시키는 실체적 움직임으로 구체화된다. 우리가 아방가르드라는 이름 아래 끝과 처음, 금지와 위반, 방지와 확산 등 충돌하는 개념을 동시에 목격하게 되는 것도 어쩌면 당연한 일일 수밖에 없을 것이다. 본래 질적으로 새로운 것을 세우는 첫 발걸음은 이전과 이후를 단절하는 경계에서 출발하며, 이는 필연적으로 수행공간의 벽을 허물고 이전에 '없던' 것을 이제는 '있는' 것으로 형성해가는 힘의 격돌을 야기한다는 점에서 일종의 양면성을 지닌다. 아방가르드는 그리하여 금지의 영역을 전복하려는 힘의 벡터를 환기한다. 존재하던 금기가 깨어지는 순간, 선을 넘는 위반의 첫걸음이 전위의 흐름을 추동하면 그 후로 이어지는 일련의 움직임을 통해 비로소 아방가르드는 실재하는 현실로 변환될 수 있다.

우리의 근현대사에서 이와 같은 전위가 함축하고 있는 양면성을 읽어낼 수 있는 대표적인 사례로 '치안유지법 운용의 역사'를 꼽을 수 있다. 치안유지법이 작동하던 당대 현실에서 제국 일본이 규정한 범죄로 치부되는 행위를 도모한 조선인들은 전위야말로 행위와 이동의 문제를 포괄한다는 사실을 몸소 실천에 옮긴 '선두에 선 사람들'이자 기꺼이 죽음을 감수한 자발적 희생양들이었다. 치안유지법을 위반한 사건들의 재판 기록을 좇아 일제의 식민통치가 치안유지법을 통해 조선인들의 사상을 철저하게 통제했던 과정을 통시적으로 추적한 오기노 후지오(荻野富士夫)의 저서 『일제강점기 치안유지법 운용의 역사』(윤소영 옮김, 역사공간, 2022)는 법의 이름으로 강제된 제국의 폭력을 보여주는 한편 윤리적 당위성을 실행한 무수한 전위적 인간들의 실존을 보여주고 있다.

2. 법과 위반, 전위의 물결

1925년(大正 14) 조선총독부법률 제46호로 천황제와 사유재산제도를 부정하는 일체의 운동을 단속하기 위해 치안유지법이 제정된다. 치안유지법은 제1조에서 "국체를 변혁하거나 사유재산제도를 부인하는 것을 목적으로 결사를 조직하거나 이에 가입한 자는 10년 이하의 징역 또는 금고에 처"[1]할 것을 밝히고 실행을 협의하거나 선동하는 행위, 재산상의 이익을 공여하거나 약속을 하는 행위까지 범법 행위로 규정하여 운용되었다. 이후 1941년 3월 8일 조선총독부법률 제54호로 개정된 치안유지법은 예방구금을 포함하여 강력한 처벌을 법제화하였다.

개정 치안유지법 제1조는 "국체를 변혁하는 것을 목적으로 결사를 조직한 자 또는 결사의 역원, 기타 지도자의 임무에 종사한 자는 사형

----

1   법제처 국가법령정보센터, <치안유지법> 참조. https://law.go.kr/ 이하 치안유지법의 본문은 국가법령정보센터에서 인용하였음을 밝힌다.

맨 앞, 처음의 형태

또는 무기나 7년 이상의 징역에 처하고, 결사에 가입한 자 또는 결사의 목적수행을 위한 행위를 한 자는 3년 이상의 유기징역에 처한다"고 규정하고 있다. 1925년 치안유지법이 본문 제7조로 성립된 것에 비해 개정 법안은 제1장 죄, 제2장 형사수속, 제3장 예방구금으로 세분화된 총65개 조로 구성되었다. 그 과정에서 치안유지 위반 행위는 "국체를 부정하거나 신궁 또는 황실의 존엄을 모독할 수 있는 사항을 유포하는 것을 목적으로 결사를 조직"하는 것까지 포괄하고 형벌 또한 10년 이하의 징역 또는 금고형에서 사형 또는 무기, 7년 이상 징역이라는 중형으로 바뀌게 된다. 무엇보다 집행을 마치고 석방된 후에도 동일한 죄를 범할 우려가 있다면 2년의 예방구금에 처할 수 있고, "특별히 계속할 필요가 있는 경우"라면 "재판소의 결정으로 갱신할 수 있다"는 조항을 추가함으로써 사유재산제도를 부인하는 행위는 물론이고 조선의 독립을 주장하는 민족주의 운동 및 사회운동 전반을 철저하게 구속하기 위한 족쇄를 채운다.

그러나 일제가 1925년 식민지 조선에서 치안유지법을 시행하고 이후 더욱 강력한 조항으로 조선의 민족주의와 공산주의 운동을 검거하기 위한 단속을 해나갔음에도 불구하고 치안유지법 위반 사건은 오히려 증가했다는 사실에 주목할 필요가 있다. 오기노 후지오가 정리한 1940년부터 1943년까지 수리된 치안유지법 위반 건수를 살펴보면[2] 1940년 43건의 위반 건수가 1941년에 143건, 1942년에는 172건, 1943년에는 244건으로 증가하였음을 알 수 있다. 그리고 판결에서 부과된 양형이 1940년 하반기부터 1943년 상반기까지 징역 3년 미만이 수형자 468명 가운데 70%를 밑돌고 징역 1년 6월이 가장 많은 24%를 차지한다는 통계[3]가 함축하는 바는 기소나 양형의 기준이 낮아진 만큼 "꽤 경미한, 혹

----

2   오기노 후지오, 윤소영 옮김,『일제강점기 치안유지법 운용의 역사』, 역사공간, 2022, 365쪽.

3   「最近に於ける治安維持法違反事件に関する調査」, 고등법원 검사국 사상부,『사상휘보』

은 맹아적인 사건조차 유죄가 되었다"[4]는 점이다.

　뿐만 아니라 간도공산당 사건의 관선 변호를 맡았던 스미모토 사이치(角本佐一)가 "전도유망한 청년, 혹은 한 가정의 중견인물로 현재 왕성하게 활동할 나이의 사람들" 약 2천 명이 미결 인원일 정도로 "형사정책의 현황은 완전히 엄벌주의"[5]였다고 토로한 기록에서 짐작할 수 있듯이 치안유지법 위반에 대한 처벌은 가혹했다. 일본 내에서 치안유지법 위반사건으로 소년에게 부정기형(不定期刑)을 부과한 사례가 단 1건이었던 것에 비해 조선에서는 "1940년 7월부터 1943년 6월까지 검사국 수리자의 18%가"[6] 20세 미만의 소년이었다는 점까지 기억한다면 치안유지법의 위력이 얼마나 강력했는가를 알 수 있다. 그러나 여기서 우리는 식민지 조선에서 실시된 치안유지법이 "법의 위신을 실추시킬 정도"로 일본 본토보다 훨씬 혹독한 엄벌을 내세웠지만 그럼에도 치안유지법 위반 건수가 증가했다는 역사적 사실이 무엇을 의미하는지 물어야만 한다.

　1941년 경기공립중학교 4년생 강상규의 반일언동을 둘러싼 사건의 신문 기록은 치안유지법이 적용된 와중에도 조선의 청소년이 10년 동안이나 조선 독립을 향한 열망을 품어 왔음을 암시한다. 동급생에게 "내지인에 대한 감상을 간단히 말해줘. 현재 조선에 대해 슬프다고 생각하는 것이 있나?" 등의 질문을 던진 행위가 혁명운동을 획책한 죄로 판단된 강상규의 사례는 그가 "10년 계획이라는 것을 세우고" "조선인 전부가 나와 같은 생각이므로 쉽게 가능하다고 생각하며, 나와 같은 생각이 되도록 하기 위해 여러 사람을 설득했"다는 취조 과정의 기록에서 오

속간, 1943.10. 위의 책, 366쪽에서 재인용.

4　같은 곳.

5　『法政新聞』 제271호, 1933.9.20. 위의 책, 15쪽.

6　위의 책, 371~373쪽.

히려 조선 독립을 향한 식민지 청년들의 굽힐 수 없는 염원을 보여주었다. 비록 "오랫동안 유치장에서 여러 가지 생각한 바가 있고, 종래 나의 생각이 잘못되었다는 것을 깨달았"으며 "단호하게 과거의 잘못을 청산하고 황국신민이 될 목표를 향하여 매진하고 훌륭한 황국신민이 될 것을 맹세한다"[7]고 반성하는 수기를 남겼으나, 그의 재판 기록은 치안유지법이 운용되는 와중에도 법의 영역 너머를 사유했던 식민지 청년의 내면을 고스란히 드러내고 있다.

한편, 1943년 태평양전쟁이 발발한 이후 "전문학교 교육을 받은 이른바 지식인으로 어디까지나 반국가적 사상을 버리지 않고 극악, 불령한 언사를 일삼고 다수의 사람을 선동했다"는 죄목으로 김건호가 집행유예를 받자 검사가 상고를 하고 그 이유를 밝힌 글에서 우리는 "반도의 사상 정세가 실로 우려할 만한 것이어서, 특히 청소년의 사상이 갑자기 악화하고 각지의 학생 혹은 중등학교 졸업생의 사상범죄가 빈발하는 경향"에 주목할 필요가 있다. 치안유지법은 "일벌백계의 결실을 거두"[8]려고 했지만 결국 민족주의 운동과 계급의식에 눈을 뜬 조선인들이 점차 증가하는 현상은 강력한 금지가 폭력적으로 행사되고 있었음에도 조선 독립을 위해 자신을 헌신하려는 이 땅의 청년들이 결코 줄어들지 않았음을 역설적으로 보여주기 때문이다. 천황의 신민이 아니라 조선인으로 살기 원했던 청년들은 스스로 예외상황을 만들어냄으로써 법이라는 이름으로 가해진 제국 일본의 폭력에 윤리적 인간의 정치적 행위로 맞서고자 했던 것이다.

오기노 후지오는 일제강점기 치안유지법의 운용이 '상륙-전면 시행-확장-폭주'로 이어지는 4단계를 걸쳐 '조선의 독립=국체변혁'이라는

---

7 위의 책, 380~385쪽 참조.

8 위의 책, 388쪽.

프레임이 구체화되고 민족주의운동과 공산주의운동, 종교사범 등 사회 전반에 과도하게 작용했던 역사적 맥락을 꼼꼼히 추적하고 있다. 그의 노작이 밝혀낸 치안유지법 적용 사례들은 다른 한편으로는 강력한 법의 횡포에도 굴하지 않은 많은 조선인들이 실존했음을 증언해준다. 식민지 조선인들이 겪어내야만 했던 부당한 재판 상황이 담긴 기록이 "변혁을 갈구하는 민족의 의지"[9]를 담은 저항의 싹으로 읽히는 순간, 제국주의가 씌워놓은 억압의 굴레를 벗어나려는 도전들은 일제강점기 내내 사그라들지 않고 끊이지 않는 물결로 파동쳐왔다는 사실을 다시금 깨닫게 된다.

3. 저항과 위반의 글쓰기, 김남천의 문학이 품은 전위성

1925년 치안유지법의 이름으로 실시된 일제의 사상통제 정책은 조선 프롤레타리아 예술가동맹, 즉 카프(KAPF: Korea Artista Proleta Federatio) 소속 작가들에 대한 감시와 탄압은 물론 전향이라는 문제까지 배태하고 있었다. 치안유지법의 일차 단속 대상은 일본 공산당 회원들과 동조자들이었으나 불행히도 식민지 조선의 작가들은 가혹한 악법의 그물망에 갇혀 불안과 위협에 시달리게 된다. 1925년 4월 30일자《조선일보》의 사설 「다시 치안유지법 실시에 대하여」에서 정확히 예측한 바와 같이, 치안유지법이 "치밀한 어망과 날랜 수단으로 불의의 습격을 한다면" "마른 연못의 우리 안에 갇힌" "일군의 어족(魚族)"[10]은 멸망에 이르는 가혹한 결과를 마주할 수밖에 없었다. 오기노 후지오가 지적했

---

9 위의 책, 482쪽.
10 「다시 치안유지법 실시에 대하여」,《조선일보》1925.4.30. 위의 책, 45쪽에서 재인용.

듯 "조선의 치안이라는 것은 조선인의 불안을 의미하는 치안"[11]이기에 악법의 위력은 식민지의 작가들로 하여금 정치적·미학적 관점을 전면적으로 수정하게 만들었다.

이처럼 강요된 전향은 조선의 작가들로 하여금 정치적 입장을 버리고 문학의 세계로 돌아가게 만들었으나 '작가'였던 그들에게 있어 문학이란 단순히 문장으로 표상되는 허구의 세계에 불과할 수만은 없었다. 지독한 검열과 사상의 탄압 아래 작가인 그들은 선을 넘는 위반인 듯 위반이 아닌 제3의 길을 선택하는 도전을 이어가기도 했는데, 식민지 조선의 소설가 김남천의 문학적 실천이 그러했다. 알려진 대로 평양 고무공장 노동자 총파업을 선동했다는 죄목으로 2년형을 선고받은 김남천은 1933년 병보석으로 석방된 이후 "문학으로 돌아가"면서도 "여전히 사회에 대한 유물론적 비판을 수행할 문학적 실천의 토대를 쌓았다."[12]

기왕의 한국문학사에서 이론적 비평과 문학 창작의 불일치를 보여준 것으로 평가받은 김남천의 문학 세계를 오히려 "식민지 말의 점증하는 정치적 억압의 상황에서 나타난 좌파문학의 탄력성의 지표"로 읽어낸 『프롤레타리아의 물결』의 저자 박선영의 관점은 일종의 세계관을 구성하는 정신으로서 아방가르드가 지니는 에너지의 실천을 시사하고 있다는 점에서 주목할 가치를 지닌다. 식민지 조선의 문학을 연구한 박선영이 김남천의 문학적 궤적에 대안적인 관점을 제공하는 출발은 "[나는] 주장하는 것을 떠나서 내가 작품을 제작한 적은 거의 한 번도 없었다"[13]고 주장한 김남천 본인의 말이었다.

----

11   같은 곳.

12   박선영 지음, 나병철 옮김, 『프롤레타리아의 물결』, 소명출판, 2022, 352쪽.

13   김남천, 「양도류의 도량」, 『조광』, 1939.7. 『김남천 전집』1, 박이정, 2000, 511쪽. 위의 책 342쪽에서 재인용.

『프롤레타리아의 물결』에서 연구자 박선영은 이론과 창작의 거리, 사상과 문학적 실천의 모순은 그 자체가 김남천 문학의 개별성을 드러내는 징표가 될 수 있다고 보았다. 박선영은 김남천의 문학을 세심히 읽으며 치안유지법의 운용이 지식인들을 검거하고 재판장으로 몰아넣는 상황에서 김남천이 어떻게 자기만의 방식으로 정치적 억압에 대응했는가를 밝혀낸다. 김남천은 세계에서 물러나는 방식이 아니라 "일상생활을 마르크스주의적인 사회역사적 비판에 적합한 공간으로 이론화"[14]하며 자기문학을 재구성하는 전략을 택했고 그 결과 "불가피하게 정치적으로 패배한 이후에도" "매우 풍부한 잠재력을 지닌 좌파 지식인들"이 "검열의 소음과 투옥, 선전선동, 빠르게 다가오는 제2차 세계대전의 와중에서, 여전히 자신만의 특이한 대항 문화적 목소리들을 유지할 수 있었"[15]던 것처럼 그렇게 문학으로 살아남았다는 것이다.

김남천이 일상생활과 문학세계를 결합하며 새롭게 개척한 글쓰기의 공간은 "전통적인 리얼리즘과 모더니즘의 중간지점에"[16]서 제국과 식민지 사이의 틈새 공간을 열어젖히고 미학적 경계를 횡단함으로써 재구성되었다. 박선영의 읽기를 따른다면, 독자들은 역사적인 것과 일상적인 것이 부딪히는 경계에서 솟아나는 문학적 전위의 물결을 목격할 수 있다. 그것이야말로 치안유지법의 위력 아래 강력히 피어나는 불안의 그림자를 피하는 문학인이 실천할 수 있는 전위적 돌파구가 아니었을까. 김남천에게서 발견하는 아방가르드적 정신은 현실을 재구성하는 실천미학의 가치를 증명하며 '순수'라는 외연으로 무장한 미적자율성의 담론이 채울 수 없는 잉여의 지점을 가시화한다. 김남천은 가로막힌 억압

14　위의 책, 343쪽.

15　같은 곳.

16　위의 책, 388쪽.

　　　　　　　　　　　　　　　　맨 앞, 처음의 형태

의 시대에 저항하다 어쩔 수 없이 정치를 버리고 문학으로 돌아갔지만, 그는 자신이 돌아간 문학에서 삶과 결합한 전위적 미학의 영역을 개척한다. 그것은 김남천이 자기만의 방식으로 저항의 선을 뚫고 솟아오른 치열한 아방가르드의 에너지로 써내려간 글쓰기였던 것이다.

4. 지속가능한 전위적 전회를 위하여

1925년 천황 통치 체제를 부정하는 일체의 운동을 단속하기 위해 조선에 상륙한 치안유지법은 1945년 8월 15일 치안유지법 공판에 대한 공소 취소를 시작으로 10월 9일에 정식으로 폐지된다.[17] 그러나 치안유지법의 잔재는 패전 후 일본에서 파괴활동방지법(1952), 특정비밀보호법(2013), 공모죄(2017) 시행으로 이어지고 조선에서는 국가보안법(1948) 제정의 초석이 된다. 타자를 적으로 규정함으로써 국가라는 공동체를 합법적으로 유지하고자 했던 제국의 폭력이 낳은 정의와 식민지의 위장된 평화는 과거로부터 단절된 사건이 아니라 지금까지 이어지는 현재형의 관점에서 숙고되어야 한다. 바로 이 지점에서 이 글은 전위를 점하며 끝으로부터 첫 시작을 이끌어내는 아방가르드의 당위성을 소환해보고자 했다. 그것은 곧 지금, 여기에서 아방가르드를 이야기해야 하는 이유이자 아방가르드의 현재성을 상기시키는 문제의식이기도 하다.

전위의 힘은 처음에서 끝으로 이어지는 자연스러운 시간적 흐름의 축이 아니라 끝에서 처음을 생성하는 공간적 전회를 구성해낸다. 그 속에서 모든 아방가르드적 정신은 체제에 순응하고 법적 정의를 수용하는 태도에서 벗어나 바깥을 사유할 수 있는 에너지를 발산한다. 그래서

---

17 「치안유지법 전적 폐지-사법부장 보좌관 오반 대위 언명」,『조선일보』, 1946.4.3. 오기노 후지오, 앞의 책, 473쪽에서 재인용.

이 글은 식민지 시기에 치안유지법에 저항한 조선인들의 범죄 사실을 담은 조서와 재판 기록에서 가혹한 악법의 위력과 더불어 민족과 공동체를 위해 분연히 일어선 전위의 욕망을 읽어내고 엄중한 치안유지법의 자장 안에서 자신의 미학을 문학세계에 투영한 김남천의 글쓰기를 통해 또 다른 아방가르드적 실천을 확인해 보았다. 조선의 독립을 꿈꾸고 부당한 식민지배에 의문을 제시한 평범한 조선인들에게, 그리고 예술과 사상의 일치를 소망한 문학인들에게 전위란 결국 그들 모두가 발 딛고 살아가야 하는 삶의 문제 자체였다.

일제강점기에 사상을 버리고 문학으로 돌아가라는 명령이 삶과 문학에서 정치를 지우라는 주문으로 다시 반복되고 있다. 저 깊은 심연에 잠재해 있던 아방가르드의 물결이 수행의 차원에서 구체적 움직임을 끌어낼 수 있다면 전위적 전회는 지치지 않고 틈새를 비집고 바깥을 사유하며 새로운 삶의 자리를 생성해갈 수 있을 것이다. 우리가 지속가능한 전위적 전회를 상상해야하는 이유가 여기에 있다. ◧

맨 앞, 처음의 형태

맥락과비평 편집위원회

초판 1쇄 발행 2023년 12월 22일
펴낸이 이민·유정미
편집주간 박수연
편집 맥락과비평 동인
디자인 오성훈

펴낸곳 이유출판
주소 34630 대전시 동구 대전천동로 514
전화 070-4200-1118
팩스 070-4170-4107
전자우편 iu14@iubooks.com
홈페이지 www.iubooks.com
페이스북 @iubooks11
인스타그램 @iubooks11

ⓒ맥락과비평 2023
ISBN 979-11-89534-48-6(03800)

정가 15,000원

* 이 사업은 대전광역시, (재)대전문화재단에서 제작비 일부를 지원받았습니다.